KB236810

韓國詩歌와 忠孝思想

金 周 坤 著

國學資料院

序 文

時調와 歌辭는 조선조에 크게 융성하여 우리 古詩歌의 양대 축을 이루어 왔는데, 筆者는 고시가를 연구하면서 歌辭文學에 대해 남다른 애정을 가지고 꾸준히 연구해 왔으며, 佛教歌辭를 대상으로 하여 작품의 背景·作家·思想·特性 등을 연구하여『韓國佛教歌辭研究』라는 단행본을 출간한 바 있다.

필자는 특히 歌辭文學에 나타난 思想에 관심을 가지고 한국고전문학에 공통으로 나타나는 유교·불교·도교사상 등을 집중적으로 연구한 논문들을 모아서『韓國歌辭와 思想研究』라는 두 번째의 著書를 간행한 바도 있다.

그리고『韓國佛教歌辭研究』와『韓國歌辭와 思想研究』등 두 권의 著書에 게재하지 않은 歌辭文學에 관한 論文 10편을 選定하여『韓國歌辭研究』라는 이름 아래 세 번째의 著書를 간행하기도 하였다.

필자는 우리 나라 詩歌에 나타난 諸 思想 중 忠孝思想에 특별한 관심을 가져왔다. 우리 民族의 기본윤리인 '忠孝'는 우리 나라를

東方禮儀之國으로 불리어지게 하며 민족의 전통성을 빛내어 왔다.
忠孝는 인간사회 모든 德의 根本인 것이다. 이제 時調文學에 나타
난 忠孝思想과 歌辭文學에 나타난 忠孝思想을 한데 묶어『韓國詩
歌와 忠孝思想』이라는 이름 아래 한 권의 책으로 펴내게 되었다.

　이 책에 게재된 논문들은 거의 學會의 논문집에 발표한 것들로,
高度의 산업사회와 물질문명의 팽배로 忠孝를 실행할 수 있는 생
활을 잃어버리게 할 精神的 公害를 追放하고, 健實하고 生氣있는
사회를 造成하고자 하는 마음에서 펴내게 되었다.

　특히 이 책의 출판을 흔쾌히 맡아 주신 국학자료원 鄭贊溶 社長
의 厚意와 韓鳳淑 실장의 도타운 돌보심에 감사를 드리는 바이다.

2000年(庚辰) 正月 元旦

慶山大 研究室에서

金　周　坤

目 次

序 文

一. 詩歌와 忠思想

二. 詩歌와 孝思想

一. 詩歌와　忠思想

(一) 時調에 나타난 '忠'

Ⅰ. 緒　言

　　우리 民族은 예로부터 東方禮儀之國이란 칭송을 받아 오면서 '忠'과 '孝'로써 우리 民族의 傳統과 文化를 빛내 왔다. 國家와 民族을 사랑하는 忠과 孝의 精神은 人間社會 모든 德의 根本인 것이다.

　　그런데 최근에 와서 西歐의 個人主義가 우리 나라에 들어온 뒤로 우리들의 意識構造도 많이 달라져 가고 있는 현실이다. 그래서 現世를 특히 忠의 不感症 世代라고들 하기도 한다. 高度의 産業社會와 物質文明의 팽배로 人間의 思考方式도 實用主義·利己主義로 흐르는 경향이 짙어 가고 있다.

　　오늘날의 精神的 狀況이야말로 輕薄하고 頹廢的이며, 人間의 尊嚴性과 主體性이 埋沒되어 가고, 나아가 自己存在의 根源과 存在方式이나 生의 意義마저 忘却하여 가는 상황이라 아니할 수 없다.

　　우리 民族文化에 가장 많은 영향을 끼친 것이 忠思想과 孝思想

인데, 우리 先人들의 이러한 思想을 잘 담고 있는 것이 時調文學
이라고 할 수 있다.

지금까지 時調에 나타난 忠思想 연구로는 時調의 忠思想 研究
論文[1]과 忠孝思想을 함께 研究한 論文[2] 등이 있다.

本稿에서는 人道之本이요, 마음의 中心이며, 核이요, 국가의 뿌
리라고 할 수 있는 忠思想이 한국고시조에 어떻게 반영되어 있는
지를 고찰해 보고자 한다.

時調에는 '忠'을 강조한 作品이 多數가 있는데, 本稿에서 臺本으
로 삼고 있는 『歷代時調全書』[3]에 수록된 有名氏 時調 중 '忠'사상
이 두드러지게 나타난 작품을 대상으로 하여 時調에서의 忠의 表
現樣相을 戀君・憂國・盡忠으로 分類하여 研究하고자 한다. 그리
고 논의의 순서나 研究方法은 먼저 忠의 槪念과 本質부터 살펴보
고 時調에 나타난 忠思想을 考察하기로 한다.

Ⅱ. 忠의 槪念과 本質

忠이란 述語는 이미 先秦時代에서부터 사용되었는데, 역사의 變

---

1) 金永載,「忠을 나타낸 時調의 考察」, 嶺南大學校 教育大學院 碩士學位論文,
   1984.
2) 林憲道,「古時調에 나타난 忠孝思想 管見」,「公州教大 論文集』, 1978.
   鄭在鎬,「國文學에 나타난 忠孝思想」,『국어국문학』, 77호, 1978.
   李泰極,「古今時調를 通해 본 愛國思想」,『時調의 史的 研究』, 二友出版社,
   1981.
   韓宗求,「時調文學에 나타난 忠孝思想」, 『忠州工專論文集』, 第10輯, 1983.
3) 沈載完 編著,『校本 歷代時調全書』, 世宗文化社, 1972.

遷과 더불어 多樣한 槪念으로 사용되어 왔다.

　먼저 忠의 槪念을 올바르고 多角的으로 認識하기 위해서 몇 가지 資料를 통해서 그 의미를 알아 보기로 한다. 『國語大辭典』[4]·『韓國語大辭典』[5]·『大漢韓辭典』[6] 등과 『大漢和辭典』[7]·『現代世界百科大事典』[8] 및 『社會科學大辭典』[9] 등의 參考資料에 의하면 忠의 意味는 대체로 다음과 같다.

　① 마음(眞心)을 다함·盡心·中心. 『論語』·『孟子』에서는 眞心을 뜻함. 精神을 다함.
　② 精誠(眞心)을 다하여 王(君主)에 對하는 길(思想) 『荀子』에서는 臣下의 道德-官僚의 道德.
　③ 恕와 熟語하여 '仁' 의 術로서 孝·悌·信의 바탕임.
　④ 恭敬함.
　⑤ 곧고(直) 바름(正).
　⑥ 공변됨: 公公·無私.
　⑦ 慈愛를 베품.
　⑧ 鄭重함으로 整理된다.

이러한 忠을 바탕으로 하여 '忠誠'의 뜻이 있게 된다.

　① 眞正(眞心)으로 우러나는 精誠.
　② 特定對象에 對한 마음으로부터의 服從 (對象:封建諸侯·國王·國

---

4) 李熙昇, 『國語大辭典』, 民衆書館, 1975, p. 2849.
5) 韓國語辭典編纂會 編, 『韓國語大辭典』, 현문사, 1976, pp. 1623~1624.
6) 張三植, 『大漢韓辭典修正初版』, 博文社, 1975, p. 513.
7) 諸橋轍次, 『大漢和辭典卷四縮鳳版』, 東京, 大修館書店, 1968, p. 966.
8) 講談社 編, 『現代百科大事典』, 東京, 講談社, 1972, p. 763.
9) 社會科學大事典編集委員會, 『社會科學大辭典13』, 東京, 島出版社, 1971, pp. 84~85.

家·政府·社會로 多元化－國家로 再次 一元化하는 方向으로 人爲的
創出)
③ (中國에서 對人關係의 倫理概念이 政治的으로 擴張됨), 臣下의 君主
에 對한 獻身的 奉仕가 곧 그것이다.

이와 같이 忠과 忠誠은 쓰임새에 따라 약간의 差異가 있으나 대
체적으로 같은 뜻으로 사용된다.

儒敎의 道德的 槪念으로서는 '眞心·精誠을 다함', '特定 對象에
게 精誠(忠誠)을 다하는 일'로 정리된다. 다시 말해 忠은 自己를
비롯한 어떤 特定 對象을 위한 忠誠·誠·精誠·誠實 등을 뜻한
다. 그러므로 그것이 특히 國家를 對象으로 具現될 때 忠誠(心)으
로 뜻하게 된다. 그러기에 이것은 國家的 차원에서 보면 愛族(心)
이라 볼 수 있는 것이다.

"忠誠의 忠에 대한 語義는 中과 心(中+心), 즉 마음에 中心이 잡
혀져 있다는 뜻이다. 다시 말하면 忠은 중심이며 가운데 마음, 즉
本心·眞心·一心·丹心·直心·誠心·天心 등으로 모두 야심이나
慾心이나 雜心을 버린 主心인 것이 곧 忠인 것이다"10) 따라서 "忠
은 스스로의 主體的 中心을 바로잡는 데서 始作하여 個體의 責任
性을 强調하는 말이다."11) 또한 "忠이 있는 人間은 거짓이나 不義
나 邪惡에 대해서도 잘 동요되지 않고 움직여지지도 않는다."12)
여기에서 忠의 槪念이 自主的 意識과 自主的 中心의 主體性이라는
哲學的 意味가 함께 하고 있으며, 또 忠은 德目的 意識이나 自主

---

10) 趙鎭泰 編,『오늘의 忠孝教育』, 文鍾書館, 1977, p. 53.
11) 金忠烈,「忠과 孝의 本來意味」,『週間朝鮮』, 1977. 9. 25., p. 3.
12) 金炳孝,「忠孝思想의 現代的 意義」,『새 教育』, 大韓教育聯合會, 1977. 4月,
   p. 61.

意識과 主體意識에서 사고하고 행동함을 알 수 있다.

孔子는 忠을 信과 함께 중요한 德目으로 보고 "主忠信"을 강조하였다.13) 이를 朱子는 "忠은 眞實된 마음이고 信은 眞實된 일"14)이라고 풀이했고, 陳씨는 "마음의 主한 바가 忠信이면 그 가운데의 許多한 도리가 모두 진실되고, 忠信이 없으면 도리가 모두 空虛하다."15)고 했다. 이와 같이 孔子가 주장한 "主忠信"에 있어서 忠은 "德에 나아가는 根本"16)으로서 人倫道德의 中心槪念이었다.

또 "孔子는 자신의 道를 하나로 꿰었다."고 했고, "曾子는 先生님의 道는 忠과 恕일 뿐이다."17)고 했는데, 朱子는 이를 註하여 "자기를 다하는 것을 일러 忠이라 하고, 자기를 미루는 것을 일러 恕"18)라 했으며, "가운데 마음이 忠이 되고, 같은 마음이 恕가 된다."19)고 했으니 忠은 自他가 하나로 通하는 德이고 길이며 사람됨의 根本이었다. 그리고 朱子는 忠의 元來 뜻으로 盡己謂忠, 즉 "自己의 最善을 다하고 아무리 적은 것이라도 망령되지 않게 하고 업신여기지 않음이 忠이다."20)라고 주석했다. 盡己란 自己를 다한다는 말로서 그 뜻은 自己의 마음을 스스로 다하여 숨김이 없는 것, 따라서 忠은 어디까지나 自己에게 스스로 忠實함을, 또 自發的

---

13) 『論語』, 學而 : "主忠信."
14) 『論語』 學而 : "朱子曰 忠爲實心 信爲實事."
15) 『論語』 學而 : "陳氏曰 心所主者 忠信則其中許多道理都實 無忠信 則道理都虛了."
16) 『論語』 學而 : "廣乎遊氏曰 忠信 所以進德也."
17) 『論語』 里仁 : "子曰參乎吾道一以貫之 曾子曰唯 子出門人問曰何謂也 曾子曰夫子之道忠恕而已矣."
18) 『論語』 里仁 : "盡己之謂忠 推己之謂恕."
19) 『論語』 里仁 : "或曰 中心爲忠 如心爲恕."
20) 『論語』 里仁 : "忠者盡己之心 無少爲妄."

이요 自律的이고 自主的임을 前提로 한다. 忠은 誠實性이며 老少의 人格 및 少數의 意見尊重이다.

이처럼 先秦時代에 있어서 忠은 敎化를 우선하는 道德이었다.

한편, 漢代의 馬融은 『忠經』에서 "忠이란 中이며 지극히 공평하여 사사로운 마음이 없다."21) 또는 "忠이란 그 마음이 한결같음을 이르며, 나라를 위하는 根本을 어찌 忠에 따르지 않겠는가. 忠은 능히 君臣의 사이를 단단하게 하고 사직을 편안하게 하며 천지를 감동케 하고 신명을 움직일 수 있다."22) 고 하여, 忠을 統治的 次元으로 擴大하였고 規範化하였다.

『春秋 左氏傳』에는 忠의 倫理道德的인 面과 國家 및 政治的인 面이 모두 나타나 있는데, 國家的 政治的 意味의 忠은 無私의 倫理道德에 根本하여 派生되는 것이었다. 따라서 "患難에 나라를 잊지 않는 것이 忠"23) 이라 하였고, 이 때문에 忠은 社稷의 열쇠가 되는 것이며, 이런 精神은 한편으로 事君以忠의 槪念으로 발전하였다.

다음 忠의 本質로 보면 忠은 元來 넓은 뜻으로 誠에 해당되던 것이다. 『說文』에도 "忠은 敬이요 盡心이 곧 忠이다."라고 했고, 『忠經』에 "忠이란 中이며 至極히 公正하며 私가 없는 것이다."24) 하였다. 또한 君臣關係를 말한 記錄에서도 『左傳』에는 "上이 民을 利롭게 하려는 생각이 忠이요 個人의 利를 取하고 公을 害함은 不忠이다."라고 했다. 결국 忠의 本質은 眞實하고 虛僞性이 없는 人

---

21) 『馬融』忠經, 第一章 : "忠者中也至公無私."
22) 『馬融』忠經, 第一章 : "忠也者 一其心之謂矣 爲國之本 何莫繇忠 忠能固君臣 安社稷 感天地 動神明 而況於人乎."
23) 『春秋』左氏傳, 昭公元年 : "趙孟聞之曰 臨患不忘國 忠也."
24) 『忠經』: "忠者中也 至公無私."

間의 內面的 主體性을 이른 것이라 할 수 있다.

『論語』에서는 "與人忠"25)이라 하였고 曾子는 "爲人謀而不忠乎"26) 라 하였으며, 다시 朱子가 이를 해석하여 "盡己之謂忠"이라 하고 誠敬을 뜻하는 것으로 보았다. 이렇게 中國 古代에서는 忠을 君主에 대한 말로 使用되지 않았던 것이다. 그러던 것이 戰國時代 末頃에 와서는 『荀子』·『墨子』·『呂氏春秋』 등에 忠孝라는 말이 자주 나와서 君에 대한 忠義의 뜻으로 强調되어졌다.27) 그리고 『書經』에 "君仁臣忠", 『論語』에 "臣事君以忠" 孝經에 "以孝事君則忠"한 것은 忠을 자기의 몸을 바쳐 군주를 섬기는 것으로 본 것으로, 忠이 個人의 中心(誠)이란 意味에서 國家의 中心(忠君)의 意味로 변천되어 사용되었다.28) 일반적으로 忠이란 평시에는 임금을 편하게 모시고 자신의 위험을 돌보지 않으며, 나라가 환란에 처했을 때는 임금·국가·민족을 위해 목숨을 바쳐 자기의 할 바를 다하는 것이라 할 수 있다. 孝는 父子有親이라 하여 天倫이요, 忠은 君臣有義라 하여 義理나 義務觀에서 成立되었던 것이다. 그런데 孔子는 忠君의 思想을 大義名分과 尊王의 思想으로 내세우기도 하였다. 그리고 『孝經』에서는 "中於事君 終於立身"이라 하여서 君主를 섬겨 立身揚名함이 孝의 終이라고 보았다.

이러한 中國의 忠思想이 漢文化의 영향과 더불어 우리 나라에 들어와 韓國人의 忠思想에 크게 作用한 것이라 본다. 특히 우리에게 크게 作用되었던 忠思想의 根源은 "忠臣不事二君"29)이라는 절

---

25) 『論語』子路篇 : "居處恭 執事敬 與人忠."
26) 『栗谷集』 II, 民族文化推進委員會, 聖學輯要, (八)聖賢道統.
27) 李泰極 「古今時調를 通해 본 愛國思想」, 『梨花女大論文集』 第22輯, 1973, p. 10.
28) 韓國敎育學會, 『韓國儒學思想과 敎育』, 三一閣, 1976, p. 145.
29) 『史記』: "忠臣不事二君 貞如不更二夫."

대성에 기인 되었다.

忠은 國家的·社會的 歸一性을 동시에 지니고 있다. 忠으로서 民心을 統合시켜 民衆의 價値意識을 純化할 수 있기 때문이다. 따라서 忠이 없는 社會는 歸一될 中心이 없기 때문에 민족적 시련이나 국란이 있는 경우 이를 克服하기에 무척 어려움이 따른다.

忠은 報國의 倫理로서 自己가 살고 있는 사회에 대하여 사회를 존속시키고 維持 發展시키려는 人間 本有의 國家倫理이다. 忠은 以孝致誠 效誠報國 能致其身이라 하여 孝의 原理로서 精誠을 다하고 나라를 위하여 일하되 自己의 身命까지도 바칠 수 있는 態度 體系로 定立되는 槪念이다. 밖으로는 忠을 다하고 안으로는 孝를 다하는 兩全의 길이 全人的 自己完成이며 孝가 要求하는 最善의 길이라고 하였다. 이처럼 忠孝는 相互 補完的인 槪念이다.

우리는 三國時代 이래로 오늘에 이르기까지 민족과 국가를 수호하고 방위하는 데 자신의 희생을 기꺼이 감수하고 자녀의 용맹스러운 出戰을 자랑으로 여기고 자기가 사는 사회를 스스로 지키는 忠의 倫理를 극히 찬양하여 왔던 것이다. 오늘날에도 國家와 自由를 위하여 자신을 희생하고 노력하는 많은 愛國者를 볼 수 있다. 東西古今을 통하여 볼 때 忠의 倫理를 바탕으로 하여 國家의 存立과 발전을 이룩해 왔으며 또 해 나가고 있는 것이다.

따라서 忠이란 결코 特殊한 人間이 행하는 바가 아닌 日常生活에서 要求되는 것이요, 어느 特定思想이나 對象에 대한 意味가 아니고 自然의 法則과 人倫에 立脚한 人間主義的 立場에서 나타난 根本임을 알 수 있으니 모두가 重要한 行動과 思想의 源泉으로 삼아야 할 일이다.

그러나 자칫 現代人들에게 忠의 意味를 엉뚱한 觀點에서 해석하기 쉽고, 특히나 오류를 범하고 있는 立場에서 忠을 도외시 내지 경시하는 일은 잘못된 일이라 볼 수 있다.

　분명 忠이란 至極히 公明正大하여 私心을 초월한 것이다. 正義와 人道를 위해서는 목숨마저도 不辭하는 精神이며 솔직 담백하고 청렴 결백하여 남을 속이지도 않는 것이다. 忠誠의 最終 歸結點은 君主이었고, 君主는 거의 無制限의 忠誠을 强要할 수 있는 絶對的으로 神格化된 存在이었다.

　神格化된 君主는 各者의 職分과 職責을 바탕으로 한 忠誠의 要求라기보다는 無限定의 超職性的 忠誠을 요구하는 존재이었을 뿐만 아니라 이에 絶對 順從하는 것이 最大의 忠誠 表現이었다. 그것은 君主에게 忠諫을 하다가 自身은 勿論 退職 隱居한 過去의 臣下에게까지 君主任意判斷에 의한 賜藥으로써 死去케 한 事例 등이 잘 말하고 있다.30)

　또한 忠誠의 價値 表現이 大衆化되어 있지 아니하고 社會的 階層에 따라서 成層性을 띠고 있었다. 즉 君主에 대한 忠誠은 士類인 支配階層 部類에 있어서는 그 表現 方式이 거의 뚜렷했었지만, 그 밖의 下位階級社會에 있어서는 그 忠誠의 價値 內容이 國家라는 象徵體 하에서 體系化되지 못했던 것으로 짐작된다. 그것은 農奴·卑僕·常人 등의 階層에게는 人權마저 인정되지 않았을 뿐만 아니라 그들과는 國事 또는 公事를 논할 社會的 대화의 길이 없었던 事實이 잘 말해 주고 있다.31)

　未分化된 融合社會的 特性이 강했던 過去 社會體制 하에서는 社會的 價値가 少數 支配階層에게만 凝集되어 있었기 때문에 생활문

---

30)「忠孝思想」,『華鏡文庫 2』, 壇國大 出版部, 1980, p. 21.

31) 上揭書, p. 22.

화의 대중화가 형성되기 어려웠고 문화의 대중화가 이룩되지 못하였으므로 문화의 社會的 繼承力이 약했던 것이다. 따라서 同質 文化圈 속에 살고 있으면서도 그 文化에 意識이 大衆的으로 形成될 수 없었는가 하면 生活文化에 대한 意識 形成이 未洽하였던 까닭으로 忠의 思想이 大衆化되기 어려웠던 것이다.32)

따라서 民族文化에 대하여 愛着心을 불러 일으킬 수 없었다는 그 當時 社會의 二重構造的 特性(文化 享有階層과 非享有階層)은 國家에 대한 忠誠心을 大衆的으로 振作시키기에는 未洽했던 것으로 짐작된다. 나라에 대한 忠誠이 家系에 의해서 인정되기 쉬웠고 門閥에 따라서 評價되기 쉬웠던 過去 時代에 있어서의 그 尺度 基準은 나라(君主)에 忠誠할 수 있는 사람이 따로 존재한다는 思考方式의 만연마저 있었던 것으로 짐작된다.

忠의 本質은 마음에 있다고 할 수 있고, 盡忠이나 中心이나 다 참된 마음, 정성스런 마음을 뜻하는 글자라고 할 수 있을 것이다.

끝으로 忠을 조목별로 정리해 보면 다음과 같다.33)

1. 中心, 眞心, 實心, 誠
一曰六德 知仁聖義忠和 (鄭疏) 中心曰忠 中下夂心 謂言出于心 皆有忠實也 (『周禮』, 地官).
主忠信 (疏) 朱子曰 忠爲實心 信爲實事 (『論語』, 卷一).
子以四敎 文行忠信 (疏) 勿軒熊氏曰 忠是實心 就已上看 信是實理 就事物上看 (『論語』, 卷七).
忠 誠也 (『荀子』, 禮論) (注).

---

32) 上揭書, p. 22.
33) 上揭書, p. 22.

2. 정성을 다하다, 정성껏 하다, 자기의 마음을 다하다, 中心을 다하다, 자기의 마음에 우러나와서 스스로 극진히 하다, 남을 위하여 眞心으로 일하다, 마음을 다 기울여 쓰다.

所謂道 忠於民 而信於神也 上思利民 忠也 (『左氏』, 桓, 六).

爲人謀而不忠乎 (註) 盡己之謂忠 (『論語』, 卷一).

忠恕而已矣 (註) 盡己之謂忠 推己之謂恕 (皇疏) 忠謂盡中心也 (『論語』, 卷四).

忠告而善導之 (註) 盡其心以告之 (『論語』, 卷十二).

言忠信 行篤敬 (備旨) 使言爲 忠誠而信實 行爲 篤厚而敬謹 則誠能動物 言出而人孚之 行出而人孚之 (集說) 陳氏曰 盡己之謂忠 以實之謂信 (『論語』, 卷十五 ; 『小學』 卷三).

君子有大道 必忠信而得之 (註) 發己自盡爲忠 (朱子疏) 發於己心而自盡 則爲忠 (『大學』, 傳十章).

君子必自反也 我必不忠 (註) 忠者盡己之謂 我必不忠 恐所以愛敬人者 有所不盡其心也 (『孟子』, 卷八).

盡心曰忠 夂心中聲 (說文).

3. 君主 또는 國家를 위하여 誠心을 다하는 일, 신하가 임금을 섬기는 道爲下克忠 (傳) 事上竭誠也 (註) 爲下克忠 言能盡事上之心 (『書』, 伊訓).

君使臣以禮 臣事君以忠 (『論語』, 卷三).

愛親敬兄 忠君弟長 是曰秉舜 (集說) 饒氏曰 忠者盡己之謂 (『小學』, 題辭).

公家之利 知無不爲 忠也 (『左氏』, 僖, 九).

臨患不忘國 忠也 (『左氏』, 昭, 元).

危身奉上 險不辭難曰忠 (諡法).

竭意不諱 忠也 (戰國 趙策).

逆命而利君 謂之忠 (『筍子』, 臣道).

彊其君之所不能爲忠 (『後漢書』, 郅惲傳).

無私　忠也 (『左氏』, 成, 九).

延曰　私臣不忠　忠臣不私 (『後漢書』, 任廷傳).

詩人事君　無二志　勤身以事君　忠也 (詩, 邶風。北風箋).

將以忠於君王之身 (注) 忠猶愛也 (『呂覽』, 至忠).

稱良吏曰忠 (『論衡』, 答佞).

忠者　臣之高行也 (『管子』, 形執解).

4. 공경하다, 삼가다, 조심하다.

忠　敬也 (段注) 敬者　肅也 (說文).

忠者　惇愼此者也 (『荀子』, 君子).

5. 곧다, 正直하다, 마음을 다하여 속임이 없다.

直也 (玉篇).

內盡其心　而不欺也 (增韻).

6. 남을 생각하다.

考中度衷爲忠 (注) 忠恕也 (『國語』, 周語 上).

　이상으로 忠의 槪念과 본질을 요약해 보면 忠의 가장 普遍的이고 本質的인 뜻은 '盡己', 곧 '내 마음의 정성을 다하는 것'이라고 할 수 있다. 그러므로 신하가 임금을 섬기는 데 정성을 다하는 것이 忠일 뿐만 아니라, 임금이 백성을 다스리는 데 정성을 다하는 것도 忠이라고 한 것이다.

　내 마음의 정성을 다하여 조금도 거짓되고 망념됨이 없는 것이 忠의 本義가 되므로, 忠은 君王에 대한 길인 八德(孝·悌·忠·信·禮·義·廉·恥)을 바탕으로 해야만 온전히 할 수 있는 것이다.

Ⅲ. 作品에 나타난 忠思想

본고에서는 古時調에 나타난 忠思想을 戀君・憂國・盡忠으로 분류하여 忠의 樣相을 살펴보기로 한다.

1. 戀君

연군시조란 忠의 대상이 君(임금)이고, 君王의 恩德・君恩・聖恩・思慕・戀君을 마음 속 깊이 느끼며 항상 감사히 생각하여 임금을 그리워하는 마음에서 노래한 時調를 말한다. "忠臣은 비록 在野에 묻혀 있을지라도 임금을 잊지 않는다."[34]라고 했는 바, 이러한 詩歌로는 고려조 鄭敍의 <鄭瓜亭曲>[35] 등을 들 수 있다. 時調에는 忠에 대한 作品 245首 중 52首가 戀君忠心을 主題로 한 作品[36]으로 이중 두드러지게 나타난 작품만 살펴 보고자 한다.

鐵嶺 노푼峯에 쉬여넘는 져구름아
孤臣 寃淚를 비삼아 씌여다가
님겨신 九重深處에 쑤려볼가 ᄒ노라
李恒福 <2823>[37]

---

34) 『漢書』劉向傳 : "忠臣雖在畎畝 不忘君."

35) 鄭在鎬, 「國文學에 나타난 忠孝思想에 관한 考察」, 『국어국문학』18권 제 77~78호, 1982, pp. 7~8.

36) 金龍培, 「古時調에 나타난 忠孝思想硏究」, 檀國大學校 敎育大學院, 1984, p. 12.

37) 『校本 歷代時調全書』의 時調 번호임.

白沙 李恒福이 光海君 5년에 인목대비 폐출의 부당함을 忠諫하다가 削奪官職되어 北靑으로 流配가는 길에, 鐵嶺을 넘으면서 읊은 노래인데, 流配를 가면서도 王에 대한 怨望보다 그를 향한 戀君이 나타나 있다. 한 자 한 자에 풍기는 忠誠은 눈물을 흘릴지언정 임금을 怨望하지는 않았다. 孤臣 怨淚를 임 계신데 곧, 시기·질투 많은 구중심처에 뿌려봄이 어떠냐는 精誠이 담긴 戀君의 시조다.

<blockquote>
楸城鎭 胡樓밧긔 우러 네는 뎌 시내야
므음 호리라 晝夜의 흐르는다
님 向흔 내 뜯을 조차 그칠 뉘룰 모로누다
</blockquote>

尹善道 <2970>

孤山 尹善道가 30세이던 1617년(光海君 9)에 李爾瞻이 國柄을 잡고 國政을 어지럽히기에 白面書生으로서 그를 彈劾하는 上疏를 올려 朝野의 주목을 끌었으나, 이로 말미암아 咸鏡道 慶源으로 유배되었다. 이때 부른 노래로 '자기의 어리석은 것도 임금을 위하는 마음에서 나온 것이고, 아무리 다른 사람이 무어라 말하여도 임금님께서 헤아려 달라'는 哀絶한 사연이 깃들여 있는 시조이다.[38] 오직 충성의 일념에서 나온 뜻이라 생각된다.

老歌齋 金壽長은 『海東歌謠』에서 孤山의 작품을 '吾觀此則難登萬丈之峰'이라고 極讚하였고, 趙潤濟는 『韓國詩歌史綱』에서 "그는 과연 詩歌에 있어서도 실로 前人未踏之地를 開拓하여 朝鮮語에 新

---

38) 秦東赫, 『古時調文學論』, 서울:형설출판사, 1976, pp. 169~170.

意를 창립하고 이를 시가상에 實用하여 朝鮮語를 藝術語답게 하였다." 39)라고 하여 우리말의 언어미를 가장 높게 발휘한 작가로 보았다.

> 宋玉이 ᄀ을ᄒᆞᆯ만나 므스이리 슬프던고
> 寒霜 白露ᄂᆞᆫ ᄒᆞᄂᆞᆯ히 긔운이라
> 이내의 ᄂᆞ몯져 근심은 봄ᄀᆞ을이 업서라
>
> 張經世 <1689>

沙村 張經世의 시조에서는 諦念과 虛無 속에서 오히려 자기를 잃지 않고 樂觀的인 觀照에서 眞實을 발견하려는 肯定的인 態度를 엿볼 수 있다. 이것이 儒敎徒의 抒情詩인 時調文學의 特徵的인 성격이라 하겠고 비록 歷史의 推移에 따라 소재는 변할지라도 君主에 대한 忠義만은 변하지 않은 주제의 定着性, 이것이 곧 시조문학이 지닌 바 그 역사적인 기능이었다고 볼 것이다.40) 戀君의 시조 작품을 많이 지은 분으로 沙村 張經世를 들 수 있다. 沙村의 시조로는 <江湖戀君歌> 12首가 있는데 여기서도 戀君之情을 哀切하게 읊었다. 당시에 많은 유학자들이 黨爭에 패배하고 먼 곳에서 귀양살이를 할망정 그들이 지니고 있는 군주에 대한 충성심은 조금도 변함이 없었다는 것을 시조로 노래하고 있다.

> 내 ᄆᆞᄋᆞᆷ 버혀 내여 별둘을 밍글고져
> 구만리 댱텬의 번드시 걸려이셔

---

39) 上揭書, p. 137.
40) 정병욱, 『한국고전시가론』, 서울:新丘文化社, 1983, p. 141.

고은 님 계신 고더 가 비최여나 보리라

鄭澈 <566>

松江 鄭澈은 朝鮮朝 大詩歌人으로 歌辭文學의 최고자라 일컬었으며 그 벼슬이 左相에까지 이른 대정치가이기도 하다. 西人派의 鬪士로서 黨爭에 몸을 던진 가운데 많은 파란을 겪었으며 그 후 昌平에 歸去하여 세상을 悲觀하고 假隱者의 생활을 하면서 詩作에 몰두하였다. 그는 宣祖의 寵愛를 받았었고 백성을 위하는 바른 정치를 하여서 화평한 사회를 이룩하여 보자는 일념으로 일생을 官界에서 보내고 때로는 配所와 隱居地로 轉轉하였던 것이다[41]. 그래서 그의 작품에는 항상 임금을 戀慕하는 신하로서의 모습과 戀君과 治國의 理想이 그려져 있음을 볼 수 있다[42]고 했다.

聖恩이 罔極흔 줄 사롬들아 아느손다
聖恩곳 안니면 萬民이 살로소냐
이몸은 罔極흔 聖恩을 갑고 말려 흐노라

朴仁老 <1596>

蘆溪 朴仁老는 31세(선조 25) 임진왜란 때 義兵將 鄭世雅의 휘하에서 別侍衛가 되어 왜군을 무찔렀으며, 39세에 무과에 등제하여 선정을 베푼 사람이다. 이 시조는 만백성이 생존하는 것도 모두 聖恩의 덕택이라고 보고 있는데, 결국 至重한 聖恩에 報答하겠다는 노래[43]라 하겠다. 臣下로서, 百姓으로서 君主를 향한 忠誠과

---

41) 李準文, 「古時調에 나타난 忠孝表現의 類型 研究」, 中央大學校 教育大學院, 1984, p. 22.

42) 李泰極, 『時調의 史的 研究』, 서울:선명문화사, 1974, p. 139.

聖恩을 잊지 말아야 함을 말하고, 이런 태도가 왕을 받드는 백성
의 기본자세임을 나타내었다.

> 綠草 晴江上에 구레버슨 몰이 되야
> 씨씨로 머리 드러 北向ᄒ여 우는 뜻은
> 夕陽이 지너머 가니 님즈 그려 우노라
>
> 徐益 <652>

　萬竹軒 徐益은 宣祖 2년(1569) 문과에 급제하여 宣祖 18年(1585)
義州牧使가 되었으나 탄핵을 받은 李珥를 변호하는 상소를 올렸다
가 파직되었다. 위의 시조는 光海君의 난정시 그가 官界에서 물러
나 故鄕인 扶餘에 돌아와 江湖에 지내면서 지은 노래로, 선조를
그리워하는 애틋한 정이 잘 나타나 있다. 宣祖를 사모하는 戀君歌
로서 특히 向主丹心을 隱喩시켜 놓았으니 초장에서의 '구레버슨
말'은 작자의 致仕後 閑情을 譬한 것이며, 종장에서의 '夕陽이 '지
너머가니'는 임금의 崩御를 뜻한다. 致仕하여 '굴레벗은 말'과 같
이 悠悠度日한 몸으로 山林江湖에서 임금님이 계시는 대궐을 향하
여 崩御를 哀悼한 戀君의 시조다.

> 蛟山도 聖恩이요 蓼水도 聖恩이라
> 山峨峨 水洋洋이 다 聖恩만 못ᄒ여라
> 南山의 날과 東海예 돌도 萬壽无彊을 비로니 우리님긔
>
> 梁周翊 <282>

---

43) 한태현, 『한국의 효와 효행』, 도서출판 남산, 1990, p. 26.

> 일이ᄒ야도 聖恩이요 더리ᄒ야도 聖恩이라
> 엇지ᄒ야 갑프녀뇨 與天地無窮ᄒ 聖恩이라
> 두어라 世世生生ᄒ야 萬之一이나 갑파볼가 ᄒ로라
>
> 梁周翊 <2303>

　無極 梁周翊은 景宗 2년부터 純祖2년까지 산 분인데 그의 문집인 『無極集』에 의하면 79歲 때에 正祖의 寵愛에 감격하여 <感聖恩歌>와 <感恩曲> 各 5首 合 10首의 시조를 지었다. 10首 모두가 聖恩을 感祝하는 主題로 일관된 점이 특징이고 형태상으로는 대체로 초장과 중
장은 平時調의 定格에 종장이 平時調의 定格보다 길다는 점44)을 볼 수 있다.

　다음 시조는 <感聖恩歌> 中의 하나로 그가 79歲 때인 正祖 23年(1799)에 지은 것이다. 天地가 높고 큰 正祖의 은혜를 찬양한 것만이 아니라 그 恩德의 만분의 하나라도 갚겠다는 君恩報答의 노래다45). 正祖에 대한 寵愛에 감격하여 聖恩에 보답하겠다는 忠의 표현이다.

> 江湖에 期約을 두고 十年을 奔走ᄒ니
> 그모른 白鷗는 더듸 온다 ᄒ려니와
> 聖恩이 至重ᄒ시미 갑고가려 ᄒ노라
>
> 李恒福 <117>

　白沙 李恒福은 江湖에 기약을 한 지 10여 년 세월이 지났으나

---

44) 秦東赫, 前揭書, p. 193.
45) 金永載, 前揭書, 1984, p. 48.

약속을 어기고 아직도 자연과의 약속을 지키지 못하는 것은 임금님의 聖恩이 罔極하니 그 은혜에 보답하고 강호로 돌아가겠다는 노래로 이 또한 至重한 君恩에 報答하고자 한 시조작품이다46).

　작자는 벼슬을 그만두고 江湖에 隱居하겠다는 약속을 한 지 어언 10년간이나 벼슬길에서 東奔西走하고 있으니 약속받았던 갈매기들은 더디 온다고 투덜거리지만 임금님의 聖恩이 罔極하시니 그 은총에 조금이라도 報答하고 가겠다는 임금님에 대한 感謝의 情을 읊고 있는 戀君의 시조이다.

　　　三冬에 뵈옷 닙고 岩穴에 눈비 마자
　　　구름 낀 볏 뉘도 �씬 적이 업건마는
　　　西山에 히지 다ᄒ니 눈물겨워 ᄒ노라

曹植 <1478>

　南溟 曹植은 寒貧居士로 國祿을 먹거나 君恩을 받아본 적이 없는 평민인데 중종이 승하하셨다는 소식을 듣고 백성의 한 사람으로 슬픔을 이기지 못하는 순결한 백성의 至情이 나타나 있다. 사실 높은 벼슬을 하고서도 자신의 순간적인 이익을 위해 돌아눕기가 일쑤인 당시의 당쟁 속에서 벼슬도 하지 않은 자가 뜨거운 눈물을 흘리는 일종의 무상의 행위로 보아 여기서 작자의 감정은 평범 속에서 非凡을 지닌 감정이라 볼 수밖에 없는 듯하다.47)

　　　江湖에 봄이 드니 미친 興이 절노 난다.
　　　濁醪 溪邊에 錦鱗魚 安酒 ㅣ로다

---

46) 韓宗求, 前揭書, p. 25.
47) 韓春燮 編著, 『精解 古時調 解說』, 홍인 문화사, 1985. p. 107.

이몸이 閒暇히옴도 亦君恩이샷다

孟思誠 <124>

古佛 孟思誠의 <江湖四時歌> 중 春으로 그는 高麗 禑王 12년
(1386)에 文科에 급제하여 조선조에는 벼슬이 左議政에 이르렀다.
이 시조는 그가 致仕歸田하며 지은 것으로 한가롭게 江湖에서 자
연을 벗하여 四時를 즐기는 것도 모두 聖恩의 德이라고 생각하고
있다. 즉 벼슬을 하는 것만이 아니라 평범한 삶을 누리는 것도 임
금의 德이라 생각하고 있다.

千萬里 머나먼 길히 고은 님 여희옵고
니ㅁ음 둘더 업셔 냇ㄱ의 안자시니
져 물도 니온 ㅈ흐여 우러 밤길 녜놋다

王邦衍 <2762>

王邦衍은 端宗朝人으로 義禁府都事에 在職할 때 廢位된 端宗(세
조 3년, 1457)을 寧越로 護送하였는데 돌아오면서 자신의 아픈 마
음을 달랠 길 없어 강가에 앉아 어린 端宗의 애처로운 처지와 世
俗의 無常함을 노래하기도 하였다. 이 시조는 군신간의 忠愛를 읊
은 '愛情之學'48)이라고도 했다.

데 가는 져 기러기 漢陽城池 날 쇼겨냐
며근덧 위여 불너 이닉 消息 傳홀쇼야 못傳홀 쇼야
우리도 님보라 밧비 가는 길히니 傳홀동 말동 흐여라

孝宗 <2593>

---

48) 金起東, 國文學槪論, 서울: 進明文化社, 1956, p. 115.

孝宗은 仁祖 15年(1637) 淸나라에 볼모로 잡혀가서 8년간이라는 세월을 淸에서 보냈다. 이 시조는 創作年代를 알 수가 없으나 仁祖에 대한 그리움과 소식을 기러기에게 부탁하고 있는 것으로 보아 丙子胡亂 後 瀋陽에 볼모로 잡혀가 있을 때 지은 것으로 여겨지며, 瀋陽에서 父王을 그리워한 戀君之情의 노래라 할 수 있다.

> 天地ᄀ치 크시옵고 日月ᄀ치 붉으시니
> 우리 先王 恩澤은 滿滿世 傳ᄒ시리
> 아마도 ᄒ낫 賤臣이 혼자 닛기 어려웨라
>
> 黃胤錫 <2788>

頤齋 黃胤錫은 임금님에게 받은 恩德이 천지같이 높고 넓으며 日月의 광명같이 밝으니 이 커다란 聖恩을 대대로 전하여 잊지 않겠다는 시조다. 天地와 같은 聖德의 至重함을 알아 報答하고 있지 못하는 자신을 찬탄하며 임금님의 福數頌祝을 빌고 있다. 罔極한 君恩을 찬양하고 감사하며 報答코자 한 노래이다.

> 泰山이 놉다ᄒ여도 하늘아래 뫼히로다
> 河海 깁다ᄒ여도 짜우희 므리로다
> 아마도 놉고 깁픈슨 聖恩인가 ᄒ노라
>
> 金絿 <3062>

自菴 金絿는 南海에 유배생활을 하면서도 秋毫의 怨望도 없이 오로지 聖恩에 感激하고 있다. 聖恩은 君主의 恩德을 찬양하고 기리는 것으로 동양에 있어서 君王은 天命을 받아 백성을 통치하는

天子라고 생각하였다. 그래서 임금의 恩德을 항상 고맙게 생각하
며 그로 인하여 백성이 편안하다고들 생각하여 聖恩에 보답하는
마음을 갖게 된다. 임금에 대한 忠誠도 聖恩을 깨닫는 데서 출발
한다고 할 수 있다.

御前에 失言하고 特命으로 니치시니
이몸이 갈듸 업셔 西湖로 츠ᄌ가니
밤中만 닷드는 소리예 戀君誠이 시로왜라

具仁垕 <1966>

仲載 具仁垕는 임금의 노여움을 사서 유배의 길을 떠나면서도
조금도 怨望하지 않고 오히려 닻 감는 소리 마저 戀君誠이 새로울
만큼 임금을 절실히 생각하고 있다. 임금이 대하여 오직 感謝가
있을 뿐이며, 어떻게 하면 恩惠에 報答할까 하는 마음 뿐이다.

ᄉ랑ᄒ올손 우리님군 귀ᄒ실샤 우리샹감
구즁심쳐의 자고 새야 빅셩 근심
우리도 이 은덕 잇지 말고 갈충보국 ᄒ오리라

李延熽 <1410>

春坡 李延熽(현종15~영조12)은 辛壬士禍로 老論이 失脚당할 때
에 寧海로 유배되었는데 이 시조는 영조에 대한 은총을 잊지 못함
을 읊고 있다.

귀양을 가면서도 임금을 사모하고 못 잊어 하며, 신하로서 임금
을 위하는 지극한 정성을 읊기도 했고, 國祿을 먹거나 먹지않거나
백성의 한 사람이면 언제 어느 곳에서 무엇을 하든지 항상 임금님
을 생각하는 것이 先人들의 常情이었다고 볼 수 있다.

2. 憂國

忠의 대상이 國(나라)이고 安民治國하여 달라는 忠誠心의 眞情을 표현한 것과, 國家의 議論이 不一致하고 不當하게 人材가 쓰러지고 黨爭이 있을 때 國事를 걱정하며 읊은 소극적인 忠을 表現한 時調를 '憂國'의 범주로 분류했다.

> 白雪이 즈즌진골에 구룸이 머흐레라
> 반가온 梅花는 어니곳이 퓌엿는고
> 夕陽의 호을노셔셔 갈곳몰나 ㅎ노라
>
> 李穡 <1195>

牧隱 李穡은 기울어져 가는 高麗에 대한 안타까운 心情으로 憂國忠念이 충일된 노래를 불렀다. 이성계 일파의 세력을 억제하려 했으나 뜻을 이루지 못하고 도리어 체포되어 長湍·咸昌·淸州·張興 등지에 전전하면서 유배생활을 하다가 여생을 마친 고려조 구파세력의 마지막 한 사람인 그가 기울어져 가는 王氏麗朝를 붙들고 어찌할 바를 모르며 애틋한 忠義烈士(梅花)를 기다리는 憂國衷情이 가득차 넘치는 노래49)이다. 辛旽의 橫暴, 威化島回軍, 芳遠 등의 劃策 등등이 먹구름처럼 험상궂어만 가는 麗末의 風雲앞에 서서 그래도 나라를 걱정하는 선비들이 어디쯤 자리하고 있을 것이라 생각하고 안타까운 自己心情을 호소할 길 없이 헤매는 老忠臣의 懷抱가 사무친 것이다.50)

---

49) 李泰極, 『時調槪論』, 새글사, 1978, p. 158.
50) 金永載, 前揭書, p. 11.

시조에 나타난 憂國의 작품들은 國家가 危機에 처했을 때 百姓을 아끼는 人士들이 自己의 힘으로 어쩔 수 없는 現實을 근심하고 더욱 더 나라를 생각하고 慨嘆하는 忠의 表現을 했던 것이다.

> 綠駬霜蹄 슬지게 먹여 시너물에 씨셔 타고
> 龍泉雪鍔 들게 7라 다시 샌혀 두러메고
> 丈夫의 爲國忠節을 적셔 볼가 하노라
>
> 崔瑩 <649>

崔瑩은 恭愍王 원년에 趙日新의 난을 평정하고 南海岸에 침입한 倭寇를 격퇴하였고, 西京을 침범한 紅巾賊을 격파하여 圖形壁上功臣이 되었다. 明이 鐵嶺衛를 설치하려 하므로 八道都統使가 되어 遼東 征伐에 나섰으나 右軍都統使 李成桂의 威化島 回軍을 막다가 敗戰하여 高峰에 유배되고 다시 충주로 귀양가서 斬刑을 당하였다. 그는 무인으로서 장부의 위국충절을 세워보겠다는 忠義精神을 잘 나타내었다. 여기서의 충의 대상은 君에 대한 忠이 아니라, 國에 대한 충이라 생각된다. 여러번 침범한 왜구를 물리친 일이나, 수차 발기된 반란을 제압하고 평정한 공로는 모두 憂國忠節의 실천이 아닐 수 없다.

> 景星出 鄕雲興ᄒ니 日月이 光華 ㅣ로다
> 三皇禮樂 五帝의 文物이로다
> 四海로 太平酒 비져 萬姓同醉 ᄒ리라
>
> 金裕器 <161>

大哉 金裕器는 堯舜 때와 같은 평화가 이 땅에도 왔으니 이를

同樂昇平으로 영원히 누려 보자고 했다. 국민은 언제나 國泰民安을 希求하고, 바르고 의로운 治國의 대도를 바랐던 것이다. 이것이 愛國思想의 기반이 되어 있고 愛國理念의 母胎가 되어 왔고, 이런 實狀이 빗나갔을 때 국민 모두가 우국의 念을 禁하지 못하게 마련인 것이다. 이런 마음은 국가의 화평과 안녕을 希求하는 데서 비롯되었다고 믿는다.

> 힘쎠 ᄒ는싸홈 나라爲ᄒ 싸홈인가
> 옷밥의 뭇텨이셔 홀일업서 싸호놋다
> 아마도 근티디 아니ᄒ니 다시어이 ᄒ리
>
> 李德一 <3335>

漆室 李德一은 光海君 때 임금은 荒淫無道하고 朝廷에는 날로 忠良한 신하들이 放逐을 당하여 점차 奸臣小人輩만 들끓고 당파싸움에만 寧日이 없어 세상이 날로 어지러워 가는 것을 보고 나라를 근심하여 위의 시조를 지었다.

그는 특히 나라 걱정은 아니하고 자기의 利益(小我)만을 내세우는 派黨心을 걱정하고 있다51). 憂國을 주제로 한 시조를 가장 많이 지은 사람으로 漆室 李德一을 들 수 있다. 28首의 憂國時調가 모두 국가의 安危를 悲憤慷慨한 내용으로 창작된 憂國時調이다. 이 작품들은 그의 文集인 『漆室遺稿』에 실려 있다. 이 작품에는 西歸居士 李起渤의 飜辭가 있다52)는 점이 특이하다.

---

51) 鄭炳昱, 『時調文學事典』, 서울:新丘文化社, 1980, p. 44.
52) 尹榮玉, 『時調의 理解』, 嶺南大學校出版部, 1986, p. 152.

> 興亡이 有數ᄒ니 滿月臺도 秋草ㅣ로다
> 五百年 都邑이 牧笛에 부쳐시니
> 夕陽에 지나는 客이 눈물계워 ᄒ노라
>
> 元天錫 <3325>

耘谷 元天錫은 인생의 무상과 허무를 영탄하고 체념한 내용으로 위의 시조를 지었다. 이 작품을 화려하고 번영을 누리던 왕도가 滅亡한 것을 영탄한 感傷文學으로 보기도 하며53), 麗朝 오백년의 평화롭던 시대가 꿈으로 여겨진다는 서글픔이 어리었지만 실은 벌써 깨끗한 諦念이 엿보이는 逃避諦念의 노래54)로 보기도 한다.

高麗가 망한 것을 懷古하고 인생의 무상함을 슬퍼한 것은 消極的인 충의 표현이나, 망국의 슬픈 감상 속에 몸은 비록 조선에 살면서도 마음만은 철저한 고려인으로서 麗朝에 대한 憂國의 忠을 노래한 시조라고 생각된다.

> 五百年 都邑地를 匹馬로 도라드니
> 山川은 依舊ᄒ되 人傑은 간듸 업다
> 어즈버 太平烟月이 꿈이런가 ᄒ노라
>
> 吉 再 <2079>

冶隱 吉再는 고려 왕조의 몰락으로 인하여 奉母를 핑계로 현실을 도피하여 善山에서 隱居生活을 하다가 정종 2년에 이씨 太常博士의 職을 내렸으나 두 왕조를 섬길 수 없다면서 사양하였다. 이 작품은 그가 고향에서 은거하다가 松都가 그리워 말을 타고 둘러

---

53) 金起東, 『國文學槪論』, 進明文化社, 1984, p. 123.
54) 李泰極, 前揭書, p. 163.

보면서 고려의 망국을 懷古한 시조다.

　자기가 몸담았던 조정과 王孫貴人들이 어디론지 가고 없는 都邑地를 찾아들었을 때의 감회를 읊고 있다. 망국의 限을 눈물겹도록 표현했음이 하나의 運命論으로 연결되어 있다. 그러기에 나라가 망하고 난 후의 애국심은 그 빛이 사뭇 약한 悲嘆임을 느낄 수 있다.

　　　　南八아 男兒死耳언정 不可以不義屈이어다
　　　　웃고 對答ᄒ되 公이有言 敢不死아
　　　　千古에 눈물둔 英雄이 몃몃줄을 지은고

　　　　　　　　　　　　　　　　金尙憲 <542>

　清陰 金尙憲은 故事를 그대로 옮겨서 자신의 기개를 나타내었다. 安綠山의 亂 때 張巡은 적을 막다가 힘이 모자라 城을 빼앗기고 포로가 되었으나 항복하지 않았다. 이때에 그의 部下인 南八이 또 잡히어 왔다. 張巡이 南八에게 "南八아! 사나이 죽을지언정 불의에 굴해서는 안 된다."고 말했다. 南八이 웃으면서 대답하기를 "公께서 나를 알아 주시거늘 어찌 죽지 않사오리까?" 하면서 역시 적에게 항복하지 않았다. 마침내 이들은 敵徒에게 殺害되었다.

　이 시조의 초장과 중장은 이들이 처형되기 직전에 주고 받은 대화를 그대로 인용한 것이다. 南八은 唐나라 때의 南齊雲을 가리킨다. 丙子胡亂 때 끝까지 싸울 것을 주장하고 和義書를 찢으며 통곡하던 작자 金尙憲의 시적 정서는 "단순한 憂·悲·驚이 아니라 怒·惡·喜·欲의 정서적 반응을 나타내고 있다".55) 즉 不義에 저

---

55) 宋鍾官, 「壬·丙 兩亂을 背景으로 한 憂國時調」, 『嶺南語文學』第23輯, 嶺南

항하던 굳은 憂國의 忠精神이 그대로 반영되어 있는 시조이다.

> 壁上에 걸린칼이 보믜가 낫다말가
> 功업시 늙어가니 俗節업시 믄지노라
> 어즙어 丙子國恥를 씨서볼가 ᄒ노라
>
> 金振泰 <1235>

君獻 金振泰의 <怨恨歌>다. 千秋의 恨事요 萬代의 國恥를 씻지 못함을 痛憤한 告白이다. 戰禍로 인한 국민생활의 疲弊와 아울러 敵愾心 불타는 憂國烈士들의 정신은 당시에는 물론 시대가 변질된 후대에 와서도 그 정신은 그대로 이어져 肅宗時에 와서도 이같은 작품이 나오게 되었으리라 본다.

> 닛ᄀ에 히오라비 무스일 셔 잇ᄂ다
> 無心흔 저 고기를 여어 무슴 ᄒ려ᄂ다
> 두어라 흔물에 잇거니 여어 무슴 ᄒ리오
>
> 申欽 <613>

象村 申欽은 仇敵의 監視 즉 '해오라비'들의 눈초리가 政界를 떠나 아무 욕심도 없이 村家에 묻혀 사는 사람 즉 '無心한 저 고기들'에까지 쉴 사이 없이 따라오니 이런 일은 骨肉相爭의 慘狀밖에는 빚어낼 것이 없다고 노래했다. 우리는 다 같은 同胞니 敵對行爲를 버리고 서로 사랑하고 위하고 도와 가면서 사는 것이 충성된 백성의 마음이요, 행위가 아니냐는 뜻을 내포한 작품이다.

語文學會, 1993, p. 12.

　　時節이 저러ᄒ니 人事도 이러ᄒ다
　　이러ᄒ거니 이러저러 아닐소냐
　　이런쟈 저런쟈ᄒ니 한숨겨워 ᄒ노라

　　　　　　　　　　　　　　　　李恒福 <1772>

　　白沙 李恒福은 1617년 (光海君 9)에 폐모의 논의가 일어나자, 이를 극력 반대하고 붕당의 조정에 노력했으나, 파당분자들의 농간과 부당한 시비가 분분하다가 마침내 비인도적인 폐모를 자행했음을 개탄하고 이를 풍자한 憂國時調를 썼다.

　　초장의 '時節이 저러ᄒ니'와 '人事도 이러ᄒ다'는 壬辰·丁酉의 왜란으로 국가존망의 위기에 즈음해서도 동서의 당론이 붕당의 이익만을 꾀하여 대의를 그르침을 은유함이고, 중장의 '이러ᄒ거니'와 '이러 저러 아닐소냐'는 왜침 앞에 풍전등화 같은 위경에도 파쟁을 일삼았거늘, 평정 뒤에도 각성은커녕, 분쟁은 점점 더 격심해짐을 개탄함이요, 종장의 '이런쟈 저런쟈 ᄒ니'는 당리만을 앞세워 시시비비를 일삼는 파당분자가 많음을 개탄하여 마지 않는 동시에, 그러한 시비가 마침내 천인공노할 폐모를 자행했음을 풍자한 憂國의 시조다.

　　孔孟의 嫡統이 ᄂ려 晦庵씨 다ᄃᄅ이
　　精微學文은 窮理正心 ᄀᆱ닐넌늬
　　엇더타 江西議論은 그를 支離타 ᄒ던고

　　　　　　　　　　　　　　　　張經世 <225>

　　沙村 張經世는 孔孟의 학문이 朱熹(晦庵)에 이르니 학문을 배우

는 까닭은 마음을 올바르게 깊이 배움에 있는데 陸九淵이 朱熹를
만나 論亂을 벌인 것을 꾸짖고 있다. 즉 나라 걱정은 아니하고 자
기의 利益만을 내세우는 派黨心을 걱정하고 있다.56)

> 어와 棟梁材를 더리ᄒ여 브려이다
> 헐쓰더 기운 집의 議論도 한제이고
> 뭇지위 고ᄌ자들고 헤쓰다가 말려니
>
> 鄭澈 <1931>

松江 鄭澈의 시조로 유능한 인재가 헌신짝같이 버림받던 世態를
걱정한 노래다.57) 간신배들이 당쟁을 일삼아 착한 겨레를 해침을
한탄한 憂國之心을 나타낸 시조다. 당쟁의 비극을 慨嘆한 시조로
句句마다 憂國의 精誠이 넘침을 볼 수 있다. 사회가 어지럽고 정
치가 그 궤도에서 벗어날 때 憂國忠節의 선비는 排斥을 당하여 뜻
있는 사람의 가슴을 아프게 만든다고 했다.

> 空山이 寂寞흔되 슬피 우는 져杜鵑아
> 蜀國興亡이 어제 오날 아니여든
> 至今에 피나게 울어 눔의 이를 긋ᄂ니
>
> 鄭忠信 <263>

晚雲 鄭忠信은 임진왜란 때 권율 장군 밑에서 공을 세우고 정묘
호란 때에는 부원수로 활약한 공신이다. 이 작품은 亡國의 울음을
쏟는 두견새 소리에 다시금 나라의 귀함이 애를 끊도록 느껴진다

---

56) 鄭炳昱,『時調文學事典』, 서울: 新丘文化社, 1980, p. 44.
57) 金永載, 前揭書, p. 45.

고 읊은 憂國時調이다.

3. 盡忠

忠을 三綱五倫 및 五常과 애국애족의 국민정신으로 보고 나라가 위기에 처하거나, 君王의 처지가 어려울 때 나라 또는 임금을 위하여 굳은 節槪를 나타내거나, 不事二君을 노래함으로로써, 丹心忠節을 적극적으로 表現한 작품을 盡忠으로 분류했다.

> 이몸이 죽어죽어 一百番 고쳐죽어
> 白骨이 塵土되여 넉시라도 잇고업고
> 님向흔 一片丹心이야 가싈줄이 이시랴
>
> 鄭夢周 <2325>

圃隱 鄭夢周의 <丹心歌>는 高麗末의 忠臣으로 金石과 같은 굳은 意志로써 初志一貫한 一片丹心을 결코 바꾸지 않겠다는 慷慨한 신념이 잘 드러난 노래이다.

人口에 널리 膾炙된 이 시조에서는 圃隱의 高麗王朝에 바치는 萬古 忠臣의 丹忠이 積極的으로 表現되어 있으며, 久遠性의 詩的 心象을 잘 나타내고 있다. '一百番 고쳐죽어'와 '白骨이 塵土되어'의 詩句들이 내포하는 의미는 不變하는 丹心忠節의 久遠性을 말하며, '忠臣不事二君'이라는 실천적인 道德 강령을 지켜 600년이 지난 지금도 作者의 松竹같은 氣魂이 우리의 가슴에 생생히 되살아나는 듯한 作品이다.

그는 목숨까지 바쳐서 그의 氣節을 지킨 것이다. 위 시조에서는 혈죽을 느낄 수 있다. 기절은 지조다.58)

太祖의 5남 芳遠이 <何如歌>로 鄭夢周의 속마음을 떠본 노래의 和答으로 일백번을 죽어 白骨이 진토가 되어 넋이야 남아 있건 없건 임에 바친 丹心忠節은 變할 수가 없다는 굳은 節介와 松竹같은 매운 지조가 나타나 있다. 不事二君의 지조와 임금에 대한 忠節이 어떤 것인가를 단적으로 잘 알 수 있는 작품이다.

> 이몸이 죽어가셔 무어시 될꼬ᄒ니
> 蓬萊山 第一峰에 落落長松 되야이셔
> 白雪이 滿乾坤홀졔 獨也靑靑 ᄒ리라
>
> 成三問 <2323>

梅竹軒 成三問이 端宗의 復位를 꾀하다가 실패하고 죽음을 당할 때에 지은 충절의 노래로서 萬古不變의 爲君丹心을 읊은 것이다. 새 임금이 다스리는 政治를 白雪에 비유하여 온천하를 차디차게 뒤덮어서 만물을 죽인다 해도, 자신은 죽어서 환생을 하더라도 志操를 지켜 홀로나마 옛 임금을 섬기겠다는 抵抗意識을 高潮시킨 것이다.

우리에게 크게 영향을 끼쳤던 '不事二君'이라는 忠思想의 根源은 『史記』59)에서 그 絶對性이 기인되었다. 이같은 忠義와 志操는 고려 왕조를 위하다가 善竹橋에서 숨져간 鄭夢周의 忠節과, 不事二君을 부르짖고 金烏山 아래 隱居하며 後進養成에 盡力한 吉再의 忠義와 함께 온겨레의 마음의 귀감으로 追慕를 받고 있다.

---

58) 최승범, 『시조 에세이』, 창작과 비평사, 1995. p. 25.
59) 『史記』, "忠臣不事二君 烈女不更二夫."

가마귀 눈비마즈 희는듯 검노민라
夜光明月이 밤인들 어두우랴
님向흔 一片丹心이야 變흘줄이 이시랴

朴彭年 <20>

醉琴軒 朴彭年은 死六臣의 한 사람으로 집현전 학사이기도 하다. 그는 端宗 복위를 꾀하려다 김질의 밀고로 처형되었는데, 평소 그의 才能을 아깝게 여기던 世祖가 김질을 시켜 太宗의 <何如歌>로 그를 떠보려 하였으나 그 對答으로 굽힘없는 志操를 읊은 것이다. 이 시조는 세상이 아무리 흐려져도 先王께 바친 굳은 절개야 변할 수 없다는, 임을 향한 충성심으로 不事二君을 노래한 작품이다.

까마귀가 눈비를 맞으면 잠시 희어지는 듯이 보이지만 곧 검어지고 만다. 그렇지만 夜光珠와 明月珠야 어찌 밤이라고 빛나지 않을 수 있겠는가? 어린 임금, 端宗께 바쳐온 이내 가슴속의 충성이야 변할리 없다는 것이다. 즉, 까마귀는 世祖를 비유한 것인데 희는 듯하지만 검은 까마귀에 지나지 않는다고 빗댄 것이다. 夜光明月은 어린 端宗으로 세상은 캄캄한 밤이지만 역경 속에서도 언제나 빛난다고 표현한 것이다. 그것은 곧 박팽년의 一片丹心과도 상통한다.

房안에 혓는 燭불 눌과 離別ᄒ엿관더
눈물을 흘리면서 속타는즐 모르는고
우리도 져 燭불 ᄀᆺ도다 속타는줄 모로노라

李 塏 <1166>

白玉軒 李塏가 촛불에 의탁한 자신의 心懷를 읊은 이 시조는 그 대로 젊은 충신의 타는 듯한 마음을 보여 주고 있다. 이 <紅燭歌>는 영월에 계시는 端宗에 대한 忠誠心을 읊은 시조다. 촛불은 그 누구와 이별의 슬픔을 나누었기로 눈물을 흘리면서 속이 타 들어가는 줄을 모르고 있는 것일까, 저 촛불도 바로 나와 같아서 슬프게 눈물만 흘릴 뿐 속이 타서 없어지는 것을 깨닫지 못함을 한탄한 시조다.

痛恨의 念이 작품으로 보이고 있는 것이다. '촛농'이 흘러내리는 것을 자신의 눈물에, 심지가 타 들어가는 것을 애타는 마음으로 비유하고 있다. 그리고 나아가 촛불이 자신의 몸을 태워 어둠을 밝히듯이 자신도 촛불처럼 임을 위해서 태워보리라는 굳은 決意가 깃든 것이라고 생각된다. 스스로 몸으로 大義를 밝힌 것과 다름이 없다. 아무튼 피맺힌 忠誠心이 함축성있게 표현된 盡忠을 나타낸 시조이다.

> 간밤의 부든 ㅂ람 눈셔리 치단말가
> 落落長松이 다 기우러 가노미라
> 흐물며 못다핀 곳치야 일너 무엇 ᄒ리오
>
> 　　　　　　　　　　　　　　　　俞應孚 <66>

碧梁 俞應孚는 무과 출신으로 평안도 都節制使를 지냈다. 그는 端宗의 復位를 도모하다가 김질의 배반으로 잡히어 世祖의 鞠問을 당하는 마당에서 엄연히 왕위를 차지한 世祖를 가리켜 '자네'라고 부른 인물이다. 그래서, 화가 뻗친 世祖가 가죽을 벗겨내는 惡刑을 가하면서 問招를 거듭했으나, 묻는 말에는 대답도 않고 成三問 등

다른 동지를 돌아보며 "예로부터 書生들과는 대사를 도모할 수 없
다더니, 과연 그 말이 옳도다. 이제 세상 누구를 탓할까 보냐!"하
고 世祖를 향하여 "자네가 물어 볼 말이 있거든 저 書生들 한테나
물어보도록 하게!"라고 한마디를 던지고는 입을 열지 않았다. 그가
남긴 시조 속에서 그의 장엄한 氣槪를 짐작할 수가 있다. 그는 유
학에 조예가 깊었으며, 궁술에도 뛰어났다고 한다.[60]

　死六臣 중의 유일한 武人으로 擧事가 탄로되었을 때 文臣들의
虛弱한 행동을 통탄한 兪應孚의 작품에는 武人다운 風貌가 넘쳐
흐른다. 落落長松이 다 기울어지는데 못다 핀 꽃송이야 어떠하겠
는가 하고 成就하지 못한 擧事를 못내 아쉬워하여 不事二君의 盡
忠의 정신을 잘 표현하고 있다.

<blockquote>
首陽山 └린 물이 夷齊의 寃淚 ┃ 되야
晝夜不息ᄒ고 여홀여홀 우는 뜻은
至今에 爲國忠誠을 못늬 슬허 ᄒ노라
</blockquote>

洪翼漢 <1701>

　花浦 洪翼漢은 淸나라에 잡혀가서 끝까지 굴하지 않고 나라를
위해 죽은 충신으로 자신의 충절을 伯夷叔齊의 원통한 눈물에 비
유하여 나타낸 작품이다. 夷齊는 殷의 신하이던 武王이 殷나라 紂
王을 토벌할 때 武王에게 諫하였으나 듣지 않자 首陽山에 들어가
고사리를 캐어 먹다 餓死한 충신이다. 三學士인 洪翼漢의 시조에
는 외세 侵攻에 나라를 근심하고 걱정하는 마음이 충만되어 있다.

---

60) 徐首生・金文基,「死六臣의 思想과 文學研究」,『東洋文化研究』第 6輯, 慶北
　　大學校 東洋文化研究所, 1979, p. 60.

盡忠의 일념으로 당쟁의 深刻相과 외세의 침략 등으로 빚어지는 사태들을 근심하고 있다.

孔子가 말하기를 "대저 忠은 자신에게서 일으키고 가정에서 나타내고 나라에서 이룩하나니 그 실천하는 바는 오직 한가지이다.[61]"라고 하였다. 그 한가지는 바로 '安樂太平'이라 하겠다.

> 楚江 漁父드라 고가 낙가 슴지 마라
> 屈三閭 忠魂이 魚腹裡에 드러ᄂ니
> 아모리 鼎鑊에 술문들 變홀 줄이 이시랴
>
> 李明漢 <2918>

白洲 李明漢은 宣祖 28년부터 仁祖 23년까지 산 분으로 1643년에 斥和派로 지목되어 瀋陽에 억류되었는데, 위의 시조는 丙子胡亂을 배경으로 하여 산출된 것으로서 胡敵에 굴하지 않겠다는 일념으로 강철같이 굳은 節槪를 나타내고 있다. 여기서는 작자 자신을 楚 懷王 때의 유명한 시인 屈三閭에 비유하고 있다. 屈三閭는 지조있는 시인으로 조국의 前途를 우려하고 汨羅水에 투신자살한 강렬한 충의 소유자였다.

李明漢이 소재로 수용한 屈原의 忠이야말로 아무리 鼎鑊에 삶은들 익을 수 없다는 불굴의 지조를 나타낸 것으로 그와 같은 忠을 作者 자신에 비유해 보고 자신도 그에 뒤지지 않겠다는 일념에서 호국을 염원하는 强靭한 정신을 피력하고 있는 盡忠을 나타낸 時調이다.

---

61) 『忠經』第一章, "夫忠興於身 著於家成於國 基行一焉."

首陽山 ㅂ라 보며 夷齊를 恨ㅎ노라
주려 죽을진들 採薇도 ㅎ눈것가
아모리 프시엣거신들 긔 뉘 싸희 낫더니

成三問 <1703>

梅竹軒 成三問은 首陽山에 들어가 고사리를 캐먹은 백이숙제에
게 비록 푸새의 것인들 주나라 것이 아니냐고 절개를 지키지 못한
것에 대한 怨望을 드러내고 있다. 그러면서 자신은 굶어서 죽는
한이 있더라도 世祖가 주는 것은 아무 것도 먹지 않겠다는 端宗에
대한 굳은 절개를 나타내고 있다. 이 시조는 殷나라의 신하이던
무왕이 以臣殺君하자 周나라를 세운 逆謀에 抗議하여 伯夷, 叔齊
兄弟가 수양산에 들어가 고사리를 캐어 먹다가 죽었다고 했지만
周나라에서 난 고사리라도 그들이 왜 먹느냐고 질타한 것이다. 자
기는 세조가 주는 祿은 한 술도 먹지 않겠다는 의지의 표시이다.
正統인 端宗을 받드는 것을 唯一한 最上의 충으로 생각하고 불의
의 왕, 世祖治下의 一切를 부정하여 端宗에 대한 강렬한 충성의
의지를 보인 것이다.

자기는 餓死할지언정 한 술도 먹지 않겠다 했기에 慘刑 後에 보
니 世祖로부터 받은 國祿이 모두 倉庫에 貯藏되어 있었다는 것이
다.62)

客散門扃ㅎ고 風微月落홀 제
酒甕을 다시 열고 詩句 훗부러니
아마도 山人得意눈 이뿐인가 ㅎ노라

---

62) 申瑛撤, 『古時調 新譯』, 東邦文化社, 1948, p. 41.

河緯地 <135>

丹溪 河緯地는 성격이 항상 寡默하고 철저히 禮法을 지키는 선비였다. 세종 때에 문과에 장원으로 뽑히어 집현전 학사로 들어가서 講經과 陪讀에 일인자가 되었다. 문종시에는 疾病을 구실로 조정을 떠나 선산으로 내려갔다. 世祖의 명으로 禮曹參判이 되었으나 俸祿을 一室에 저장해 두고 먹지를 아니하였으며, 궁궐을 지날 때에는 반드시 馬上에서 내려 걸었을 정도로 임금에 대한 충성심이 강하며, 지조가 뚜렷했던 분이다. 그의 시조에서 어수선한 세상을 개탄하는 즉, 나라를 걱정하는 뜻을 표현하고 있다.

초장에서는 잔치를 끝내고 술잔을 나누던 손님들이 돌아가고 대문을 닫아 걸은 모습이며, 종장에서 山人의 자랑이란 이런 홍취뿐이라고 개탄한 것은 적막한 세상의 실상을 말해 주는 듯하다. 어지러운 세상을 한탄하고 자연에 몰입하여 閑居하는 심경을 노래하였으나 자기의 절개를 굳게 지키겠다는 忠節을 표현한 시조이다.

草堂에 일이 업서 거문고를 베고 누어
太平聖代를 꿈에나 보려ᄒ니
門前에 數聲漁笛이 줌든 날을 ᄭ와라

柳誠源 <2927>

琅玕 柳誠源은 成均館司成으로 端宗 復位를 꾀하다 발각되자 祠堂 앞에서 自決하였는데, 그의 시조에서는 세조를 비꼬고 있다.

太平聖代가 세조에 의해서 깨어졌음을 노래하고 있다. 太平聖代는 세종조의 30여 년에 걸친 황금시대를 가리키며, 어부의 피리

소리란 자기 주변에서 일고 있는 피비린내나는 권력투쟁의 소음인
지도 모른다. 작자는 그런 것을 다 잊고 싶어 낮잠을 자면서 지난
과거를 꿈꾸려는 것인데 그것마저 여의치가 않다는 작가의 歎息이
흐르고 있는 忠節의 노래이다.

> 이몸이 되올진더 무엇이 될고ᄒ니
> 崑崙山 上上峰에 落落長松 되얏다가
> 群山에 雪滿ᄒ거든 혼ᄌ 우쑥 ᄒ리라
>
> 權韠 <2315>

　石洲 權韠의 이 시조는 매죽헌의 순국적 충사상의 영향이 잘 드
러나 있다. 곤륜산 落落長松이 되어서 모든 산이 흰눈으로 덮혔을
때 혼자 우뚝 志操를 지키겠다는 사상은 '忠臣不事二君'이란 確固
한 信念을 잘 표현한 忠節의 시조이다.

Ⅳ. 結　言

　本稿에서는 『歷代時調全書』에 수록되어 있는 作品에 나타난 忠
思想에 대해 살펴보았다.
　忠의 語義를 통털어서, 가장 普遍的이고 本質的인 뜻으로 나타
낸다면, '내 마음의 정성을 다하는 것'을 뜻한다.
　오늘날 우리가 忠의 옛 倫理的 傳統을 再强調해야 할 必要性은
崩壞狀態에 있는 人間의 共同體를 살리기 위해서이다. 忠은 人間
共同體의 紐帶를 강화하는 기본적인 윤리가 되기 때문이다. 忠은

한 나라의 秩序와 平和를 보장하는 윤리이다.

忠을 한마디로 말한다면 그것은 '사람됨'의 문제라고 할 수 있다. 그렇다면 忠教育은 곧 '人間教育'으로부터 비롯해야 하겠다. 忠孝는 우리 나라의 傳統思想에서 오래 지녀온 固有의 基本德目이다. 忠은 人間 本性과 순수한 自由 意志에 의하여 행동하는 것을 의미한다. 따라서 忠孝의 行爲는 自發的이고 自律的이어야 하며 不變의 人間性과 狀況의 合理性이 조화를 이룰 수 있는 自己 判斷 能力과 결단력을 가짐으로써 현대의 忠孝를 실현할 수 있다고 보겠다.

本稿에서는 古時調에 나타난 忠思想을 戀君・憂國・盡忠으로 分類하여 忠의 樣相을 살펴보았는데, <鐵嶺 노픈峯에>・<楸城鎭 胡樓밧긔>・<宋玉이 ᄀᆞ을홀만나>・<내 ᄆᆞ음 버혀 내여>・<聖恩이 罔極ᄒᆞᆫ 줄>・<綠草 晴江上에>・<蛟山도 聖恩이요>・<일이ᄒᆞ야도 聖恩이요>・<江湖에 期約을 두고>・<三冬에 뵈옷 닙고>・<江湖에 봄이 드니>・<千萬里 머나먼 길희>・<뎨 가는 뎌 기러기>・<天地 ᄀᆞ치 크시ᄋᆞᆸ고>・<泰山이 놉다ᄒᆞ여도>・<御前에 失言하고>・<ᄉᆞ랑ᄒᆞ올슨 우리님군> 등에서는 戀君思想이, <白雪이 ᄌᆞᄌᆞ진골에>・<綠駬霜蹄 슬지게 먹여>・<景星出 鄕雲興ᄒᆞ니>・<힘뼈 ᄒᆞᆫ싸홈>・<興亡이 有數ᄒᆞ니>・<五百年 都邑地를>・<南八아 男兒死耳 언정>・<壁上에 걸린칼이>・<넛ᄀᆞ에 희오라비>・<時節이 저러ᄒᆞ니>・<孔孟의 嫡統이 ᄂᆞ려>・<어와 棟梁材를>・<空山이 寂寞ᄒᆞᆫ되> 등에서는 憂國思想이, <이몸이 죽어죽어>・<이몸이 죽어가셔>・<가마귀 눈비마즈>・<房안에 혓ᄂᆞᆫ 燭불>・<간밤의 부든 ᄇᆞ람>・<首陽山 ᄂᆞ린 물이>・<楚江 漁父드라>・<首陽山 ᄇᆞ라 보며>・<客散門局ᄒᆞ고>・<草堂에 일이 업서>・<이몸이 되올진터> 등에서는

盡忠思想이 뚜렷하게 나타나 있다.

忠의 根本 精神은 바로 眞實을 土臺로 한 尊敬과 至誠·精誠이라고 볼 수 있다. 이 精神은 時空을 超越하여 變質되어서는 안 되겠다.

參 考 文 獻

金基平, 「忠에 關한 硏究」, 『論文集』, 公州敎育大學, 1977.

金永載, 「忠을 나타낸 時調의 考察」, 嶺南大學校 敎育大學院 碩士學位論文, 1984.

金龍培, 「古時調에 나타난 忠孝思想硏究」, 檀國大學校 敎育大學院, 1984.

金周坤, 「韓國時調에 나타난 孝思想 硏究」, 『우리말글』第17輯, 우리말글학회, 1999.

―――, 「韓國時調에 나타난 忠思想 硏究」, 『論文集』, 慶山大, 第17輯, 1999.

馬 融 著, 金學主 譯, 『忠經·孝經』, 明文堂, 1985.

朴奎洪, 『時調文學 硏究』, 螢雪出版社, 1996.

朴先榮, 「宗敎에서의 忠孝思想」, 『梵聲』第48號, 1977.

宋鍾官, 「朝鮮中期時調硏究」, 嶺南大學校 大學院 博士學位 論文, 1996.

―――, 「壬·丙 兩亂을 背景으로 한 憂國時調」, 『嶺南語文學』, 第23輯, 1993.

申容守, 「忠孝思想의 史的考察과 現代的 意味」, 『論文集』, 檀國大, 第20號, 1986.

沈載完 編著, 『校本 歷代時調全書』, 世宗文化社, 1972.

安商元, 「忠孝思想과 國民敎育」, 『國民倫理硏究』第6輯, 1970.

유구병, 『충효의 보편성과 현실적 향상의 문제』, 밀알, 1979.

유정동, 「윤리적 측면에서 본 충효사상」, 『퇴계학보』, 1977.

尹榮玉, 『時調의 理解』, 嶺南大出版部, 1986.

이병수, 「충효의 현대적 의미」, 국회보, 1979.

李準文, 「古時調에 나타난 忠孝表現의 類型 研究」, 中央大學校 敎育大學院, 1984.

李泰極, 「古今時調를 通해 본 愛國思想」, 『時調의 史的 研究』, 二友出版社, 1981.

林憲道, 「古時調에 나타난 忠孝思想 管見」, 公州敎大 論文集, 1978.

鄭麟弼, 「忠孝思想研究」, 高麗大 敎育大學院 碩士學位論文, 1984.

鄭在鎬, 「國文學에 나타난 忠孝思想」, 『국어국문학』, 77호, 1978.

────, 『韓國 時調文學論』, 태학사, 1999.

秦東赫, 『古時調文學論』, 螢雪出版社, 1982.

최창규, 「충효정신과 한민족의 주체성」, 『퇴계학보』, 1977.

韓宗求, 「時調文學에 나타난 忠孝思想」, 忠州工專論文集, 第10輯, 1983.

韓春燮 編著, 『精解 古時調解說』, 弘新文化社, 1985.

한태현, 『한국의 효와 효행』, 도서출판 남산, 1990.

(二)　士大夫歌辭에 나타난 忠

I. 緒　言

우리 古典文學에는 忠思想이나 그 정서를 형상화한 작품이 수없이 많다. 우리 民族의 基本倫理인 '忠孝'는 우리 나라를 東方禮儀之國으로 불리어지게 하며 民族의 傳統性을 빛내어 왔다. 國家와 民族을 사랑하는 忠의 精神과 祖上과 父母를 받들고 섬기는 孝道는 人間社會 모든 德의 根本인 것이다.

그런데 최근에 와서 西歐의 個人主義가 우리 나라에 들어와 우리들의 意識構造도 많이 달라져 가는 현실이다. 그래서 現世를 忠의 不感症 세대라고들 하기도 한다. 高度의 산업사회와 물질문명의 팽배로 인간의 思考方式도 實用主義·利己主義로 흐르는 傾向이 짙어 가고 있다.

더욱이 最近 高度의 産業化와 더불어 派生된 價値觀의 變異는 우리 社會에 지나친 個人 중심의 利己主義的 傾向과 相互 不信의 社會風潮를 만연시키고 있다.

오늘의 精神的 狀況이야말로 輕薄하고 頹廢的이며 人間의 尊嚴性과 主體性이 埋沒되어 가고, 나아가 自己存在의 根源과 存在方式이나 生의 意義마저 忘却하여 가는 상황이라 아니할 수 없다. 실로 忠의 槪念을 찾아보기조차 어려운 亡國과 悖倫의 상황이 支配的인 이른바 逆忠孝的 상황이 오늘의 참 모습이 아닌가 한다.

우리 民族文化에 가장 많은 영향을 끼친 것이 忠思想이며, 우리 先人들의 思想을 잘 담고 있는 것이 가사문학이라고 할 수 있다.

지금까지 가사에 나타난 忠思想 연구로는 「歌辭文學에 나타난 忠孝思想」[1]이 있는데 <自警別曲>·<訓民歌>·<父母恩歌> 등에 나타난 忠孝를 함께 소개하였고, 國文學 作品과 儒敎 典籍만을 한정한 「忠에 關한 硏究」[2]가 있고, 流配歌辭를 대상으로 한 필자의 「流配歌辭에 나타난 忠節意識樣相」[3]과 韓國佛敎歌辭를 대상으로 한 「佛敎歌辭에 나타난 忠思想」[4]이 있다.

本稿에서는 人道之本이요 마음의 中心이며 核이요 뿌리라고 할수 있는 忠思想이 한국가사에 어떻게 반영되어 있는지를 고찰해 보고자 한다.

歌辭에는 '忠孝'를 함께 혹은 '忠'만을 강조한 作品이 多數가 있는데, 本稿에서 臺本으로 삼고 있는 ≪韓國歌辭選集≫[5]과 ≪辭文學全集≫[6]에 수록된 167편 중 '忠'사상이 두드러지게 나타나는 작품을 대상으로 하여 가사에서의 忠의 表現樣相을 戀君·憂國·盡忠

---

1) 尹亨德, 「歌辭文學에 나타난 忠孝思想」, 忠州工專論文集 第11輯, 1978.
2) 金基平, 「忠에 關한 硏究」, 公州敎育大學 論文集 第13輯, 1977.
3) 拙　稿, 「流配歌辭에 나타난 忠節意識樣相」, 『嶺南語文學』 第16輯, 1989.
4) ───, 「佛敎歌辭에 나타난 忠思想硏究」, 『慶山語文學』 第1輯, 1995.
5) 李相寶, ≪韓國歌辭選集≫, 集文堂, 1979.
6) 金聖培 外 3人, ≪歌辭文學全集≫, 集文堂, 1961.

으로 分類하여 논의코자 한다. 다만 필자가 이미 「佛敎歌辭에 나
타난 忠思想硏究」를 하였으므로 佛敎歌辭는 硏究範圍에서 除外하
였다. 그리고 논의의 순서나 硏究方法은 먼저 忠의 槪念과 본질부
터 살펴보고 나서 가사에 나타난 忠思想을 고찰하기로 한다.

Ⅱ. 作品에 나타난 忠思想

　韓國歌辭에 나타난 忠思想을 考察해 보기에 앞서 統治者인 聖君
이 지키고 행하여야만 할 政治論을 『忠經』에서 살펴 보고자 한다.

　　임금이란 聖德을 가지고 萬邦의 본보기가 되어야만 한다. 그리고
　아래 百姓들로부터 위 임금에 이르기까지 각기 높이는 대상이 있는
　것이다. 그러므로 王者는 위로는 하늘을 섬기고 아래로는 땅을 섬기
　며 가운데로는 宗廟를 섬김으로써 백성들을 대하여야만 한다. 그러
　면 백성들은 그에 敎化되어, 온 천하가 '忠'을 다하여 윗사람을 떠받
　들게 되는 것이다.
　　그렇게 조심스러이 경계하고 삼가면 그의 총명함이 날로 더하여
　져, 현명한 사람을 등용하고 능력있는 사람에게 벼슬자리를 주어 위
　대한 敎化를 펴 나가게 되며, 그 혜택은 오래도록 작용하여 백성들
　모두가 그를 따르게 되는 것이다. 그러므로 王道가 크게 온 세상에
　행하여지고 후대에까지도 드날리게 되어, 나라를 보존하고 조상들을
　영광되게 만들게 되는 것이다. 이것이 聖君으로서의 忠인 것이다.[7]

---

7) 馬融, 『忠經』第二章 : "惟君以聖德 監於萬邦 自下至上 各有尊也 故王者上事於
　　天 下事於地 中事於宗廟 以臨於人 則人化之 天下盡忠以奉上也 是以兢兢戒愼
　　日增其明 祿賢官能 式敷大化 惠澤長久 黎民咸懷 故得皇猷丕丕 行於四方 揚
　　於後代 以保社稷 以光祖考 蓋聖君之忠也."

통치자로서는 聖德으로써 백성들을 다스리는 것이 忠이다. 그리
고 성덕이란 하늘과 땅의 뜻을 받들고 조상들의 遺業을 계승하는
데서 이루어진다고 본 것이다.[8]

德으로써 백성을 敎化시키는 것이 가장 上級의 다스림이고, 政
策을 백성들에게 베푸는 것은 中級의 다스림이며, 형벌로써 백성
들을 膺懲하는 것은 下級의 다스림이니 德治를 해야 한다.

미국의 사회학자 Riesman 역시 소유양식의 現代人은 늘 새로운
무엇을 소유하기 위해 불안해하면서 群衆 속에서 고독을 느낀다고
한다. 사실 現代人은 지나치게 많은 것을 소유하려고 노력한다. 곧
소비의 量이 행복의 量과 직결된다는 식의 소비지향적 人間이 되
고 있다.

Fromm은 또 모든 것은 갈망의 대상이 될 수 있다. 일상성의 모
든 것까지 물건·재산·명예·의식·지식·사상 등 그것들 자체는
惡이 아니고, 그로 인해 나쁘게 된다는 것이다. 즉 자유를 해치는
쇠사슬이 된다. 그것들은 우리의 자기 實現을 방해하는 것이다.

그러면 이제부터 한국불교가사 작품에는 忠思想이 어떻게 나타
나는지를 살펴보고 그 의미를 알아보기로 한다. 그리고 忠을 나타
낸 忠節意識의 樣相을 戀君·憂國·盡忠으로 分類하여 살펴보고자
한다.

1. 戀 君

忠의 對象이 君(임금)이고, 君王의 恩德을 君恩·聖恩이라 하며

---

8) 馬 融 著, 金學主 譯, 『忠經·孝經』, 明文堂, 1985, pp. 37~38.

그에 感謝하고 못 잊어하는 百姓으로서의 衷情을 읊은 것과 君王
에 대한 忠誠된 마음을 表出한 것과 임금을 思慕하여 그리워 하는
마음에서 노래한 忠臣戀主之詞型의 작품들을 살피기로 한다.

梅溪 曺偉는 燕山君 四年에 戊午士禍를 만나 金宗直 系統의 學
者들이 虐殺, 流配를 당할 때에 義州로 流配되었다가 全羅道 順天
으로 移配되어 어느 누구에게도 호소할 길 없는 悲憤을 노래한 <
萬憤歌>를 지었다.

*17 玉皇	香案前의	18 咫尺의	나아안자
19 胸中의	싸힌말슴	20 쓸커시	스로리라
38 五色실	니음졀너	39 님의옷슬	못ᄒ야도
40 바다ᄀ튼	님의恩을	41 秋毫나	갑프리라
47 幽蘭을	것거쥐고	48 님겨신듸	ᄇ라보니
49 弱水	ᄀ리진듸	50 구름길이	머흐러라
179 君恩이	믈이되여	180 흘너가도	자최업고
181 玉顔이	곳이로되	182 눈믈ᄀ려	못볼로다
203 恨이	쏼희되고	204 눈믈로	가디삼아
205 님의집	창밧긔	206 외나모	梅花되여
207 雪中의	혼자픠여	208 枕邊의	이위ᄂ듯
209 月中	疎影이	210 님의옷의	빗취어든
211 어엿븐	이얼굴을	212 네로다	반기실가

<萬憤歌>

梅溪가 流配刑을 당하는 신세가 되어서 君王과 멀리 떨어져 있
는 입장에 놓이고, 이에 자신의 흉중에 쌓인 말을 실컷 이야기하
고 싶다는 戀君의 내용으로 되어 있다. 流配地에 있으면서도 君王

의 크나큰 報恩을 그리며, 그에 대하여 보답하고자 하는 忠心이 投影되어 있다.

作家는 自身이 죽게 된다고 해도 그것은 하늘의 命이요, 임금의 뜻이다. 멀지 않아 作家를 반겨 주리라는 심사가 잘 투사되어 있다. 즉 <萬憤歌>9)는 戀君之情으로 일관한 一片丹心을 기반으로 하였으며, 생사운명을 하늘에 맡기고 모든 것을 체념하려는 숙명론적 인생관에 뿌리박고 있음을 알게 하는 戀君의 작품이다. 순천 유배지에서 어느 누구에게도 호소할 길 없는 비분을 玉皇(成宗)에게 하소연하는 심정으로 忠節意識이 잘 표출된 노래이다.10) 이는 마치 楚의 屈原이 <天門>을 창작하여 자신의 심정을 풀려고 한 것과 같으니, 이 작품은 조선조시대에 나온 流配歌辭의 嚆矢이다.

曺偉는 流配地에서 屈原의 <楚辭>를 불철주야로 耽讀했다고 하는데, 이러한 것은 士禍에 連累되어 그 自身의 富貴榮華가 전락되고, 억울한 流配生活의 苦楚가 닥쳐서 遊離의 처지이지만, 그 가운데서도 楚客의 後身이 되기를 念願한 데에 그 까닭이 있다. 作家들은 流配地에서도 君王에 대한 衷情의 不變을 노래하는 해바라기 性向의 態度를 견지하였다.11)

그의 流配歌辭에는 思美人의 歌辭라고 해도 지나친 말이 아닐 정도로 戀君에의 衷情이 切切하게 표현되었다.

黨爭에 關與한 流配者들은 비록 流配의 不運을 당할망정 그 어

---

* 引用作品 앞의 숫자는 原歌辭의 句 번호임.
9) 李家源, 「萬憤歌 研究」, 『東方學志』 第六輯, 延世大 東方學研究所, 1963.
　　拙　稿, 「曺偉의 萬憤歌 研究」, 『嶺南語文學』 第14輯, 1987.
10) 拙　稿, 註3) p. 358.
11) 徐首生, 「松江의 前後美人曲의 研究」, 『慶大論文集』, 第6輯, 慶北大, 1962.
　　p.331.

느 누구보다도 戀君之情의 忠誠을 表現하였다. 아무리 君主의 미
움을 사서 排斥되어 流配당하는 처지가 되었다고 하더라도, 그것
은 政敵이나 奸臣輩의 모함이요 장난으로 王聰을 흐리게 한 것이
다. 여기서 流配地에서 변함없이 憂時憂國하고 戀君丹忠하는 衷情
을 謳歌하여 疏遠해진 聖寵을 회복해 보고자 한 것이다. 님을 君
王에 비유한 思美人의 表現句節은 中國 <楚辭>에 그 淵源을 두고
있다.12) 流配地에 있기 때문에 思慕하는 君王에게 衷情을 말씀드
릴 수 없음을 슬퍼했고, 自身이 變節해서 俗人을 따를 수 없음을
안타까워 했다. 잠시 自適해 自身의 마음을 달래려고 風物을 詠美
하여 草香의 아름다움에 自身의 청절을 비겨서 자긍했다. 반드시
자신의 충의가 군왕에게 알려질 때가 올 것으로 생각하고 바른 길
을 행할 것을 결심했다.

　이러한 君王께 向한 一片丹心이야 말로 어떤 逆境에서도 변할
수 없다고 여겼던 것이 儒家의 傳統思想인 것이다.

　松江 鄭澈이 45세 되던 宣祖 13년(1580)에 江原道 觀察使가 되
어 관동 팔경을 두루 다니며 그 풍경과 民俗 등을 노래한 것이 <
關東別曲>이다.

1 江湖애	病이깁퍼	2 竹林의	누엇더니
3 關東	八百里에	4 方面을	맛디시니
5 어와	聖恩이야	6 가디록	罔極ㅎ다
15 昭陽江	ㄴ린믈이	16 어드러로	든단말고
17 孤臣	去國에	18 白髮도	하도할샤
19 三角山	第一峰이	20 ㅎ마면	뵈리로다

---

12) 星川淸孝, 『楚辭の 硏究』, 養德社, 1961, p. 364 參照.

21 弓王　　　　大闕터희　　　22 烏鵲이　　　지저괴니
<關東別曲>

昌平에서 한가롭게 살고 있는데 강원도 觀察使를 주신 임금님의 은혜가 망극하다고 했다. 임금님과 멀리 떨어져 있는 외로운 신하이지만 밤마다 임금님을 그리워하고 있는 戀君之情이 잘 나타나 있다.

은연중에 님에 대한 충정을 여실히 드러내고 있음을 上針하여, 그 사이에 시름잡힌 白髮이 성그렇더니, 東州밤 겨우 새고서 하마 北寬亭에 오른 극성이고 보면, '三角山 第一峰'은 바로 임 계신 白玉樓요, 넋이라도 임을 모시려는 無垢한 意衷이다. 大闕에 烏鵲이 울고 있다는 것은 隱然중에 임금님을 그리워하는 心情을 暗示한 것이다. 이외도 聖恩에 感服하는 장면이 間歇的으로 나타나는데, 이것은 松江이 官界에 나아간 후 得意했을 때나 不遇했을 때나, 한결같이 지녔던 戀君之情을 노래했다.

松江이 宣祖때 거듭된 鄕里放逐의 疏外와 流配的 雰圍氣로 昌平에서 創作한 것으로 <思美人曲>·<續美人曲>이 있다.

松江의 <前後美人曲>[13]은 우리 나라 歌辭文學의 白眉라고까지 말하듯이 詩歌文學의 最高峰을 이루고 있다. <前後美人曲>에 담겨진 님은 곧 忠君的인 戀君之情을 의미하는 것으로 松江 以後 流配歌辭에 많은 영향을 끼친 것으로 본다. 이 作品은 流配地에서 創作한 것으로 그 歌意도 한마디로 여인의 하소연인데, 그 하소연은 곧 戀君으로 비화시키고 있다. 松江이 말하고자 하는 戀君은 殺身의 極致를 뜻한다. 儒者의 평범한 忠君이 아니라, 天來의 因緣

---

13) 徐首生, 註 11) P.332.

에서 나온 뜻으로 <思美人曲>을 창작했다.

1 이몸	삼기실제	2 님을조차	삼기시니
3 흔싱	緣分이며	4 하늘모롤	일이런가
5 나ᄒᆞ나	졈어잇고	6 님ᄒᆞ나	날괴시니
7 이ᄆᆞᄋᆞᆷ	이ᄉᆞ랑	8 견졸디	노여업다
79 淸光을	픠워내여	80 鳳凰樓의	붓티고져
81 樓우희	거러두고	82 八荒의	다비최여
83 深山	窮谷졈	84 낫ᄀᆞ티	밍그쇼셔
117 어와	내병이야	118 이님의	타시로다
119 출하리	싀어디여	120 범나븨	되오리라
121 곳나모	가지마다	122 간디죡죡	안니다가
123 향ᄆᆞ틴	눌애로	124 님의오시	올ᄆᆞ리라
125 님이야	날인줄모ᄅᆞ셔도	126 내님조ᄎᆞ려	ᄒᆞ노라

<思美人曲>

劈頭의 發端부터 님과의 緣分을 제시하고 그 연분의 깊은 의미를 서술한다. 님에 대해 利己를 내세우는 哀情이 아니라 '군 ᄠᅳ디' 전혀 갖지 않는 忠君의 眞面을 내보이고 있다.

松江은 英主의 德性이 八荒에 골고루 은택하여 國泰民安의 三代 日月이 再臨해야 한다는 至情[14]이다. 이 忠君은 明月을 바라보며 임을 그리는 나머지 聖顔을 우러렀던 것이다.

<思美人曲>은 宣祖를 '美人'으로 상징하여 창작한 戀君의 流配歌辭이다. 그가 至嚴한 君主요, 國家의 元首를 美人·戀人으로 다루면서 그 哀情을 토로한 것도 역시 文學과 政治를 共有케 하는

---

14) 金甲起,「松江의 文學思想研究」,『東岳語文論集』第9輯, 1976, p. 12.

좋은 예가 된다.15)

님은 곧 忠君的인 戀君之情을 의미하는 것으로 松江 以後 많은 作品에 영향을 끼친 것으로 본다. 우선 이 作品은 松江의 불우한 환경 즉 流配地에서 지은 것으로, 그 歌意도 한마디로 여인의 하소연인데 그 하소연은 곧 戀君으로 비화시키고 있음을 볼 수 있다. 즉 松江이 말하고자 하는 戀君은 殺身의 極致를 뜻한다.

松江은 <思美人曲>을 짓고, 얼마 아니하여 그것의 未盡한 것을 이어서 지은 歌辭가 <續美人曲>이다.

21 내몸의	지은죄	22 뫼フ티	짜혀시니
23 하놀히라	원망ㅎ며	24 사룸이라	허믈ㅎ랴
25 설워	플텨혜니	26 造物의	타시로다
85 어와	虛事로다	86 이님이	어디간고
87 결의	니러안자	88 窓을열고	브라보니
89 어엿븐	그림재	90 날조출	쑌이로다
91 출하리	싀여디여	92 落月이나	되야이셔
93 님겨신	窓안히	94 번드시	비최리라
95 각시님	둘이야ㅋ니와	96 구즌비나	되쇼셔

<續美人曲>

작가는 님에 대한 永遠不變의 戀情을 품고 있음을 보이면서 스스로 自慰하는 수밖에 도리가 없었다. 여기서 一日三省이 따르고, 그 궁극은 "不怨天 不尤人"하고 "知我者 其天乎"라는 仁德과 天意에의 上達이 있는 것이다. 차라리 달이 되어 임금님이 주무시는

---

15) 張德順, 『韓國古典文學의 理解』, 一志社, 1973, p. 246.

방을 비추겠다고 하여 그 참뜻을 나타내어 보이면서 님(王)에 대한 永遠不變의 戀情을 품고 있음을 보여준다.

<前後美人曲>이 그렇게도 人口에 膾炙되고 있는 것은 아무래도 그 作品에 담긴 '님'의 美化에 있지 않나 생각한다. 주지하다시피 <前後美人曲>의 기저는 '님'이요, 그 主題는 忠君的 戀慕之情이다.

이와 같이 松江은 '님'에 대한 戀慕之情을 직접 나타내지 않고 藝術的으로 形象化하여 格調높은 作品으로 昇華시켰음을 볼 수 있다. 즉 이 '님'에 대한 昇華된 形象美를 發見할 수 있다.[16]

<續美人曲>이 그렇게도 人口에 膾炙되고 國文學史上 類例없는 評價를 받는 理由는 아무래도 <續美人曲>에 담긴 '님'의 美化에 있지 않나 생각한다. 주지하다시피 두 歌辭의 기저는 '님'이요, 그 主題는 忠君的 戀慕之情이다.

이와 같이 松江은 직접 '님'에 대한 戀慕之情을 나타내지 않고 藝術的으로 形象化하여 格調높은 作品으로 昇華시켰음을 볼 수 있다. <續美人曲>에서 우리가 共感하고 同調하게 되는 것은 이 '님'에 대한 昇華된 形象美를 發見하기 때문일 것이다.

松江의 <前後美人曲>에 나타나는 戀君의 想念은 그 淸濁을 가리지 않는 술에 씻기워져 거나한 卽興으로 빚어진 우리의 '離騷'라 할 정도로 그 격을 높일 수 있다.

아무튼 松江의 儒敎的 戀君思想은 天賦의 孝悌忠信이 넘나는 斯學이 빚은 風流와 達觀의 道氣와 靜觀의 禪味가 出衆의 才力으로 휘갑되었다고 할 수 있다.

---

16) 拙　稿, 註3) pp. 359~360.

그래서 松江의 문학은 그리움과 사무침과 시름과 눈물로 얼룩졌
는 것으로 풀이된다.

결국 松江의 戀君은 저 "事君能致其身"의 착실한 率先이요, 示
範을 보인 것이라고 본다.

蘆溪 朴仁老가 76세 되던 인조 14년(1636)에 늙은 몸으로 노계
를 찾아와서 世間名利를 뜬구름 본 듯하면서도 임금을 그리면서
聖主萬歲와 太平盛時가 길이 계속되기를 祝願한 것이 ＜蘆溪歌＞
이다.

183 葛天氏쎄	百姓인가	184 義皇	盛時를
185 다시본가	너기로라	186 이힘이	뉘힘고
187 聖恩이	아니신가	188 江湖애	물너신들
189 憂君	一念이야	190 어닌刻애	이줄는고
191 時時로	머리드러	192 北辰을	브라보고
193 .눔모릭는	눈물을	194 天一方의	디이는다
195 一生애	품은뜻을	196 비옵는다	하는님아
197 山平	解渴토록	198 우리聖主	萬歲소셔

＜蘆溪歌＞

作者가 末年에 고향인 노계에 돌아와서 仁祖를 戀慕하고 憂君하
여 時時刻刻 北極星을 바라보며 눈물을 홀리면서 萬歲萬歲億萬歲
토록 長壽를 기원하는 戀君의 노래이다.

忠은 신하와 백성된 사람이 임금의 恩德을 감사하여, 임금과 나
라를 위하여 몸과 마음을 온전히 바치는 일이며, 임금을 禮로써
공경하는 일이며, 나나 내 집보다도 나라를 이롭게 하는 일이며,
임금을 극진히 사랑하는 일이라고 할 수 있다. 이를 더 간단히 말

한다면, 충은 임금과 나라를 위하는 정성(誠)과 공경(敬)과 사랑
(愛)이라고 할 수 있을 것이다.

曺友仁이 筆禍를 입어 옥중 고초를 당하던 때에 뭇 奸臣들 때문
에 政事가 어지러워 一片丹心을 펴낼 길이 없음을 노래한 忠臣戀
主之詞가 <自悼詞>이다.

1 임향한	一片丹心	2 하눌끠터	나시니
3 三生	結緣이오	4 지은마음	안녀이다
5 니얼골	너못보니	6 보옴즉다	홀가마는
7 밋낫치	곱고밉고	8 삼긴더로	전혀이셔
9 연지	白粉도	10 쓸쥴을	모르거든
11 호치	단순을	12 두엇노라	히리잇가
177 출하로	싀여뎌	178 子規의	넉시되여
179 夜夜	梨花의	180 피눈물	우러내야
181 五更에	殘月을섯거	182 님의줌을	끼오리라

<自悼詞>

임금을 戀慕하는 一片丹心을 조정의 奸臣들 때문에 하소연할 수
없는 심정을 차라리 죽어서 子規의 넋이 되어 임금이 주무시는 한
밤중에 만나고 싶어하는 戀君之情으로 노래하였다.

忠이 國家的이고 社會的인 裨補性을 가졌다는 것은 곧 忠이 國
家的·社會的 歸一性을 동시에 지니고 있다는 말이 된다. 忠으로
서 民心을 合一시켜 민중의 가치의식을 純化할 수 있기 때문이다.
따라서 忠이 없는 사회는 歸一될 中心이 없기 때문에 민족적 시련
이나 國難이 있을 경우 여간 어려운 狀況에 빠지지 않을 수 없는
것도 여기에 있다. 흔히들 이야기하는 大公無我(私)니 하는 말도

실은 이 忠에로의 指向이라 할 수 있을 것이다.[17)]

北軒 金春澤은 乙巳換局(1689)으로 流配되어 甲戌獄死(1694) 때 풀려 나왔으나 少論의 彈劾으로 1701년 全羅道 扶安에 다시 流配되었다. 당시 世子(景宗)를 謀害하려 한다는 誣告를 받고 罪가 加重되어 濟州에 安置되었는데, 이 때 <別思美人曲>을 지었다.

27 부월이	두해이셔	28 일백번	죽고죽어
29 뼈가길니된	후라도	30 님향한이마암이	변할손가
31 나도	일을가저	32 남의업산	것만어더
33 부용화	오살짓고	34 목난으로	나맛사마
35 한랄긔	맹세하여	36 님섬기랴	원이려니
103 차라리	싀어져	104 구름이나	되여이셔
105 삼광	오색이	106 님계신대	덥헛고저
107 그도	마소하면	108 바람이나	되야이셔
109 하일	청음의	110 님계신대	덥헛고저
137 그도	마소하면	138 띄글이나	되여니셔
139 님다니난	길우해	140 나붓기며	다니고져

<別思美人曲>

임금을 향한 一片丹心이야 一百番 죽고 죽어 뼈가 가루가 된들 왕에 대한 忠誠心은 變함이 없다는 내용이다. 만반의 준비를 하여 王(임금)께 忠誠할 날을 기다린다는 것이다.

君主(임)을 위해서는 어떤 犧牲 어떤 化神이 되어도 辭讓하지 않겠다는 丹心이 강열하게 나열되어 있다. 즉 '구름'·'바람'·'일눈명월'·'명산대천'·'천신노목'·'덩지초'·'금극명주'·'오현금'

---

17) 安商元,「忠孝思想과 國民教育」,『國民倫理研究』, 1970, p. 174.

··'하류마'···'띄글'이 되어서라도 王을 위하여 忠誠을 다하겠다는 流配地에서 임금을 그리워 하는 哀怨 悽然한 내용이다.

北谷 李眞儒는 少論으로서『家禮源流』의 序文과 跋文에서 少論의 領袖 尹拯을 非難한 그 筆者 權尙夏·鄭澔의 處罰을 主張하다가 削黜되었다. 그가 英祖初에 金一鏡의 一派로 몰리어 中國 使臣으로 다녀오는 道中에 逮捕되었다. 英祖때 楸子島로 流配되어 <續思美人曲>을 창작했다.

65 고신	원누랄	66 한수의	가득뿌려
67 님향한	일편정을	68 참고참아	떠나가니
69 내마암	이러실제	70 님이신들	니즐손가
107 무어살	취하시며	108 무어살	듕히녁여
109 언언이	정허하며	110 사사의	두호하샤
111 비박한	이한몸을	112 다칠가	념하시니
119 백년을	해로한들	120 이에셔	더할손가
121 님의은혜	이럭사록	122 긔질함은	더심하외
237 옥누	눕흔곳의	238 야야의	님을뫼셔
239 일당	우불의	240 슈답이	여향하니
241 전석의	문귀하던	242 가태부	이갓할가
243 어촌	원계셩이	244 긴잠을	떡다르니
245 우리님	옥음은	246 이변이	완연하고
247 우리님	어로향이	248 의슈의	품여계라

<續思美人曲>

北谷은 景宗 辛壬士禍(1721~1722)때 6人疏의 第1人者였다. 辛丑疏에 聯名한 禍로 淸에 使臣으로 가서 귀국 중 羅州 및 楸子島로

流配당했다. 流配囚로서 千里行裝을 차리고 湖南길 접어 들자 戀君의 懇曲한 衷情을 이기지 못하여 蘆嶺에 올라 北向하니 浮雲으로 해가 가려 王都가 뵈지 않자 歎息하며 戀君에의 哀情을 表白하였다.

老論들이 그에게 辛壬士禍를 일으킨 죄로 死刑시키고자 해서 사태가 위급하므로 임(王)이 그를 살릴 생각으로 楸子島에 유배하여 絶島栫棘으로 衆怨을 막았다고 여겨 그 聖寵이 뼈에 사무치도록 감사하다면서 戀君으로 애정을 표출하고 있다.

戀主忠君의 情이 얼마나 간절했던지 밤마다 玉樓에서 님을 모시고 玉音을 듣는다는 애절한, 님에 향한 戀君一念을 보여 준다.

北谷은 政敵이나 奸臣輩의 모함으로 王聰을 흐리게 한 것이라 여겨 流配地에서 戀君丹忠하는 衷情을 謳歌하는 것이다.

國家의 守護와 安全의 保障은 반드시 精神的·思想的 對應策의 강구와 不可分離의 관계에 있음을 銘心하여 국민의 忠直한 奉仕獻身의 覺悟를 中軸으로 하지 않으면 안 될 것이다.

2. 憂 國

忠의 대상이 國(나라)이고, 安民治國하여 달라는 念願과 忠誠心의 眞情을 표현한 것과 국가가 危機에 처했을 때 현실을 근심하는 忠國으로 국사를 걱정하며 읊은 消極的인 忠인 輔國安民의 내용이 담긴 작품류를 살피기로 한다.

楓皐 楊士俊은 明宗 10년(1555)에 乙卯倭變이 일어나자 右道防禦使인 金景錫의 幕下에 들어 南征軍과 같이 전라남도 靈岩에 내려와서 <南征歌>를 지었다. 가사는 倭寇에 시달리고 이겨낸 것

을 과장하여 표현한 抗倭의 戰勝歌로서 사실적인 작품이다.

1 나라히	無事ㅎ야	2 二百年이	너머드니
3 문염	武嬉ㅎ야	4 兵革을	니젓다가
172 桑麻이	봉봉이로다	173 國富	民安ㅎ야
174 太平을	ㅎ리로다	175 安不	忘危라
180 禮義로	알외쇼셔	181 親其上	死其長이
182 긔아니	됴ㅎ닛가	183 佛教而戰	이오
184 進之以殺	이면	185 罔民이	아니닛가
186 夜歌을	激烈ㅎ니	187 어릴셔	이몸이여
188 忠心애	憂國一念이야	189 니칠스치	업서이다

<南征歌>

세상이 평온하여 문관이나 무관이 그 직책을 게을리하고[18] 뽕과 삼이 길게 무성하니 나라가 부하고 백성이 편안하여 태평세월이다. 그러나 사람으로서 지켜야 할 禮義도 모르고 十善[19]을 행하지 않고 十惡을 행한다면 極惡한 어리석은 백성이 되니 憂國一念으로 忠誠해야 함을 피력하고 있다.

온 국민들이 국방의 의무를 중요시하는 마음이 하나로 뭉치면 오늘날 우리가 살고 있는 現代社會에는 상징적 대상인 임금(君主)에게 忠誠을 바치고 나라를 사랑하게 된다.

栗谷 李珥는 경기도 坡州의 栗谷이 아니면 황해도 海州의 石譚에서 은거하던 때에 <樂志歌>를 지은 것으로 여겨진다.

---

18) 韓愈, "平淮西碑, 相臣將臣 文恬武嬉 習熟見聞 以爲當然."
19) ①不殺生　②不偸盜　③不邪淫　④不妄語　⑤不兩舌
　　⑥不惡口　⑦不綺語　⑧不貪慾　⑨不瞋恚　⑩不邪見

37 나가셔	事君ᄒ니	38 一心이	淸白ᄒ다
39 功名은	너여노코	40 職責을	삼가ᄒ며
41 多幸이	오날날의	42 堯舜君民	나거고나
43 兒孩적	비혼學問	44 平生의	품은經綸
1057 禮儀로	돗출돌고	1058 忠臣으로	노롤저어
1059 心君이	고工되여	1060 眞源을	ᄎᄌ가니
1061 狂瀾이	接天ᄒ고	1062 濁浪이	排空ᄒ여
1063 茫茫ᄒ	大海中의	1064 갈길이	아득ᄒ다

<樂志歌>

　富貴功名을 다 버리고 시골에 살면서 事君하니 심신이 淸白하다. 세상은 堯舜時代와 같이 太平하니 어릴 때 배운 學問과 平生의 經綸으로써 仁義禮智로 돚을 달고 忠臣으로 한평생을 즐겁게 살아 보자는 忠心이 가득한 노래다. 나라에 항상 즐거움만이 있기를 기원하는 노래이다.

　孟子는, "君子가 임금을 섬기는 길은, 힘써 그 임금을 인도해서 道에 합당하게 하여, 모든 일이 이치에 맞게 하고, 나아가 仁에 뜻을 두게 하여, 어질지 못한 생각이 싹트지 못하게 해야 한다."[20]고 하였다. 孟子는 또 임금을 섬기는 사람이 利로써 王을 달래면 나라가 망하고, 仁義로써 주장을 하면 나라가 잘 다스려진다고 하였다.

　『周易』의 國家觀은, "天下를 다스리는 길은 天地의 法則에 準하여 萬物을 彌縫經論하는 데서부터 나가야 하며, 이것은 天地의 德

---

20)『孟子』卷十二 : "君子之事君也 務引其君以當道 志於仁而已. 當道 謂事合於理 志仁 謂心在於仁."

을 입은 聖人이 仁을 本旨로 삼아야 되는 것이다."21)고 했는데, 이
것이 儒學의 政治觀이다. 이러한 思想은 堯·舜 時代에 繼承되었
으며 道德과 倫理와 政治를 分離하지 않고 一元的으로 전개하여
不偏不倚 過不及함이 없이 天下를 다스리는 '中'의 思想을 낳았다.
'中'은 倫理上 至善이요, 至美이며, 至眞의 標準이다. 堯는 이것을
舜에게 물려 주었고 舜은 堯의 "允執厥中을 平生지키고, 修身齊家
治國平天下에 힘썼다."22)

　　松潭 白受繪가 선조 25년(1592) 4월에 19세의 나이로 倭의 포로
가 되어 가서 선조 33년(1600)에 귀국할 때까지의 사이에 지은 爲
國丹心의 忠節歌辭인 ＜在日本長歌＞를 지었다.

11 靑衣를	메앗고	12 腥단의	절ᄒ며
13 夷齊의	采薇와	14 蘇武의	漢節과
15 天祥의	爲國丹心을	16 닛디아닌	이내ᄆ옴
17 朝朝	暮暮의	18 西山을	창望ᄒ니
19 一寸	肝腸이	20 빈ᄂᆞᆫ둧	닛ᄂᆞᆫ둧
21 乾坤을	俯仰ᄒ고	22 古事를	思量ᄒ니
23 父母의	恩德과	24 兄弟의	友愛를
25 못다	갑흔	26 殘구	로다

＜在日本長歌＞

　　천한 사람이 입는 靑衣를 입고, 왜인에게 절하니 殷나라 伯夷·
叔齊가 고사리를 캐어 먹은 옛 일과 한 나라 武帝 때 中郎將으로
서 凶奴에 사신으로 가서 선우 추장으로부터 항복을 권고당했으나

---

21) 金敬琢 譯, 『周易』, 明文堂, 1984, p. 384.
22) 車相轅 譯, 『書經』, 明文堂, 1984, pp. 40~42.

응하지 않아서 北海에서 양치기 19년만인 昭帝 때 비로소 돌아온 蘇武와, 宋나라의 文天祥23)의 나라를 위한 爲國丹心을 조석으로 생각하니 간장이 찢어지는 것같이 아프다고 했다.

忠과 孝는 同一한 精神的 價値를 그 土臺로 하는 思想이며 生活倫理이다. 그것은 사람들의 참된 마음, 誠과 敬, 正과 直, 和와 恕, 慈와 愛 등을 主軸으로 하고 있다. 24)

崔晛이 壬辰倭亂을 素材로 하여 지은 전쟁가사가 <龍蛇吟>이다. 龍蛇는 壬辰(용)과 癸巳(뱀)의 양년을 일컫는 말이다.

191 國家	興亡이	192 將相애	미인마리
193 지낸일	뉘웃지마오	194 이제나	올케ᄒ소
195 兵連	不解ᄒ야	196 殺氣	干天ᄒ니
197 아야라	남은사롬	198 여역의	다죽거다
199 防禦란	뉘ᄒ거든	200 밧트란	뉘갈려뇨
201 父子도	相離ᄒ니	202 兄弟롤	도라보며
203 兄弟롤	ᄇ리거든	204 妻妾을	보전ᄒ랴

<龍蛇吟>

임진왜란이 일어났으니 국가의 홍망이 나라를 지키는 장수들과 정치를 하는 재상들에게 있으니 이때야말로 온 국민이 단결하여 국가를 지켜야 할 때라고 한다. 만약에 일본군을 방어하지 못하면

---

23) 文天詳, 宋吉水人 字宋瑞 號文山 理宗時進士 官至江西安撫使 元兵入寇 天祥
　　應詔勤王 受命使元軍 被執 遁入眞州 時端宗立於福州 拜天祥右相 封信 國公
　　寡兵轉戰 力圖恢復 兵敗被執 不屈 作正氣歌以見志 遂就死.

24) 忠·誠也(左氏註), 忠·中心也(同皇疏), 忠·謂盡中心也(同上), 忠·敬也, 盡心
　　日 忠(說文), 忠·正也(呂覽注), 忠·直也(孝經, 注), 忠·人之和(管子), 忠 恕
　　也(國語, 注), 忠·猶愛也(呂覽注), 忠也者一其心之謂也(忠經, 天地神明).

父母·兄弟·妻子들과 행복하게 살 수 없다는 것이다.

現世의 모든 菩薩과 衆生 즉 國家의 指導者와 모든 國民이 消極的인 面에서 十惡을 멀리하여 十善業을 짓고 積極的인 面에서 六波羅蜜을 實踐修行하면 所求의 目的인 自我의 참된 완성과 社會淨化와 佛國土 莊嚴을 달성할 수 있을 것이다.

그 '眞心', 그 '一心'이 命하는 대로 그가 처한 身分에서 다른 사람과의 관계를 正直하게, 和睦하게 그리고 誠實하게, 敦篤하게, 智慧롭게, 慈悲롭게 信義를 지키며 勇敢하게 꾸며가야 하는 것이다. 眞心에 一致하여 하나가 되게 하는 것은 善이요, 그것을 破壞하는 것은 惡이다.

蘆溪 박인로가 45세인 선조 38년(1605)에 統舟師로 뽑히어 부산에 갔을 때에 왜적들이 항복하고 태평천하가 돌아와 聖代를 누리고 싶다는 뜻을 노래한 것이 <船上歎>이다.

12 北辰을	ㅂ라보며	13 傷時	老淚롤
94 天一方의	디이ᄂ다	95 吾東方	文物이
96 漢唐宋애	디랴마ᄂ	97 國運이	不幸ᄒ야
98 海醜	兇謀애	99 萬古羞을	안고이셔
100 百分에	ᄒ가지도	101 못시셔	ㅂ려거든
102 이몸이	無狀ᄒ둘	103 臣子 ㅣ되야	이셔다가
104 窮達이	길이달라	105 몬뫼옵고	늘거신둘
106 憂國	丹心이야	107 어늬刻애	이즐넌고

<船上歎>

배의 유래와 아울러 일어나는 즐거움을 노래하였는데 北極星을

바라보며 國運이 不幸하나 臣下로서 憂國丹心을 一刻이라도 변치 않겠다는 憂國之情을 노래하였다.

忠이 國家社會에 對하여 發露되면 하나의 公益이나 正義로 나타난다. 그러므로 中心을 다하여 百姓에게 奉仕하는 統治者에 對하여, 百姓이 心身을 바치는 것이 忠誠이다. 그러나 偏心을 가지고 私利와 安逸만을 꾀하는 統治者에게 心身을 바치는 것은 오히려 統治者를 돕기는커녕 賊害하는 것이다.

曺友仁의 ＜出塞曲＞은 광해군 8년(1616) 가을에 鏡城判官으로 부임하게 되어 任地에 이르기까지의 인정 풍물과 울적한 심정을 읊은 것인데, 은연 중에 조정의 간신들 때문에 나라의 政事를 걱정하는 뜻을 풍기고 있다.

1 北方	二十餘州예	2 鏡城이	門戶러니
3 治兵	牧民을	4 날을맛겨	보내시니
5 罔極혼	聖恩을	6 갑플일이	어려웨라
57 信臣	精卒로	58 利兵을	베퍼시며
59 强弓	勁弩로	60 要害룰	디킈논닷
61 百年	升平에	62 民不	知兵ᄒ니
63 重門	待暴룰	64 닐너므슴	ᄒ리오

＜出塞曲＞

작자가 鏡成判官으로서 恥齋 曺倬을 찾아갔더니 그가 鄭澈의 ＜關東別曲＞과 白光弘의 ＜關西別曲＞과 같이 그대로 북쪽에 대하여 한 편의 노래를 지어 오라는 말을 듣고 나라를 위하여 輔國安民하는 判官이 되어 국민을 다스림에 바르고 착하게 집행하는 홀륭한 정치가로 善政을 하겠다고 노래하였다.

나라가 평화로울 때는 兵術을 연마하고 나라가 위태로울 때는 적을 물리쳐야 하는데 전쟁에 나아가서 싸움도 해 보지 않고 물러서니 평상시에 단련한 武功이 아무 필요가 없다고 했다.

忠은 위태로움을 보면 자기 목숨과 몸을 바쳐 仁을 이룩하는 정신(見危授命 殺身成仁)을 뜻한다.25) 仁이란 인간의 본성이다. 仁은 글자부터 '二'와 '人'으로, 즉 두 사람으로 되어 있다. 두 사람이란 너와 나, 나와 남의 관계이다. 仁이란 이러한 인간관계 속에서 오고 가고 주고 받는 情感을 말하는 것이다. 孔子의 道는 이 仁이다.

曾子는 "임금을 섬기되 충성스럽지 않은 것은 孝道가 아니며, 싸움 싸우는 陣中에서 용맹이 없는 것은 孝道가 아니다."고 하였다.26)

佛教에서 國家意識을 强調하지 않았다고 하더라도 古代社會에 있어서의 最古 道德이라는 것은 국가를 위해 행동하여야 한다는 愛國心이었다. 여기에 佛教思想이 加味되어 三國時代 우리 民族은 國家에 대한 忠思想을 强하게 保有할 수 있었다.27)

圓光法師의 世俗五戒 중에도 '事君以忠'은 우리 古代社會에 있어 君主에 대한 忠誠이 普遍的 德目이 되었다는 것을 말해 준다.

宋疇錫은 尤菴 宋時烈의 孫子로서 祖父의 流配를 陪行하여 <北關曲>을 지었다. 이 작품은 祖父의 流配에 孫子가 陪行하여 流配者 자신의 作인 것처럼 아주 주관적인 描寫를 하였다는 데 특이하

---

25) 金炯孝, 「忠孝思想의 現代的 意義」, 『새교육』, 1977. 4월호, 大韓教育聯合會, p. 61.
26) 『小學』卷二 : "明父子之親."
27) 金鎭煥, 「佛教思想이 韓國 傳統 倫理에 미친 影響」, 『佛教學報』, 第22輯, 東國大 佛教文化研究院, 1985.

다. 이 <北關曲>은 尤菴의 一片丹心과 憂國의 情이 忠臣의 立場
에서 그려졌을 뿐인 것으로 생각된다. 비록 尤菴의 입장에서 描寫
하였다고 하지만, 戀君의 辭가 變變하지 못함으로 戀君之詞로 보
지 않고 憂國之詞로 보고자 한다.[28]

27 臣民이	無祿ㅎ야	28 덧업시	여히오니
29 孤臣의	피눈물이	30 枕席의	져져셰라
31 님향흔	丹心이	32 죽기롤	싱각거든
33 喪制	重흔일을	34 구차	ㅎ올손가
69 姦臣이	틈을보아	70 內外로	饗應ㅎ니
71 凶人의	한상소로	72 嚆矢롤	삼아두고
73 晝夜의	磨鍊ㅎ야	74 一時예	니러나니
75 한사룸	잡논말이	76 罪目도	하도홀샤
205 窓지게	주어닷고	206 寂寞히	안자시니
207 집念慮	나라근심	208 혬가림도	하고만타

<北關曲>

　　尤菴이 孝宗의 부르심을 받아 寵愛를 獨占하다가 流配의 신세가
되었다고 하고 님을 향하는 마음이나 나라를 생각하는 憂國之情은
변함이 없다고 했다.

　　또 雪寒風 몰아치는 流配地에서 窓門을 닫고 寂寞히 앉아서 故
國 생각, 나라 근심으로 心懷를 鎭靜 못하고 百八煩惱의 妄想心이
뇌리를 괴롭게 하는 人生無常을 그린 것이다. 즉 故國의 懷抱와
親族에의 變貌 등으로 작품을 驅使하여 主觀的으로 情緖를 노래했

---

28) 拙　稿, 註3), p. 362.

다.

　子路가 孔子에게 임금 섬기는 것을 물은 즉, 임금을 속이지 말고 直言으로 諫하는 것이라 했다.[29] 臣下가 君主에게 諫하지 아니하면 忠이 아니라는[30] 一念으로 直諫하는 자세는 뒤에 올 結果를 아랑곳하지 않는, 純粹한 마음의 자세인 中心爲忠이다. 여기에 忠이 용기있는 自己犧牲의 倫理가 되어야 할 當爲性이 있다. 一片丹心의 志操와 戀君의 情은 모두 君主에 대한 無條件的이고 肯定的인 讚揚과 그리움을 노래하였으나, 참다운 忠은 諫하는 데 있는 것이다.

　忠誠스런 마음은 夫婦間의 信義와 愛情을 원만하게 지속시키는 原動力이 될 것이다. '忠'의 마음은 '慈愛'의 마음이고, '愛敬'의 마음이며, '誠實'이요, '忠直'이라고 했다.

　金鎭衡은 哲宗때 弘文館 校理로 吏曹判書 洪箕淳의 背公黨私를 彈劾하다가 修撰 南鐘順에게 몰려 明川에 流配되었을 때 〈北遷歌〉를 창작했다.

62 슬푸다　이내몸이　　63 영쥬각　신선으로
64 나나리　책을끼고　　65 천일을　메시다가
66 일조에　정을 떼여　　67 천애를　가겟고나
68 규중을　담망하니　　69 운명이　아득하다
〈北遷歌〉

　이는 怨辭가 아니라 憂國之歌로 表出되었다고 보아야 하겠다. 비록 자기자신은 流配者의 처지이지만 憂國之忠은 변함이 없음을

---

29) 『論語』憲問 : "子路問事君　子曰勿欺也而犯之."
30) 『三國史記』列傳, 倉助利 : "助利曰 君不恤民 非仁也 臣不諫君 非忠也."

표출하고 있다. 自身이 옳음을 力說하고 있으나 派爭의 불길로 말
미암은 流配임을 明白히 하면서 나라를 걱정하는 것이다.

　　忠의 가장 普遍的이고 本質的인 뜻은 '盡己', 곧 '내 마음의 정
성을 다하는 것'이라고 할 수 있다. 그러므로 신하가 임금을 섬기
는 데 정성을 다하는 것이 忠일 뿐만 아니라, 임금이 백성을 다스
리는 데 정성을 다하는 것도 忠이라고 한 것이다. 내 마음의 정성
을 다하여 조금도 거짓되고 망녕됨이 없는 것이 忠의 本義가 되므
로, 忠은 君王에 대한 길일뿐만 아니라, 父母・兄弟・夫婦・朋友・
老少에 대한 道인 孝나 悌나 信 등을 온전히 이룰 수 있는 바탕이
되기도 한다.

　　3. 盡　忠

　　忠의 對象을 戀君이나 憂國으로만 한정하지 않고 그 사상적 기
반으로 三綱五倫 및 五常과 愛國愛族의 國民精神을 포함하고자 한
다. 따라서 나라가 위기에 처하거나, 君王의 처지가 어려울 때 나
라・임금・겨레를 위하여 굳은 節槪를 보여줌으로써 丹心忠節을
표현한 작품들이 존재한다. 이들은 積極的인 忠인 盡忠報國의 내
용을 담고 있는데 이들에 대해서 살피기로 한다.

　　退溪 李滉은 방아 찧기를 빌려서 治國安民으로부터 父母供養에
이르기까지 제마다 할 일을 제시함으로써 載道的 성격을 띤 道德
歌인 <相杵歌>를 지었다.

　　　　29 이밥　　　　지어내니　　　30 먹으리도　　　하고만타

31 九重	宮闕의	32 우리님군	혜신後에
33 一國	臣民이	34 뉘아니	먹을소니
35 먹고	노닐소냐	36 홀일은	다잇ㄴ니
37 治國	安民은	38 聖上의	홀일이오
39 燮理	陰陽은	40 宰相의	홀일이오
49 入孝	出悌ᄂ	50 선비의	홀일이오
51 務本	力穡은	52 百姓의	홀일이오

<相杵歌>

방아를 찧어서 쌀로써 밥을 지으니 먹을 사람은 많고 많지만 제일 먼저 임금의 은혜에 감사드리고 먹어야 한다. 여기서는 自己의 職分을 말하고 있는데 임금은 治國安民을, 재상은 燮理陰陽[31]을, 백성은 三綱五倫을 잘 지켜야 한다.

하늘과 땅이 태평한 것은 임금의 덕을 상징하는 것이다. 임금의 덕이 밝으면 곧 陰陽과 비 바람도 따라서 조화되고 사람들은 그에 힘입어 살아가게 되는 것이다.

그러므로 임금의 법도를 공경히 받들고, 그 집안에 있어서는 효도와 우애를 행하며, 농사일에 부지런히 힘써서 나라의 賦稅를 대어야 한다. 이것이 만백성으로서의 忠이다.[32]

經典을 보면 忠을 말하기를 "事君能致其身"[33], "主忠信"[34], "君君 臣臣 子子"[35]라고 하였다. 즉 "君子는 忠에 專心하여 그 몸을

---

31) 『書經』: "周官 立太師太傅太保 玆惟三公 論道經邦 燮理陰陽 官不必備 惟其人."
32) 馬　融 著, 金學主 譯, 前揭書, p. 48.
　　"天地泰寧 君之德也 君德昭明 則陰陽風雨以和 人賴之而生也 是故 祗承君之法度 行孝悌於其家服勤稼穡 以供王賦 此兆人之忠也."
33) 張基槿 譯, 『論語』, 南山堂, 1958, p. 5.
34) 上揭書, p. 5.
35) 上揭書, 顔淵篇, p. 142.

다해 王을 받들며 또한 君·臣·子가 각각 職分과 責任을 서로 尊
重하고 侵犯하지 말 것을 이르고 있다. 이러한 가운데 진정한 사
회질서와 平和가 維持되고 王을 中心으로 한 仁政德治도 발전할
것이라는 뜻"36)이니, 王에 대한 眞正한 忠은 이러한 精神에서 이
루어진다고 볼 수 있다.

栗谷 李珥는 선조 10년(1577)에 서울을 떠나 황해도 해주 石潭
으로 가 있을 때 高山에 聽虛堂을 짓고, 고을 사람들을 위하여 鄕
約會集法과 社倉을 세웠다. 그리고는 鄕風을 바로잡고 鄕民들을
가르치기 위하여 <自警別曲>을 지었다.

181 赤子가치	사랑ᄒ샤	182 爲民父母	ᄒ시도다
183 孝可移於	事君이라	184 臣民道理	ᄒ기쉽다
189 朝家處分	是非말고	190 官家善惡	言論마시
191 君義臣忠	大綱常은	192 今文古文	昭詳ᄒ다
323 그先生긔	글을비와	324 立身揚名	ᄒ난ᄉ롬
325 居家의난	榮親이요	326 爲國의난	忠臣이라
327 그일홀	싱각ᄒ면	328 君師父	一體로다
757 부디ᄒ시	부디ᄒ시	758 修身工夫	부디ᄒ시
759 孝悌忠信	어진일은	760 一心所期	ᄒ여두고
795 三綱으로	立柱ᄒ고	796 五倫으로	上樑ᄒ야
797 忠孝로	門을너여	798 誠敬으로	塗壁ᄒ고
953 臣下되고	不忠ᄒ면	954 殉節死義	속절업다
955 戰陳武勇	하는것시	956 孝誠업신	타시로다

<自警別曲>

나라를 위하여 事君·臣民의 道理를 다할 것이며 부모를 위하여

---

36) 金得榥, 『韓國思想史』, 南山堂, 1958, p. 132.

至孝할 것이며, 君・師・父一體이니 三綱五倫을 實行할 것이며, 修身으로 八德을 겸비할 것이며, 절대로 不忠・不孝해서는 안됨을 강조하고 있다.

孔子는 君臣・父子・夫婦・昆弟・朋友를 五遠道라 하여, 君臣을 父子보다 앞세우고, 孟子는 父子有親・君臣有義・夫婦有別・長幼有序・朋友有信의 五倫을 말하면서 父子를 君臣보다 우선으로 꼽았다. 그리고 君爲臣綱・父爲子綱・夫爲婦綱의 三綱에서는 君臣을 父子보다 앞세우고 있다.

또 옛글을 읽어 보면, 忠孝兼全이니, 忠孝兩全이니, 忠孝雙全이니, 大義滅親이니 하는 말들을 흔히 볼 수가 있다. 그만큼 君臣의 倫理는 父子의 倫理와 더불어 儒敎社會에서 重要視되었다고 할 수 있을 것이다.

家庭의 破綻은 주로 이 '忠'의 마음의 결여에서 오고 있다. '忠'의 마음의 缺如는 私欲과 私情의 膨脹을 초래하여 그 가정을 불행으로 유도할 뿐만 아니라 全社會에 불행을 가져다 준다. 修身이 안 될 때 齊家가 안 되며, 齊家가 안 될 때 治國이 안 되며, 治國이 안 될 때 平天下가 안 된다는 교훈은 현대에 있어서도 진리이다.

蘆溪 朴仁老가 38세 되던 선조 31년(1598) 겨울에 左兵使 成允文의 幕中에서 왜적을 맞아 싸우는 水軍을 위로하기 위하여 지은 가사가 <太平詞>이다.

71 無狀ᄒ	우리들도	72 臣子되야	이셔더가
73 君恩을	못갑홀가	74 敢死心을	가져이셔
107 天山이	어디오	108 이활을	노피거쟈

109 이제야	ᄒ올일이	110 忠孝一事	쑨이로다
127 즐거움이	엇더ᄒ뇨	128 子遺	生靈들아
129 聖恩인줄	아ᄂ손다	130 聖恩이	기픈아러
131 五倫을	발켜스라	132 敎訓	生聚ㅣ라
141 耕田	鑿井에	142 擊壤歌을	불니소셔
143 우리도	聖主을뫼옵고	144 同樂太平	ᄒ오리라

<太平詞>

나라가 太平하게 되었으니 父母님께 孝道하면서 聖主와 同樂하기를 갈구하고 있다. 건국 이래로 평화롭던 이 땅에 왜군이 침입하여 國運이 위태로웠으나 明軍의 來援과 민병의 용전으로 개선하는 기쁨을 노래하고, 다시금 태평시절을 맞아 同樂할 것을 祝願하는 작품이다.

子夏는 말하길 父母를 섬기는 데는 그 힘을 다하고, 임금을 섬기는 데는 그 몸을 바치라고 했다.37) 이 말은 孝보다 忠을 優位에 둠을 말한 것이다. 이리하여 "忠臣은 不事二君"38)이라는 말을 信條로 삼고 志操와 節槪를 굽힘을 싫어했다.

忠과 孝는, 君臣과 父子의 人倫이, 하나는 義로써 結合된 人爲的인 것이며, 하나는 天屬之親이므로 완전히 같을 수는 없다. 兩者를 本末로 말하면, 孝가 忠의 本이 되고, 範疇로 말하면, 忠이 孝 속에 包含될 수 있으나, 輕重으로 말하면, 孝는 私에 속하고 忠은 公에 속하며, 孝는 小義에 속하고 忠은 大義에 속하므로, 忠이 孝보다 重하다고 할 수 있다. 그러나, 兩者는 대체로 一致되는 것으로, 아버지를 섬기는 孝를 옮기어 그대로 임금을 섬기면 忠이 되므로,

---

37) 『論語』學而 : "事父母能竭其力 事君能致其身."
38) 『史記』田單傳 : "王燭曰 忠臣不事二君 貞女不更二夫 吾與其生而無義固不如烹."

忠孝一致라고 말할 수 있다.

　瘠菴 李基慶의 ＜尋眞曲＞·＜浪遊詞＞는 1791년 珍山事件으로 慶源에 流配되었을 때 쓴 流配歌辭이다. ＜尋眞曲＞·＜浪遊詞＞는 다른 流配歌辭들과는 다른 特異性을 認定받고 있다. 그것은 오로지 작가가 反西敎的 生涯에서 創作된 이 作品 속에서 激烈하고도 冷笑的인 反西敎的 思想의 主題를 徹底하게 표현하고 있기 때문이다. 또한 道敎의 虛妄함과 佛敎의 虛無함과 天主敎의 逆理에 沈惑하는 것을 酷評하고 儒敎의 五倫之道에서 人之正道를 찾아39) 存心養性하여 執中貫一하길 바라고 있다. 즉 明德·中和·至善地·率姓之道·無自欺를 體로 하여 忠恕·親民·修己治人道를 用으로 하라고 했다.

57 벌통을	열어보니	58 君臣分義	엄정ᄒ다
59 안ᄒ로	돕는臣下	60 거문벌이	그아닌가
61 밧그로	護衛ᄒ여	62 盜賊을	防備ᄒ니
63 千萬이	同心ᄒ여	64 한님군	셤기나니
371 이ᄂ라	이시절의	372 臣民이	되야ᄂ셔
373 萬萬歲	祝手ᄒ니	374 天恩을	갑흐리라
375 孝心을	옴겨다가	376 忠誠을	ᄒ오리라
377 時節이	泰平ᄒ면	378 萬民이	同樂하고
379 社稷이	危殆ᄒ면	380 忠義가	激動ᄒ니
			＜尋眞曲＞

　벌·개미들도 君臣分義 嚴正한 것은 天理를 타고 나서 그대로 順從하고 있는 것이라 했다. 天理가 昭然하고 造化도 無窮하여 萬

---

39) 文璨植,「流配歌辭의 內容的 考察」, 全南大『語文學論集』第5輯, 1969, p. 213.

物을 生成하니 心田開發하여 修己治人하라는 것이다.

여기서는 五倫 가운데 忠·孝를 강조하고 있다. 萬物의 靈長인 人間은 天命을 받아서 至極한 孝誠을 다하라는 것이다. 夫婦의 緣分도 天理고, 父母의 子息에 대한 情理도 天理라는 것이다. 父母를 至誠으로 奉養하고 死後에 祭典에 精誠을 다하는 것도 天理라는 것이다. 至極한 孝가 바로 忠인 것이니, 忠孝는 一本인 것이다. 그래서 <尋眞曲>은 盡忠을 意味한다.

孟子는 君臣의 倫理를 '義'라 하였는데 그 註에서는 "義是君令臣恭"으로 明記하고 있으며, 孔子는 君臣이 서야 할 입장에 대한 定公의 물음에 답하여 "임금은 신하를 부리되 禮로써 하고 신하는 임금을 섬기되 忠으로써 하라."40)고 했다.

君臣有義를 요약하면 義와 禮와 忠으로서, 忠은 孔子가 爲人謀而不忠乎(論語, 學而篇)라 했듯이 眞心·盡心·誠心의 뜻을 갖고 임금을 섬기고 나라를 섬기는 것을 의미한다. 특히 孔子는 제자들의 물음에 忠을 답할 때마다 "孝慈則忠·主忠信·忠恕而已矣" 등으로 풀이함으로써, 忠은 孝와 사랑·믿음·바르게 나아가는 것 등이 전부 해당되는 넓은 뜻을 가진 말로 해석했다. 따라서 공자에 의하면 君臣有義는 한마디로 忠을 뜻하며 忠과 孝는 일치되는 思想이라고 할 수 있다.

國家의 理念으로 朝鮮朝 世宗時代에는 三綱과 五倫의 精神이 國民倫理로 普遍化 되었다. 그러므로 最高의 倫理的 價値를 忠·孝·烈에 두어 이를 褒賞하고 獎勵하는 同時에 不忠과 不孝와 不貞을 最大의 罪惡으로 規定했다. 이와 같은 忠孝思想은 長久한 歷

---

40) 『論語』八佾篇 : "定公問 君使臣 臣事君 如之何 孔子對曰 君使臣以禮 臣事君
以忠."

史를 통하여 우리 民族의 精神的 支柱가 되어 왔으며 內憂外患이 있을 때마다 忠烈精神과 仁孝思想은 國民精神의 求心役割을 하여 왔다.

　李基慶의 ＜浪遊詞＞는 正祖 때에 西學禁壓에 앞장서다가 여러 번 귀양살이를 하였는데 말년에 慶源에서 유배 생활을 할 무렵에 지은 가사이다.

119 놉흔사람	恭敬ᄒ면	120 뉘라셔	是非홀가
121 聖君이	在上ᄒ샤	122 時節도	泰平일다
133 天道가	至公하여	232 品物을	삼겨니니
233 니道理	니ᄒ여든	234 어니하늘	죄를줄가
235 이臣下	되얏거든	236 임군이	하늘이요
237 子息의	되야셔는	238 아비가	하늘이요
239 계집의	몸이되여	240 남편이	하늘이라
241 니하늘	니셤기면	242 天主도	감동ᄒ리
243 孔孟의	전ᄒ道를	244 程朱子	발켜시니
245 五倫을	일치말면	246 萬歲의	無廢ᄒ리

＜浪遊詞＞

　五倫之德으로 孝心을 기르고 臣下는 君王게 忠節을 다하여 百姓으로서 天恩을 갚아 臣民된 道理를 다해야 되며, 子息은 父母가, 아내는 남편이 하늘이라는 마음으로 五倫之道를 행하면 萬歲를 亨通하게 壽福을 누릴 수 있다는 뜻이 投影되어 있다.

　元曉大師는 忠孝의 마음을 "一心無二 즉 淸淨無垢"라 하였고 一心의 根源으로 되돌아가는 것 즉 歸一心源이 人生의 窮極目標라고 하였다. 人間은 本質的으로 永遠한 生命을 나눠 가진 同根同體이므로 "一心眞心"의 根源에 있어서 남이 아니다. 그러나 人間은 그

根本을 모르고 그 個體의 獨立完結性을 믿기 때문에 갈등과 角逐,
對立과 鬪爭을 정당한 것으로 착각하고 있다. 인간은 다만 因과
緣을 따라 남의 子女가 되고 父母가 되고 師長이 되고 一國의 指
導者가 된다[41]고 하였다.

安肇煥 또는 안조원(未詳)의 <萬言詞>는 특히 그 내용이 黨爭
과는 무관하며 그 年代와 作者가 아직 확실한 考證이 되어 있지
않는 長篇流配歌辭이다. 作者는 正祖朝의 안조원 혹은 安肇煥으로
傳한다. 일명 <思故鄕>이라고도 한다.

이 歌辭는 作者가 34歲때에 楸子島로 流配되어 풀려 나올 때까
지의 千辛萬苦의 生活相을 노래한 것으로 前篇은 <만언사>이고,
後篇은 <만언사답>이란 小題가 붙어 있다.

徹頭徹尾한 流配地에서의 苦生談이 事實的으로 描寫되어서 그
當時의 景況을 如實히 전해 주고 있다. 따라서 此種 歌辭의 白眉
라는 견해도 있듯이 작품에서 느껴지는 作家의 悲慨한 心情은 읽
는 이의 마음을 아프게 한다.

787 새벽서리	치는날에	788 외기러기	슬피우니
789 孤客이	먼저듣고	790 임생각이	새로와라
791 보고지고	보고지고	792 임의얼골	보고지고
793 나래돋힌	鶴이되어	794 날아가서	보고지고
801 粉壁紗窓	細雨되어	802 뿌려서나	보고지고
803 秋月春風	몇몇해를	804 晝夜不離	하옵다가
805 轉身萬愁	머다머되	806 消息조차	頓絶하니
807 鐵石肝腸	아니어든	808 그리움을	결딜소냐
1073 白驅야	나지마라	1074 너잡을	내아닐다

---

41) 大韓教育文化研究所 編, 『現代人의 忠孝思想』, 1977, pp. 69~72.

1075 네본래	靈物이라	1076 내마음	모를소냐
1077 平生에	괴던임을	1078 千里에	離別하니
1079 사랑함도	좋거니와	1080 그리움을	못이기니
1081 愁心이	疊疊하여	1082 마음을	둘데없어
1083 興없는	一竿竹을	1084 실없이	던졌으니
1085 고기도	물잖거든	1086 하물며	너잡으랴

<萬言詞>

임을 그리는 애타는 心情을 나열형으로 나타내어 盡忠을 表白하고 있다. 즉 임금(君)에게 忠誠하기 위하여 가고 싶은 마음을 '鶴'·'구름'·'바람'·'달'·'細雨'들에 의탁하고 있다. 그리하여 盡忠과 깊은 戀慕의 忠誠이 잘 驅使되어 있다. 임금을 그리는 마음은 아무리 많은 세월이 흘러가도 변함없이 철석같은 心地를 갖고 있다고 했다.

君王과 離別하니 더욱 盡忠하고픈 심정이 애절해 진다는 내용이다. 임금과 이별하여 流配地에서의 모든 일이 여의치 못하다는 것이다. 이는 임금에 대한 忠情이 떠나지 않기 때문임을 表出하고 있다. 盡忠이 百事에 앞서기 때문에 아무 일도 할 수 없고, 나의 忠誠할 수 있는 여건도 임금만이 마련할 수 있다는 것을 暗示해 주기도 한다. 怨辭도 없이 자기자신의 罪過를 항시 참회하는 내용이다.

忠이 국가사회에 대하여 發露되면 하나의 公益이나 정의로 나타난다. 그러므로 중심을 다하여 百姓에게 봉사하는 통치자에 대하여, 百姓이 心身을 바치는 것이 忠誠이다.

135 그도저도	다바리고	136 罔極天恩	잊으실가

137 銀鱗玉尺	낚아다가	138 解消함도	天恩이요
146 나아가도	天恩이요	147 물러가도	天恩이라
145 손님몸	죽으시면	146 큰罪가	둘이로세
147 父母를	잊으시니	148 不孝도	되려니와
149 天恩을	또잊으니	150 不忠이	아니런가
171 寂寞空山	굳은비에	172 우는鬼神	되려시나
173 어와	손님네야	174 마음을	고쳐먹어
175 죽잔말	다시말고	176 살아할일	헤어보소

<萬言詞答>

家庭을 素材로 한 歌辭라고 하지만 聖恩이나 天恩에 陳情하고 感謝하는 盡忠 戀主的 要素가 句句節節이 잘 표출되어 있다. 每事가 '天恩'임을 반복하여 강조하고 있다. 즉 '解消'·'溫宿'·'閑暇'·'壯觀' 등 모든 현상이 모두 天恩 곧 君恩이라고 했다. 그러나, 自身은 '不孝'와 '不忠'의 두 罪를 다 지으니 무엇이 될까? '돌'·'물'·'흙'에 의지하여 '石鬼'·'水鬼'·'土鬼'가 될지 '뜬鬼'·'雜鬼'·'乞鬼'·'餓鬼' 등 무엇으로 再生할지 모르니 마음을 고쳐 먹고 盡忠하자는 내용이 表白되어 있다. 天恩의 罔極함을 생각하여 節義忠念으로 聖恩에 보답할 뿐 아니라 父母奉養을 위해서 竭忠報國에 힘써야 한다는 忠孝思想 즉 盡忠의 辭라고 할 수 있다. 放釋되면 나라에 忠으로 보답하고 父母에 孝하고 糟糠之妻와 當貴榮華를 누리고 싶다는 마음이 表白되어 있다.

忠孝는 이 民族의 사유와 행동을 비롯한 生活樣式을 規制한 傳統的 倫理요 規範인 精神文化인 것이다. "精神文化로서의 忠孝는 우리 민족이 높이 崇尙하는 윤리적이고 도덕적인 가치였다."[42) 勿

---

42) 柳承國, 『忠孝敎育의 理論과 實際』, 서울특별시 敎育委員會, 1979, p. 21.

論 價値는 시대와 상황에 따라 변한다.

국가와 민족이라는 大義에 奉仕하기 위해서 私的인 理解關係나 個人生活을 克服하는 것이 忠의 思想이다.43) 따라서 絶對的 存在였던 君主에 대한 衷情에서 한 걸음 더 나아가 국가와 민족의 앞날을 걱정하고 繁榮을 祈願하는 것도 분명히 忠思想의 發露이다.

이상에서 한국가사작품에 나타난 忠思想과 그 의미를 살폈다. 韓國人의 忠孝思想은 오랜 역사를 통해 면면히 이어져온 우리의 고유한 전통사상이며 가정윤리와 社會倫理의 核이 함께 묶여 있는 價値와 實踐德目이었다. 이러한 사상이 歌辭에 많이 표출되었을 뿐만 아니라 新羅 鄕歌 및 高麗 歌謠에까지 투영됨으로로써 우리 국문학사상 충효사상은 중요한 위치를 점하고 있다.

忠의 價値는 역사성과 시대성에 따라 상대적으로 變하는 價値(가치상대주의)가 아니고 超歷史的인 不變의 價値(가치절대주의)를 지니는 價値德目이다. 特히 오늘과 같은 물질지상의 拜金主義 價値觀과 個人至上의 利己主義 價値觀을 극복하고 인간을 인간답게 인식하는 인간존엄성을 되찾기 위해서는 더욱 忠思想의 현대적인 再構成의 필요성이 要請된다.

현대사회는 모름지기 산업사회로 지향한다. 産業社會는 高度의 物量的 성장과 效率性을 강조한다. 物量的 성장과 效率性은 인간의 존재가치를 포함한 모든 價値體系를 技能價値로만 평가하려 한다. 이러한 技能價値體系에로의 指向은 모든 인간과 사물에 대한 가치판단을 效率性(utility)이라는 思考를 낳게 하여 善惡을 포함한

---

43) 申瀅植,「韓國古代史에 나타난 忠孝思想」, 誠信女子師範大學『論文集』第11輯, 1979, p. 21.

정상과 비정상의 思考基準을 倫理的인 道德率에서가 아니고 行動
主義(behaviorism)方式에 따른 기능사회의 적용 여부로 판가름하는
가치 판단을 성립시켰다. 이러한 가치판단은 급기야 인간으로 하
여금 물건의 노예 즉, 財貨의 노예로 轉落시켜 인간 존엄성을 매
몰시키고 한편으로는 物質萬能主義에 사로잡힌 개인주의를 넘어선
극단적인 利己主義思想을 형성하기에 이르렀다.

儒敎道德에 있어서의 忠의 位置는, 孔子의 五達道와 三綱의 경
우에 있어서는 으뜸으로 꼽히고, 孟子의 五倫에서는 孝 다음에 꼽
히고 있어, 忠은 孝와 더불어 五倫 중에서 가장 으뜸가는 道로 되
어 있다. 그리고 忠孝兼全은 儒敎社會의 한 理想이었던 것이다.

忠의 一般的 槪念을 살펴보면, 忠에는 臣民이 君主나 國家를 위
하여 誠心을 다하는 忠의 뜻 外에, ①中心·眞心·實心·誠. ②정
성을 다하다, 자기의 마음을 다하다, 中心을 다하다, 남을 위하여
眞心으로 일하다. ③공경하다, 삼가다, 조심하다. ④正直하다, 마음
을 다하여 속임이 없다. ⑤남을 생각하다. 등 여러 가지 뜻이 있
다.

오늘의 政治倫理에 '忠'의 精神이 적용된다면 그것이 확장되어
이 나라 政治人·行政官吏·企業家·敎育者·言論人·藝術人·商
人·農民·勞動者 그 모든 사람, 특히 指導的 人士들 사이에는 오
직 公益만을 생각하는 無私의 정신이 팽배해질 것을 믿어 의심치
않는다.

Ⅲ. 結 言

本稿에서는 ≪韓國歌辭選集≫과 ≪歌辭文學全集≫에 수록되어 있는 作品에 나타난 忠思想에 대해 살펴보았다.

忠의 槪念을 통털어서, 가장 普遍的이고 본질적인 뜻을 두 글자로 나타낸다면, '내 마음의 정성을 다하는 것'을 뜻하는 '盡己'로 表示할 수 있고, 한 글자로 나타낸다면, '참되고 거짓됨이 없음'을 뜻하는 '誠'字로 나타낼 수가 있을 것이다.

우리는 傳統倫理(忠孝)를 계승하고 이것에 뿌리박은 새로운 價値觀에 투철한 인간상을 모색하여야 한다. 忠은 우리 民族固有의 傳統思想이며 이 민족의 個人倫理·家庭倫理·社會倫理 그리고 國家倫理의 規範으로 이어져 온 정신유산이기 때문이다.

忠孝는 이 민족의 思惟와 행동을 비롯한 모든 생활양식을 規制한 傳統倫理요 倫理規範인 精神文化이다. 精神文化로서의 忠은 이 겨레가 높이 숭상한 倫理的이고 道德的인 가치였다.

이처럼 우리는 충사상에 현대적인 의미를 부여하여 우리를 둘러싼 물질만능, 이기주의, 불신, 타락, 인간 존엄성의 부정, 인간에 대한 기계우위 등의 가치관을 몰아내고 공동체의식과 주체의식을 가지고 국가라는 전체 속에서 자기완성을 위한 새로운 가치관을 지향해야 할 것이다.

오늘날 우리는 忠의 옛 倫理的 傳統을 再强調해야 할 必要性을 절감한다. 왜냐하면 忠은 붕괴상태에 있는 인간공동체의 紐帶를 강화하는 기본적인 倫理가 되기 때문이다. 忠은 한 나라의 질서와

平和를 보장하는 倫理이다. 그러므로 우리의 忠孝精神과 倫理는 마땅히 世界主義的으로 擴大되어야 할 것이다.

忠을 한마디로 말한다면 그것은 '사람됨'의 문제라고 할 수 있다. 그렇다면 忠教育은 곧 '人間教育'으로부터 비롯해야 하겠다. 또한 忠孝는 우리 나라의 傳統思想에서 오래 지녀온 고유의 基本 德目이다.

忠은 人間 本性과 순수한 自由 意志에 의하여 행동하는 것을 意味한다. 따라서 忠孝의 행위는 자발적이고 自律的이어야 하며 不變의 인간성과 상황의 합리성이 조화를 이룰 수 있는 자기 判斷 能力과 결단력을 가짐으로써 현대적 의미의 忠孝를 실현할 수 있다고 보겠다.

本稿에서 歌辭에 나타난 忠思想을 戀君·憂國·盡忠으로 分類하여 忠의 樣相을 살펴 보았는데, <萬憤歌>, <關東別曲>, <思美人曲>, <續美人曲>, <蘆溪歌>, <自悼詞>, <別思美人曲>, <續思美人曲> 등에는 戀君思想이, <南征歌>, <樂志歌>, <在日本長歌>, <龍蛇吟>, <船上歌>, <出塞曲>, <北關曲>, <北遷歌> 등에는 憂國思想이, <相杵歌>, <自警別曲>, <太平曲>, <尋眞曲>, <浪遊詞>, <萬言詞>, <萬言詞答> 등에는 盡忠思想이 뚜렷하게 잘 나타나 있었다.

현대에 와서 西歐化 傾向을 배척하자는 주장이 아니라 받아는들이되 그것을 嚴正히 再評價하여 우리의 현실에 알맞게 受容한다는 立場에서 忠孝思想을 再吟味해야 할 것이다. 忠의 根本 精神은 바로 眞實을 土臺로 한 尊敬과 至誠·精誠이라고 볼 수 있다. 이 精神은 時空을 超越하여 變質되어서는 안 되겠다. 다만 현실에 맞게 適用되고 方法이 改善되어 最善의 行爲로 실천되어질 수 있도록 계속 연구하고 推進되어져야 할 문제라고 생각한다.

參 考 文 獻

金甲起,「松江의 文學思想硏究」,『東岳語文論集』第9輯, 1976,　p. 10.

金基平,「忠에 關한 硏究」, 公州敎育大學 論文集, 1977.

金德洙,「佛典上에 나타난 護國思想 硏究」, 東國大 大學院 碩士學位論文,
　　　　1976.

金聖培 外 三人 共編著, ≪歌辭文學全集≫, 集文堂, 1961.

金圓卿,「韓國詩歌上의 儒學思想硏究」, 東國大 大學院 博士學位論文, 1979.

金周坤,「曺偉의 萬憤歌 硏究」,『嶺南語文學』第14輯, 1987.

───,「流配歌辭에 나타난 忠節意識 樣相」,『嶺南語文學』第16輯, 1989.

金鎭煥,「佛敎思想이 韓國 傳統 倫理에 미친 影響」,『佛敎學報』第22輯, 東
　　　　國大 佛敎文化 硏究院, 1985.

馬　融 著, 金學主 譯,『忠經・孝經』, 明文堂, 1985.

朴先榮,「宗敎에서의 忠孝思想」,『梵聲』第48號, 1977.

───,『佛敎의 敎育思想』, 同和出版社, 1981.

申容守,「忠孝思想의 史的考察과 現代的 意味」, 檀國大 『論文集』第20號,
　　　　1986.

安商元,「忠孝思想과 國民敎育」,『國民倫理硏究』第6輯, 1970.

嚴周井,「韓國忠孝思想의 發展過程에 關한 史的 硏究」, 大韓柔道學校『論文
　　　　集』第2輯, 1986.

유구병,『충효의 보편성과 현실적 향상의 문제』, 밀알, 1979.

유정동,「윤리적 측면에서 본 충효사상」,『퇴계학보』, 1977.

尹亨德,「歌辭文學에 나타난 忠孝思想」, 忠州工專大『論文集』第11輯, 1978.

李箕永,「佛敎와 忠孝思想」,『國民倫理硏究』第6輯, 1970.

李能和,『佛敎通史 上・下』, 新文館, 1918.

이병수,「충효의 현대적 의미」, 국회보, 1979.

李相寶 編著,《韓國歌辭選集》, 集文堂, 1961.

李泰極,「古今時調를 通해 본 愛國思想」,『時調의 史的 研究』, 二友出版社, 1981.

林憲道,「古時調에 나타난 忠孝思想 管見」, 公州教大 論文集, 1978.

鄭麟弼,「忠孝思想研究」, 高麗大 教育大學院 碩士學位論文, 1984.

鄭在鎬,「國文學에 나타난 忠孝思想」,『국어국문학』, 77호, 1978.

최창규,「충효정신과 한민족의 주체성」,『퇴계학보』, 1977.

崔惠淑,「佛教의 輪廻思想을 通해서 본 十業說의 實踐的 受容」,『석림논총』 第16輯, 1985.

(三) 佛教歌辭에 나타난 忠

Ⅰ. 緒 言

　우리 古典文學에는 佛教思想이나 그 정서를 형상화한 작품이 수 없이 많다. 宗教란 인간에게 필요한 것이기에 그 인간이 속한 國家와 사회를 떠나서는 생각할 수 없는데, 그 중에서도 불교는 인간본위의 종교로서 어느 종교 어느 사상보다도 가장 보편적이고 현실적인 종교이다.

　우리 민족의 基本倫理인 '忠孝'는 東方禮儀之國으로서 민족의 傳統性을 빛내어 왔다. 國家와 민족을 사랑하는 忠의 精神과 祖上과 父母를 받들고 섬기는 孝道는 인간사회 모든 德의 근본인 것이다.

　그런데 최근에 와서 西歐의 개인주의가 우리 나라에 들어와 우리들의 意識構造도 많이 달라져 가는 현실이다. 그래서 現世를 忠의 不感症 世代라고들 하기도 한다. 高度의 産業社會와 物質文明

의 팽배로 인간의 思考方式도 實用主義·利己主義로 흐르는 경향이 짙어 가고 있다.

더욱이 최근 高度의 産業化와 더불어 派生된 價値觀의 變異는 우리 사회에 지나친 개인 중심의 利己主義的 傾向과 相互不信의 社會風潮를 만연시키고 있다.

오늘의 精神的 狀況이야말로 輕薄하고 頹廢的이며 人間의 尊嚴性과 主體性이 埋沒되어 가고, 나아가 자기존재의 根源과 存在方式이나 生의 意義마저 忘却하여가는 상황이라 아니할 수 없다. 실로 忠孝의 槪念을 찾아보기조차 어려운 亡國과 悖倫의 狀況이 支配的인 이른바 逆忠孝的 상황이 오늘의 참 모습이 아닌가 한다.

우리 민족문화에 가장 많은 영향을 끼친 것이 忠思想이며, 우리 先人들이 思想을 잘 담고 있는 것이 가사문학이라고 할 수 있다. 그 중에서 불교가사는 불교의 교리 전달이나 포교의 수단에 머무르긴 하였으나, 天主歌辭·東學歌辭 등의 다른 布教歌辭보다도 대중 교화에 기여한 공로가 지대했다고 보며, 문학사적으로는 가사문학의 원동력이 되었고 士大夫歌辭·平民歌辭·閨房歌辭와 더불어 가사문학의 한 갈래를 이루기도 하였다.

지금까지 불교가사에 나타난 사상 연구로는 姜學榮의 「韓國佛教歌辭에 나타난 淨土思想 研究」와 高光榮의 「佛教歌辭에 나타난 諸思想 研究」 등[1]이 있고, 필자의 것으로 「佛教歌辭에 나타난 無常思想研究」·「佛教歌辭에 나타난 勸佛思想 研究」·「佛教歌辭에 나타난 因果思想研究」·「韓國佛教歌辭에 나타난 孝思想 研究」 등[2]이 있다.

---

1) 尹亨德, 「歌辭文學에 나타난 忠孝思想」, 忠州工專論文集, 第11輯, 1978.
2) 金基平, 「忠에 關한 研究」, 公州教育大學 教授論文集, 1977.

불교가사에는   淨土思想·因果思想·勸佛思想·無常思想·孝思想·忠思想·感恩思想·彌勒思想·菩薩思想·輪廻思想·勸善懲惡思想·護國思想 등이 두루 나타나고 있는데, 人道之本이요 마음의 中心이며 核이요 뿌리라고 할 수 있는 忠思想이 한국불교가사에 어떻게 반영되어 있는지를 고찰해 볼 필요성이 있다고 본다.

불교가사에는 '忠孝'를 함께 혹은 '忠'만을 강조한 作品이 多數가 있는데, 본고에서 臺本으로 삼고 있는 ≪韓國佛教歌辭全集≫에 수록된 70편 중 '忠'사상이 두드러지게 나타나는 작품을 대상으로 하여 불교가사에서의 忠의 표현 양상을 戀君·憂國·盡忠으로 分類하여 논의코자 한다. 그리고 논의의 순서나 硏究 方法은 먼저 忠의 槪念부터 살펴보고 나서 불교가사에 나타난 忠思想을 고찰하기로 한다.

Ⅱ. 作品에 나타난 忠思想

韓國佛教歌辭에 나타난 忠思想을 고찰해 보기에 앞서 王의 政治論에 대하여 살펴 보고자 한다. 佛典에서는 王의 政治論을 강조하고 있는데 國王의 行動論道와 國王이 遵守하여야 할 倫理德目은 다음과 같다. 불교는 三世의 善惡因果觀에 있어서 過去보다도 현재와 미래에 보다 많은 역점을 두고 國王의 積極的인 倫理, 즉 行動規程을 강조하고 있다. 이러한 국왕의 行動論道에 관한 佛陀의 敎說이 <大小乘經論>에 許多하게 發見되는 터인데 그 例를 들어보기로 한다.

> "王은 마땅히 橋樑이 萬民을 제도함과 같이 하여야 하며,
> 王은 마땅히 저울이 親疎에 모두 平等함과 같이 하여야 하며,
> 王은 마땅히 道의 聖縱을 어기지 아니함과 같이 하여야 하며,
> 王은 太陽과 같이 世間을 두루 비칠 것이며,
> 王은 마땅히 萬物에 淸凉을 주어야 하며,
> 王은 父母와 같이 思育慈矜하여야 하며,
> 王은 하늘과 같이 一切를 덮고 땅을 戴養하여야 하며,
> 王은 불과 같이 모든 萬民을 위하여 惡患을 태워 버려야 하며,
> 王은 물과 같이 四方을 윤택하게 하여야 한다.……"3)

여기서 우리의 주의를 이끄는 것은 국왕이 人民을 위하여 存在하는 것이라는 생각마저 하게 될 程度로 국왕은 人民을 위하여 無制限의 恩愛를 베풀어야 한다고 강조되고 있는 점이다. 이러한 王道에 대한 佛敎徒들의 思想은 그대로 國王의 行動을 規制하는 大前提가 되는 것이기도 하다.

『增一阿含經』에는 국왕이 尊守하여야 할 열 가지 倫理德目을 들고 있다.

> 첫째, 국왕은 群臣의 諫言을 받아들여 그 말을 거스르지 않을 것.
> 둘째, 국왕은 재물에 집착하지 않고 성을 내지 않으며 해치려는 마음
>   을 일으키지 않을 것.
> 셋째, 국왕은 布施하기를 좋아하여 즐거움을 國民들과 함께 할 것.
> 넷째, 국왕은 法으로써 재물을 거두고 非法으로써 하지 않을 것.
> 다섯째, 국왕은 여자를 탐하지 말고 항상 자기 아내만 보호할 것.
> 여섯째, 국왕은 술을 마시어 어지럽게 되는 일이 없도록 할 것.
> 일곱째, 국왕은 戲笑하지 말 것이며 外敵을 항복시킬 것.

---

3) 『雜寶藏經』.

여덟째, 국왕은 法을 따라 다스리고 교화하여 삐뚤어짐이 없을 것.
아홉째, 국왕은 臣下들과 화목하여 다툼이 없도록 할 것.
열째, 국왕은 病이 없고 氣力이 강성할 것.4)

여기에 列擧한 열 가지 倫理德目은 國王이 國王의 자리를 오래 維持하는 데 필요한 10法이라고 하는 것인데, 佛敎徒들은 이와 같이 國王을 推仰하고 絶對視하기만 하는 것이 아니라 國王에게도 倫理的 實踐을 강력히 요구한다.

佛敎의 護國觀에서는 護國의 原理는 正法으로써 國家를 다스리되 國民을 慈悲로써 보살피며 모든 국민에게는 평등한 권리와 생활을 保障해주어야 한다는 것과 王의 정치적 의무는 外敵을 防禦하여 社會秩序를 維持하는 治安確保의 문제와 여러 가지 산업을 진흥하여 국민생활을 豊饒安樂케 하기 위하여는 王 自身이 善業을 行하고 忠臣의 正直한 諫言을 받아 正直을 損傷하는 일이 없도록 德으로써 百姓을 보살펴야 된다.5)

미국의 사회학자 Riesman 역시 소유양식의 現代人은 늘 새로운 무엇을 소유하기 위해 불안해 하면서 群衆 속에서 고독을 느낀다고 한다. 사실 現代人은 지나치게 많은 것을 소유하려고 노력한다. 곧 소비의 量이 행복의 量과 직결된다는 식의 소비지향적 인간이 되고 있다.

Fromm은 또 모든 것은 갈망의 대상이 될 수 있다고 하였다. 일

---

4) 『增一阿含經』, 第42卷, 結禁品.
5) 金德洙, 「佛典上에 나타난 護國思想研究」, 東國大學校 大學院 碩士學位論文, 1976, p. 41.

상성의 모든 것까지 물건·재산·명예·의식·지식·사상 등 그것
들 자체는 惡이 아니고, 그로 인해 나쁘게 된다는 것이다. 즉 자유
를 해치는 쇠사슬이 된다. 그것들은 우리의 자기 實現을 방해하는
것이다.

그러면 이제부터 한국불교가사 작품에는 忠思想이 어떻게 나타
나는지를 살펴보고 그 의미를 알아 보기로 한다. 그리고 忠을 나
타낸 忠節意識의 樣相을 戀君·憂國·盡忠으로 분류하여 살펴 보
고자 한다.

1. 戀 君

忠의 對象이 君(임금)이고, 君王의 恩德을 君恩·聖恩이라 하며
그에 感謝하고 못 잊어하는 百姓으로서의 哀情을 읊은 것과 君王
에 대한 忠誠된 마음을 表出한 것과 임금을 思慕하여 그리워하는
마음에서 노래한 忠臣戀主之詞型의 作品들을 살피기로 한다.

<pre>
309 人間苦行 하는것이   310 前生罪로 그러하니
311 恨을말고 怨을말고   312 마음닦아 善心하면
313 前生罪를 벗어놓고   314 後生貴히 되나니라
315 임군에게 忠誠하고   316 父母에게 孝道하고
317 부처님께 至誠이면   318 前生罪며 이生罪를
319 모도다   버리고   320 所願대로 되나니라
</pre>
<回心曲>

衆生은 前生의 三世業報로 八苦[6]의 괴로움을 받게 되는 것이니

---

6) ①生苦 ②老苦 ③病苦 ④死苦 ⑤愛別離苦 ⑥怨憎會苦 ⑦求不得苦 ⑧五陰盛苦.

怨恨을 맺지 말고 善心으로 不離心性하여 回光返照하면 四生六道
의 輪廻를 벗어나 超生了死할 수 있다.

前生에 지은 罪를 갚으려면 먼저 나라에 忠誠하고 父母에게 孝
道하고 부처님께 至誠을 다해야 한다.

現世의 모든 菩薩과 衆生 즉 國家의 指導者와 모든 國民이 消極
的인 面에서 十惡을 멀리하여 十善業을 짖고 積極的인 面에서 六
波羅蜜을 實踐修行하면 所求의 目的인 自我의 참된 完成과 社會淨
化 佛國土 莊嚴을 達成할 수 있을 것이다.

그 '眞心', 그 '一心'이 命하는 대로 그가 처한 身分에서 다른 사
람과의 관계를 正直하게, 和睦하게 그리고 誠實하게, 敦篤하게, 智
慧롭게, 慈悲롭게 信義를 지키며 勇敢하게 꾸며가야 하는 것이다.
眞心에 一致하여 하나가 되게 하는 것은 善이요, 그것을 破壞하는
것은 惡이다.

우리 나라에서도 이미 三國時代에 주로 敎育과 高級官吏 養成을
目的으로 敎育內容에 『論語』와 『孝經』을 담아 忠孝精神을 고취 함
양시켰다.[7] 우리 나라는 三國 건국이후 國家體制의 정비와 더불어
忠節의 思想이 국민의식 속에 培養되었고, 그 위에 불교와 儒學의
수입으로 忠節의 도덕관이 漸次 뿌리내리게 되었다.

72 布施ᄒ다	驕慢ᄒ면	73 蛇福大馬	되얏다레
74 慈悲하심	布施ᄒ고	75 져런報應	면ᄒ시소
76 勸ᄒ노니	富貴君子	77 忠君孝父	ᄒ오시며
78 布施積德	션심ᄒ고	79 가ᄂ身命	붉게하며
80 잇ᄂ子孫	복을주고	81 텬당佛刹	任意왕리

<勸禪曲> (在家勸曲)

---

7) 尹絲淳, 『東洋思想과 韓國思想』, 乙酉文化社, 1984, pp. 172~173.

이것은 在家君子들에게 권하기를 前生福德을 심은 대로 今生報應을 받는 것임을 말하고, 세상의 부귀영화를 누리고 있는 중에도 阿彌陀佛에 발원하여 來生極樂할 것을 권하면서, 예로부터 있었던 因果應報[8]의 사례를 열거하여, 모름지기 五欲[9]에 집착하지 말고 忠臣孝父하고 布施積德하라고 노래하였다.

子夏는 말하길 父母를 섬기는 데는 그 힘을 다하고, 임금을 섬기는 데는 그 몸을 바치라고 했다.[10] 이 말은 孝보다 忠을 優位에 둠을 말한 것이다. 이리하여 '忠臣은 不事二君'[11]이라는 말을 信條로 삼고 志操와 節槪를 굽힘을 싫어했다.

布施(Dana)는 六道의 우두머리이고 모든 덕행에서 제일 처음이다. 모든 중생을 도탈하게 하는데 근본이며 성불을 도와 주는 것이다. 마음과 생각에는 대소가 있고 행동에는 頓漸이 있다. 보시에는 재시와 법시와 무외시가 있는데 설명하면 다음과 같다. 財施는 남에게 財物을 베푸는 것으로 천복을 얻게 되며, 法施는 법을 설하여 남을 도탈하게 하는 것인데 깊고 얕음이 있으며, 無畏施는 무외한 것을 사람에게 베풀어 사람들의 재난을 구해 주는 것이다.

불교는 眞理를 알고 智慧롭게 되어 그것을 가르쳐 주고 알게 하라고 했다. [法施] 사람들로 하여금 衣·食·住의 不足함이 없도록 하라고도 했다. [財施] 그리고 사람들을 不安과 恐怖에 빠지지 않고 두려움이 없게 해 주어야 한다고 했다. [無畏施] 이것이 '孝'요

---

8) 착한 因에는 착한 果, 악한 인에는 악한 과가 상응하게 나타나 착오가 없음을 말한다.
9) ①財欲 ②色欲 ③食欲 ④名譽欲 ⑤睡眠欲.
10) 『論語』 學而篇 : "事父母能竭其力 事君能致其身."
11) 『史記』 田單傳 : "王燭曰 忠臣不事二君 貞女不更二夫 吾與其生而無義固不如烹."

'忠'의 정신의 발로이다.

<table>
<tr><td>13 國民義務</td><td>귀일ᄒ면</td><td>14 忠君愛國</td><td>귀일ᄒ고</td></tr>
<tr><td>17 交友投分</td><td>귀일ᄒ면</td><td>18 朋友有信</td><td>귀일일세</td></tr>
<tr><td>19 三綱五常</td><td>귀일ᄒ면</td><td>20 慈善道德</td><td>귀일이오</td></tr>
<tr><td>21 慈善道德</td><td>귀일ᄒ면</td><td>22 三乘會歸</td><td>일승이라</td></tr>
<tr><td>23 三歸一乘</td><td>ᄒ고보면</td><td>24 만법귀일</td><td>一何歸지</td></tr>
<tr><td>26 백천流水</td><td>何一海라</td><td>27 三界萬類</td><td>귀일처는</td></tr>
<tr><td>29 歸一講堂</td><td>목적지는</td><td>30 如是歸一</td><td>如是로다</td></tr>
</table>

<歸一歌>

온 국민들이 국방의 의무를 중요시 하는 마음이 하나로 뭉치면 오늘날 우리가 살고 있는 現代社會에는 象徵的 대상인 임금(君主)에게 忠誠을 바치고 나라를 사랑하게 된다.

忠이라는 글자가 표시하는 마음이 바로 불교에서 강조하는 이 마음이라고 생각한다. 元曉大師는 이 마음을 '一心'이라 하면서, 그 '一'의 의미를 위해서 말한 '大', '廣', '蕩', '平' 등의 뜻으로 풀이하기도 하였다. 그에 의하면 '一'의 의미는 '無二'의 의미이기도 하다. '無二', 즉 두 마음이 없다는 것이다. 그것을 '淸淨'이라 하고 '無垢'라 하는 것이다. 두 마음이란 거짓의 마음이자 私利私慾을 앞세우고 생각하는 마음이다. 그 '하나'란 바로 모든 사람들이 私心 없이 眞心으로 共感共鳴할 수 있는 상태를 말하는 것이다. 元曉는 이 '하나'를 이룩하는 것, 그 '하나'가 되는 것을 그 人生과 그 修行의 목표로 삼았다. '一心의 根源으로 되돌아가는 것'(歸一心源)이 그가 이해한 人生의 窮極目標이다.

忠이 國家的이고 社會的인 裨補性을 가졌다는 것은 곧 忠이 國家的·社會的 歸一性을 동시에 지니고 있다는 말이 된다. 忠으로서 民心을 合一시켜 민중의 가치의식을 純化할 수 있기 때문이다.
따라서 忠이 없는 社會는 歸一될 중심이 없기 때문에 민족적 시련
이나 國難이 있을 경우 여간 어려운 狀況에 빠지지 않을 수 없는
것도 여기에 있다. 흔히들 이야기하는 大公無我(私)니 하는 말도
실은 이 忠에로의 指向이라 할 수 있을 것이다.12)

　三綱五倫에서 가장 핵심되는 德目으로 君臣有義와 父子有親을
꼽을 수 있는데, 이는 한마디로 忠과 孝라 볼 수 있다.

　孟子는 君臣의 倫理를 '義'라 하였는데 그 註에서는 "義是君令臣
恭"으로 明記하고 있으며, 孔子는 君臣이 서야 할 입장에 대한 定
公의 물음에 답하여 "임금은 신하를 부리되 禮로써 하고 신하는
임금을 섬기되 忠으로써 하라."13)했다.

　君臣有義를 요약하면 義와 禮와 忠이다. 忠은 孔子가 "爲人謀而
不忠乎"(『論語』, 學而篇)라 했듯이 眞心·盡心·誠心의 뜻을 갖고
임금을 섬기고 나라를 섬기는 것으로, 孔子는 제자들의 물음에 忠
을 답할 때마다 "孝慈則忠·主忠信·忠恕而已矣" 등으로 풀이, 忠
은 孝와 사랑·믿음·바르게 나아가는 것 등이 전부 해당되는 넓
은 뜻을 가진 말이다. 君臣有義는 한 마디로 忠을 뜻하며 忠과 孝
는 일치되는 思想으로 孔子는 말하고 있다.

　國家의 理念이 朝鮮朝 世宗時代에 全國에 三綱과 五倫의 精神을
國民倫理로 普遍化하게 되었다. 그러므로 最高의 倫理的 價値를
忠·孝·烈에 두어 이를 褒賞하고 獎勵하는 同時에 不忠과 不孝와
不貞을 最大의 罪惡으로 規定했다. 이와 같은 忠孝思想은 우리 民

---

12) 安商元, 「忠孝思想과 國民敎育」, 『國民倫理硏究』, 1970, p. 174.
13) 『論語』八佾篇 : "定公問 君使臣 臣事君 如之何 孔子對曰 君使臣以禮 臣事君
　　以忠."

族의 長久한 歷史를 통하여 精神的 支柱가 되어 왔으며 內憂外患
이 있을 때마다 忠烈精神과 仁孝思想은 國民精神의 求心役割을 하
여 왔다.

311 나는과거 본힝시의   312 삼보전의 공양ᄒ며
313 국왕부모 충효ᄒ며   314 빈병걸인 보시ᄒ고
315 이극낙의 수싱ᄒ라   316 나는과거 본힝시의
317 욕된일을 능히참고   318 지혜를   수습ᄒ며
319 공경하심 ᄒ엿다가   320 일체사롬 권화ᄒ여
321 념불시긴 공덕으로   322 이극낙의 슈싱ᄒ라

<往生曲>

　이것은 이 세상의 富貴榮華가 다 티끌과 같으며, 사람 또한 無
常한 존재임을 깨달아 열심히 도를 닦아 아미타불의 공덕에 힘입
어 西方淨土에 가라고 하면서, 이승에서 쌓을 덕목을 여러 가지로
노래하였다. 이 덕목 중 제일 먼저 國王에게 忠하고 父母에게 孝
道한 후에 六波羅蜜[14]의 실천으로 貧病乞人에게 布施하라고 모든
侮辱과 번뇌를 참고 원한을 일으키지 말고 安往하는 忍辱, 삿된
지혜와 나쁜 소견을 버리고 참 지혜를 수습하여 극락왕생하라고
노래했다.

　新羅의 第三代 儒理王은 나라안을 巡視하다가 한 노파가 굶주리
고 얼어 죽게 된 것을 보고 "변변치 못한 몸으로 王位에 있으면서
百姓을 잘 기르지 못하여 老幼로 하여금 이 지경에 이르게 하였으
니 이것은 나의 罪다."하고 옷을 벗어 덮어 주고 밥을 빌어 먹여

---

14) 涅槃의 彼岸에 이르기 위한 菩薩의 여섯 가지 수행.
　①布施 ②持戒 ③忍辱 ④精進 ⑤禪定 ⑥智慧.

주는 한편, 有司에게 命하여 홀아비와 寡婦와 父母 없는 孤兒와 子息 없는 늙은 이와 늙고 病들어 自活할 수 없는 이들을 두루 찾아서 그들을 給養하였다고 한다. 이것은 帝王으로서 행한 爲民 또는 安民의 훌륭한 본보기임에 틀림없다.

忠은 신하와 백성된 사람이 임금의 恩德을 감사하여, 임금과 나라를 위하여 몸과 마음을 온전히 바치는 일이며, 임금을 禮로써 공경하는 일이며, 나나 내 집보다도 임금과 나라를 이롭게 하는 일이며, 임금을 극진히 사랑하는 일이라고 할 수 있다. 이를 더 간단히 말한다면, 충은 임금과 나라를 위하는 정성(誠)과 공경(敬)과 사랑(愛)이라고 할 수 있을 것이다.

2. 憂 國

忠의 對象이 國(나라)이고, 安民治國하여 달라는 念願과 忠誠心의 眞情을 表現한 것과 國家가 危機에 처했을 때 現實을 근심하는 忠國으로 國事를 걱정하며 읊은 消極的인 忠인 輔國安民의 내용이 담긴 作品類를 살피기로 한다.

20	忠孝信行	다보리고	21	愛慾綱에	깁히드러
22	兄弟鬪爭	마단느니	23	가련ᄒ다	白髮父母
45	一邊으로	念佛ᄒ고	46	일변으로	忠孝ᄒ소
47	九天이	感應ᄒ면	48	堯舜太平	아니볼가
49	佛法어더	一定ᄒ며	50	堯舜어더	시이실고
51	念佛ᄒ면	佛法이요	52	忠孝ᄒ면	堯舜이니
53	忠孝가져	立身ᄒ고	54	念佛가져	安養가세

<回心曲>

이것은 말세적인 풍속에 물들어 忠孝信行을 다 버리고, 愛慾網에 걸려 골육상쟁으로 멸망하지 말고, 자기의 本心을 바로 가져 항상 不離眞性으로 修行得道하여 極樂蓮花臺에 올라 태평곡을 부르자는 것이다.

마음에 邪淫이 일어나면 念佛을 하여 八邪[15]를 항복시키고 나라에 忠誠하고 부모님께 孝誠하면 九天이[16] 감홍하여 太平歲月이 온다고 했다. 衆生들은 부디 忠孝하여 사회에 나아가서 지위를 확고하게 세워 출세하고 염불하여 極樂 가자고 노래했다.

元曉大師는 忠孝의 마음을 "一心無二 즉 清淨無垢"라 하였고 一心의 根源으로 되돌아가는 것 즉 歸一心源이 人生의 窮極目標라고 하였다. 人間은 本質的으로 永遠한 生命을 나눠 가진 同根同體이므로 '一心眞心'의 根源에 있어서 남이 아니다. 그러나 人間은 그 根本을 모르고 그 個體의 獨立完結性을 믿기 때문에 갈등과 角逐, 對立과 鬪爭을 正當한 것으로 錯覺하고 있다. 인간은 다만 因과 緣을 따라 남의 子女가 되고 父母가 되고 師長이 되고 一國의 指導者가 된다[17]고 하였다.

33 本際平等	眞性에는	34 生住異滅	스상이오
35 修善作福	忠孝君子	36 스후텬당	落相이오
37 不忠不孝	作惡者는	38 스후삼도	苦相이라
39 苦와樂이	분명흔디	40 불신인과	頑惡人은
41 我慢貪心	밤이되야	42 忠孝信行	바히업고

<冥說因果曲> (序曲)

---

15) 邪見·邪思惟·邪語·邪業·邪命·邪精進·邪念·邪定.
16) 日天·月天·水星天·金星天·火星天·木星天·土星天·恒星天·宗動天의 총칭.
17) 大韓敎育文化硏究所 編, 『現代人의 忠孝思想』, 1977, pp. 69~72.

삼라만상 만물 중에 오직 사람만이 으뜸이니, 중생은 착한 일 즉 十善을 행하면서 자연적으로 福을 짓는 忠孝君子는 죽으면 반드시 極樂으로 틀림없이 간다고 했다. 만약 不忠不孝하고 十惡[18]을 행하는 衆生은 죽은 후에는 三途[19]인 地獄·餓鬼·畜生에 떨어져서 무수한 苦痛을 받게 된다. 그래서 나를 믿으며 스스로 높은 양하는 我慢과 자기의 뜻에 맞는 사물에 대하여 마음으로 애착케 하는 정신 작용인 貪心을 버리고 忠孝를 十信[20]으로 해야 한다.

孟子는, "君子가 임금을 섬기는 길은, 힘써 그 임금을 인도해서 道에 합당하게 하여, 모든 일이 이치에 맞게 하고, 나아가 仁에 뜻을 두게 하여, 어질지 못한 생각이 싹트지 못하게 해야 한다."고[21] 하였다. 孟子는 또 임금을 섬기는 사람이 利로써 王을 달래면 나라가 망하고, 仁義로써 주장을 하면 나라가 잘 다스려진다고 하였다.

忠이 國家社會에 대하여 發露되면 하나의 公益이나 正義로 나타난다. 그러므로 중심을 다하여 百姓에게 봉사하는 統治者에 대하여, 百姓이 심신을 바치는 것이 忠誠이다. 그러나 偏心을 가지고 私利와 安逸만을 꾀하는 統治者에게 心身을 바치는 것은 오히려 統治者를 돕기는커녕 賊害하는 것이다.

---

18) ①殺生 ②偸盜 ③邪淫 ④妄語 ⑤兩舌 ⑥惡口 ⑦綺語 ⑧貪慾 ⑨瞋恚 ⑩邪見.
19) ①火塗 ②刀塗 ③血塗.
20) ①信心 ②念心 ③精進心 ④慧心 ⑤定心 ⑥不退心 ⑦護法心 ⑧廻向心 ⑨戒心 ⑩願心.
21) 『孟子』卷十二 : "君子之事君也 務引其君以當道 志於仁而已. 當道 謂事合於理 志仁 謂心在於仁."

1	人趣道頌	들어보소	2	人與獸라	차별중에
24	忠孝信心	지극ᄒ면	25	富貴端正	거룩ᄒ고
26	禽獸畜生	스랑ᄒ면	27	佛乘善人	공경ᄒ야
28	갓초갓초	善行ᄒ면	29	즐거운몸	되야나셔
30	出入去來	威儀보소	31	鳳輦花蓋	목마승거
32	가디가디	樂境이오	33	우물파며	나무심거

<奠說因果曲>　(人道頌)

忠孝하는 信心이 지극하면 富貴도 누릴 수 있고, 금수축생들도 사랑하고 十善道 또는 十善戒라고도 하는 몸(動作)·입(言語)·뜻(意念)으로 十惡을 범치 않는 十善[22]을 행하는 사람을 공경하면 煩惱와 病患 그리고 慢心이 없는 樂境에서 人道에서 살 수 있다.

참 自我喪失의 혼돈 속에 삶을 지탱하는 현대인의 精神的 狀況의 克服은 우리 모두가 연기의 法則下에 假我의 상태로 存在한다는 佛陀의 가르침을 깨닫고 그에 따른 실천논리로서 十善을 行해 나아갈 때 가능하리라 믿는다.

불교의 이상은 그릇된 마음(妄心), 더러운 마음(染心)의 관계를 眞心의 관계로 바꾸는 데 있다. 그것을 元曉大師는 和靜이니, 圓融無碍니 하는 표현으로 강조한 것이다.

35	橫顔으로	열시ᄒ며	36	어린擧動	우사울사
37	겨무삼	모양일고	38	寒心ᄒ고	셥사올샤
39	나라忠臣	되다홀가	40	父母孝養	되다홀가
41	친척권쇽	生光톨가	42	貧病乞人	구졔롤가
43	貧病乞客	보치오면	44	勢不得已	주엇ᄂ니
45	善心노라	주오시며	46	慈悲布施	주오신가

---

22) ①不殺生　②不偸盜　③不邪淫　④不忘語　⑤不兩舌　⑥不惡口　⑦不綺語　⑧不貪慾　⑨不瞋恚　⑩不邪見.

<勸禪曲> (名利勸曲)

출가한 屬親에게 하직하고 입산하여, 불제자에게 의탁하여 上報四恩과 下濟三道를 다짐하는 것이라 말하고, 출가승으로서 용심할 일들을 열거하였는데, 먼저 나라에 忠臣 되고, 父母에게 孝養하라 말하고 나서 貧病乞人을 구제하고 善心으로 慈悲布施하라고 권하였다. 즉 중생에게 낙을 주고 고를 없애 주는 慈悲心으로 다른 이에게 조건 없이 물건을 주는 布施23)를 하라고 권하였다.

孔子는 君臣·父子·夫婦·昆弟·朋友를 五遠道라 하여, 君臣을 父子보다 앞세우고, 孟子는 父子有親·君臣有義·夫婦有別·長幼有序·朋友有信의 五倫을 말하는데, 父子를 君臣보다 앞세우고 있으며, 君爲臣綱·父爲子綱·夫爲婦綱의 三綱에서는 君臣을 父子보다 앞세우고 있다.

또 옛글을 읽어 보면, 忠孝兼全이니, 忠孝兩全이니, 忠孝雙全이니, 大義滅親이니 하는 말들을 흔히 볼 수가 있다. 그만큼 君臣의 倫理는 父子의 倫理와 더불어 儒敎社會에서 重要視되었다고 할 수 있을 것이다.

忠孝는 이 民族의 思惟와 行動을 비롯한 生活樣式을 規制한 傳統的 倫理요 規範인 精神文化인 것이다. "精神文化로서의 忠孝는 우리 民族이 높이 崇尙하는 倫理的이고 道德的인 價値였다."24) 물론 價値는 시대와 상황에 따라 변한다.

佛敎는 波羅蜜多(pāramitā)라고 人間修行의 方向에서 사람은 사람으로서 지켜야 할 道理를 지켜야 한다고 했다. [攝律儀戒] 그리고

---

23) 財施·法施·無畏施.
24) 柳承國,『忠孝敎育의 理論과 實際』, 서울특별시 敎育委員會, 1979, p. 21.

나아가 善한 일을 찾아 行하라고 했다.[攝善法扱] 그리고 善의 극
치는 饒益有情이므로 모든 衆生들은 참다운 生命의 主人公이 되게
끔 獻身하는 것이 人間의 最高의 道理라고 하였다.[攝衆生扱] 이러
한 이상이 家庭에서 實現되면 '孝'요, 이것이 社會에서 實現되면
'忠'이다.

29 집간을	依持훈들	30 佛性모양	苦生됨이
31 歲月노	漸漸ㅎ고	32 어린ㅈ식	자른ㅈ식
33 비곱파라	우지진둘	34 웃달닐것	젼혀업고
35 나의心臟	말으는듯	36 이럿트시	섭ㅅ올ㅊ
37 나라忠臣	되야시며	38 父母孝養	ㅎ야실가
39 父母祖上	졔ㅅ날이	40 오고간들	싱각할가
41 싱각ㄴ니	셜운心思	42 바라ㄴ니	언제살고

<勸禪曲> (貧人勸曲)

　　이것은 빈궁한 이들에게 말하기를, 전생에는 財物衣食이 넉넉했
으나 교만하고 선심이 부족하여 三惡道에 고생하다가 다행히 人道
還生 되었으나 빈천하게 태어난 것이라고 하였다. 그리고 금생에
는 비록 빈천하여 조상 제사를 잘 지내지 못하더라도 나라에 忠臣
되고 父母에게 孝行하면 내세에 가서 존귀하게 된다고 권면한 노
래이다.

　　經典을 보면 忠을 말하기를 '事君能致其身'25), '主忠信'26), '君君
臣臣 子子'27)라고 하였다. 즉 "君子는 忠에 專心하여 그 몸을 다해
王을 받들며 또한 君·臣·子가 各各 職分과 責任을 서로 尊重하

---

25) 張基槿 譯, 『論語』, 南山堂, 1958, p. 5.
26) 上揭書, p. 5.
27) 上揭書, 顔淵篇, p. 142.

고 侵犯하지 말 것을 이르고 있다. 이러한 가운데 眞正한 社會秩
序와 平和가 維持되고 王을 中心으로 한 仁政德治도 發展할 것이
라는 뜻"28)이니 王에 대한 眞正한 忠은 이러한 精神에서 이루어졌
다고 볼 수 있다.

忠이 國家社會에 대하여 發露되면 하나의 公益이나 正義로 나타
난다. 그러므로 中心을 다하여 百姓에게 奉仕하는 統治者에 對하
여, 百姓이 心身을 바치는 것이 忠誠이다.

759 平時에	兵法익켜	760 亂時에	쓰잣드니
761 敵陣보고	退錚치니	762 平時積功	쓸때업네
763 生前에	念佛하야	764 臨終에	쓰잿드니
765 正念을	迷失하고	766 邪魔에	順從하니
770 病苦萬一	침노커든	771 生死無常	각금깨처
772 살기도	貪着말고	774 죽음도	두려말고

<勸往歌>

나라가 평화로울 때는 兵術을 연마하고 나라가 위태로울 때는
적을 물리쳐야 하는데 전쟁에 나아가서 싸움도 해 보지 않고 물러
서니 평상시에 단련한 武功이 아무 필요가 없다고 했다.

忠은 위태로움을 보면 자기 목숨과 몸을 바쳐 仁을 이룩하는 정
신(見危授命 殺身成仁)을 뜻한다.29) 仁이란 人間의 本性이다. 仁은
글자부터 '二'와 '人'으로 즉, 두 사람으로 되어 있다. 두 사람이란
너와 나, 나와 남의 관계이다. 仁이란 이러한 人間關係 속에서 오
고 가고 주고 받는 情感을 말하는 것이다. 孔子의 道는 이 仁이다.

---

28) 金得榥, 『韓國思想史』, 南山堂, 1958, p. 132.
29) 金炯孝, 「忠孝思想의 現代的 意義」, 『새교육』, 1977. 4월호, 大韓敎育聯合會,
　　 p. 61.

曾子는 "임금을 섬기되 충성스럽지 않은 것은 孝道가 아니며, 싸우는 陣中에서 용맹이 없는 것도 孝道가 아니다."고 하였다.[30]

佛教에서 國家意識을 強調하지 않았다고 하더라도 古代社會에 있어서의 最古 道德이라는 것은 국가를 위해 行動하여야 한다는 愛國心이었다. 여기에 佛教思想이 加味되어 三國時代 우리 民族은 國家에 대한 忠思想을 强하게 保有할 수 있었다.[31]

圓光法師의 世俗五戒 중에도 '事君以忠'은 우리 古代社會에 있어 君主에 대한 忠誠이 普遍的 德目이 되었다는 것을 말해 준다.

183 나라에	忠信되야	184 치민선정	하야난냐
177 愛恤之心	가져다가	178 일가구제	하얏난야
179 兄恭弟順	우익하야	180 同生厚德	하얏난야
181 朋友有信	싱각ㅎ고	182 친구구제	ㅎ얏난야
222 애민선정	治順ㅎ야	223 郡守縣令	하려는야
226 堯舜갓치	나라섬겨	227 정승판서	ㅎ려는나

<四諦歌>

나라에 忠節을 다 하여 섬기는 신하인 忠信과 진심을 써서 거짓이 없는 忠臣이 되어 국민을 다스림에 바르고 착하게 집행하는 훌륭한 정치가로 善政을 해야 함을 강조하고 있다.

忠에 信을 합쳐 만든 忠信이라는 낱말이 있다. 忠信은 忠에 誠의 성질을 加味한 그러니까 忠의 믿음과 성실이 혼합된 槪念이다. 그러므로 忠信이란 "忠의 국가적·사회적 補益性(神補性)과 誠의 시간적 연속성을 결합한"[32] 개념이다. 그 뿐만 아니라 忠信이라

---

30) 『小學』卷二 : "明父子之親."

31) 金鎭煥, 「佛教思想이 韓國 傳統 倫理에 미친 影響」, 『佛教學報』, 第22輯, 東國大 佛教文化研究院, 1985.

할 때의 忠은 "안으로부터의 마음가짐을 말하는 것이니 主觀的인 面을 말하는 것이 되고 信은 밖에 드러난 行動이 말과 一致함을 말하는 것이니 客觀的인 面을 말하는 것이 된다. 그리하여 忠信이라 하면 안과 밖을 함께 말하는 것이요, 主觀·客觀 兩面을 합쳐서 말하는 것이다".33)

國家와 民族이라는 大義에 奉仕하기 위해서 私的인 理解關係나 個人生活을 克服하는 것이 忠의 思想이다.34) 따라서 絕對的 存在였던 君主에 대한 衷情에서 한 걸음 더 나아가 國家와 民族의 앞날을 걱정하고 繁榮을 祈願하는 것도 분명히 忠思想의 發露이다.

3. 盡 忠

忠의 對象을 戀君이나 憂國에만 두지 않고 三綱五倫 및 五常과 愛國愛族의 國民精神으로 보고, 나라가 위기에 처하거나, 君王의 처지가 어려울 때 나라 또는 임금 그리고 겨레를 위하여 굳은 節槪를 나타낸 丹心忠節을 表現한 積極的인 忠인 盡忠報國의 내용을 담은 作品類를 살피기로 한다.

90 우리갓튼	貧窮人은	91 아모려면	오즉홀가
92 忠信孝行	모로거든	93 착혼사롬	헤아릴까
94 나도져만	져도져만	95 누구여든	제죵일가

---

32) 李元浩,「忠의 現代敎育的 理解」,『새교육』, 大韓敎育聯合會, 1977. 4월호, p. 58.

33) 李相殷,「忠孝思想의 本質과 現代的 評價」, (제7회 전국자유교양세미나 유인물), 韓國自由敎育協會, 1974, p. 12.

34) 申瀅植,「韓國古代史에 나타난 忠孝思想」, 誠信女子師範大學『論文集』, 제11집, 1979, p. 21.

96 놉픈놈도　업서뵈고　　97 무셔온놈　可笑룹다
98 수믄辱의　비켠말로　　99 口業惡談　놀나올샤
100 이몸을　　일혼後에　　101 다시人身　難得이라
<奠說因果曲>　(序曲)

忠孝를 實行하지 못하는 사람을 착한 사람이라고 말할 수 없다. 나라에는 忠信이요 父母에게는 孝行을 至極精誠으로 해야 한다. 父母가 끼치신 몸을 삼가고 조심하여 보전해야 한다. 口業惡談으로 地獄道에 떨어지면 人道還生하기가 어렵다. 日常生活에 있어 君主의 恩惠를 잊지 말고 늘 언행을 조심하여, 自己 自身과 君主를 욕되게 하지 말아야 한다.

佛敎에서 衆生(Sattva)은 각기 지은 業에 따라 生死를 반복 流轉하게 되는데, 구체적 生存樣式을 天(Deva)·人間(Mamusya)·阿修羅(Asura)·畜生(Tirryagyoni)·餓鬼(Preta)·地獄(Naraka)의 形態로 六道輪廻하게 된다고 한다.

忠과 孝는, 君臣과 父子의 人倫이, 하나는 義로써 結合된 人爲的인 것이며, 하나는 天屬之親이므로 완전히 같을 수는 없다. 兩者를 本末로 말하면, 孝가 忠의 本이 되고, 範疇로 말하면, 忠이 孝 속에 包含될 수 있으나, 輕重으로 말하면, 孝는 私에 속하고 忠은 公에 속하며, 孝는 小義에 속하고 忠은 大義에 속하므로, 忠이 孝보다 重하다고 할 수 있다. 그러나, 兩者는 대체로 一致되는 것으로, 아버지를 섬기는 孝를 옮기어 그대로 임금을 섬기면 忠이 되므로, 忠孝一致라고 말할 수 있다.

1 勸ᄒ노니　권ᄒ노니　　2 修道션즁　勸ᄒ노니
3 十三十五　이십셰에　　4 出家入山　위승ᄒ야

5 무슴모음	세우신고	6 忠臣孝行	ᄒ쟈ᄒ가
7 修身成道	ᄒ쟈ᄒ가	8 名利立身	ᄒ쟈ᄒ가
9 身勢貧富	고로쟈녀	10 依托ᄒ려	출가ᄒ가
30 出家中의	다시출가	31 眞實노	거룩ᄒ니
32 忠孝코져	아니ᄒ되	33 自然이	忠孝되며
34 立身코져	아니ᄒ되	35 自然이	立身되며

<勸禪曲> (序曲)

入山爲僧 하여 世事貪着은 그만 두고 무슨 誓願을 세웠는가? 忠臣孝行·修心成道·名利立身·身勢貧富 중 무엇을 依托하려고 出家했는가. 진실한 마음으로 출가하면 忠孝코자 아니해도 자연히 忠孝되고, 修心코자 아니해도 자연히 修心되고, 立身코자 아니해도 자연히 立身하니 忠孝하여 修心하고 修心 가져 成道하고 成道 가져 利他하라고 권하였다.

忠은 우리 나라 최초의 가장 卓越한 佛教思想家인 신라의 圓光法師가 事君以忠을 강조한 그 때부터 우리의 佛教思想家들이 한결같이 입을 모아 강조했고 또한 실천해 온 사실이다.

忠과 孝는 同一한 精神的 價値를 그 土臺로 하는 思想이며 生活倫理이다. 그것은 사람들의 참된 마음, 誠과 敬, 正과 直, 和와 怨, 慈와 愛 등을 主軸으로 하고 있다.[35]

245 善心하고	마음닥가	246 不義行事	하지마소
248 善心功德	아니ᄒ면	249 牛馬形相	못면ᄒ고
250 구렁배암	못면하니	251 操心ᄒ야	修身ᄒ라

---

35) 『忠經』天地神明 : 忠·誠也(左氏註), 忠·中心也(同皇疏), 忠·謂盡中心也(同上), 忠·敬也, 盡心日 忠(說文), 忠·正也(呂覽注), 忠·直也(孝經, 注), 忠·人之和(管子), 忠 恕也(國語, 注), 忠·猶愛也(呂覽注), 忠也者一其心之謂也.

252 修身齊家 능히ᄒ면   253 治國安民 ᄒ오리니
<善心歌>

衆生들은 항상 착한 마음으로 의리에 맞지 않는 일은 행하지 말고 修道하면 四生六道의 輪廻를 벗어날 수 있으니 修身齊家하면 治國平天下하여 백성을 편안하게 하라고 했다.

孟子는 "臣下가 그 임금을 弑害하는 것이 옳은 일이냐?"는 齊宣王의 質問을 받고 "仁을 害하는 것을 賊이라 하고 義를 害하는 것을 殘이라 하며 殘賊하는 者를 一夫라 부르니, 一夫 紂를 죽였다는 말은 들었어도 임금을 죽였다는 말은 듣지 못하였다."36)고 하였다.

불교는 그 모든 善과 功德이 모두 이 '一心', '眞心', 즉 '中心'에서 나온다는 確信을 피력하고 있다. 구체적인 生活上의 倫理德目인 忠이나 孝도 包含하여 信과 義, 布施와 持戒, 忍辱과 精進 그 밖에 갖가지 이름으로 열거되는 善行이 바로 이 마음 없이는 생겨날 수가 없는 것이라고 보는 것이 불교의 입장이다.

家庭의 破綻은 주로 이 '忠'의 마음의 결여에서 오고 있다. '忠'의 마음의 缺如는 私欲과 私情의 膨脹을 초래하여 그 一家庭을 不幸으로 유도할 뿐만 아니라 全社會에 불행을 가져다 준다. 修身이 안 될 때 齊家가 안 되며, 齊家가 안 될 때 治國이 안 되며, 治國이 안 될 때 平天下가 안 된다는 교훈은 현대에 있어서도 그대로 진리이다.

---

36) 『正本 孟子集註』梁惠王 章句下 : "賊仁者謂之賊 賊義者謂之殘 殘賊之人謂之一夫 聞誅一夫紂矣 未聞弑君也."

25 天地之間　만물중의　　26 오직사람　最貴하다
27 무엇으로　이럼인가　　28 元亨利貞　바로알고
29 三綱五倫　잘발히시　　30 修身齊家　하온후이
31 治國安民　조헐시구　　32 仁義禮智　으뜸이라
33 堯舜世가　따로잇나　　34 이가분명　堯舜世라

<廣濟歌>

만물 중에 胎生·卵生·濕生·化生으로 태어나지 않고 오직 人
道還生하였으니 인간이 만물영장이니 최고로 귀한 일이다. 사람은
易學에서 말하는 天道의 네 가지 原理 元亨利貞을 바르게 인식해
야 한다. 元은 봄이니 만물의 시초요, 亨은 여름이니 만물이 자라
고, 利는 가을이니 만물이 이루고, 貞은 겨울이니 만물을 거두는
사물의 根本 理致를 알고, 三綱五倫을 실천하고, 仁義禮智를 하면
이 세상이 바로 요순시대와 같이 治國安民할 수 있다.

『周易』의 국가관은, "天下를 다스리는 길은 天地의 法則에 準하
여 萬物을 彌縫經論하는 데서부터 나가야 하며, 이것은 天地의 德
을 입은 聖人이 仁을 本旨로 삼아야 되는 것이다."37)고 했는데, 이
것이 儒學의 政治觀이다. 이러한 思想은 堯·舜 時代에 계승되었
으며 道德과 倫理와 政治를 분리하지 않고 一元的으로 전개하여
不偏不倚 過不及함이 없이 天下를 다스리는 '中'의 思想을 낳았다.
'中'은 倫理上 至善이요, 至美이며, 至眞의 표준이다. 堯는 이것을
舜에게 물려 주었고 舜은 堯의 "允執厥中을 平生지키고, 修身齊家
治國平天下에 힘썼다."38)

儒家의 仁·義·禮·智·信·勇 등의 德目은 이 同一한 마음이

---

37) 金敬琢 譯, 『周易』, 明文堂, 1984, p. 384.
38) 車相轅 譯, 『書經』, 明文堂, 1984, pp. 40~42.

그 마음을 쓰는 狀況의 差異에 따라 달리 表現되었던 것이라고 보는 것이 불교의 般若(智慧)의 見地라고 믿고 있다. 불교의 般若, 이 宇宙·自然·人生의 보이는 것, 보이지 않는 것, 그 모든 것에 대한 깊은 智慧는 결코 한마디 특유한 말, 특유한 형태로만 固定시킬 수 없는 淸淨無垢한 마음, 公明正大한 마음, 廣蕩無碍한 마음, 公平無私한 마음의 理解力·實踐力을 말한다.[39]

　國家의 守護와 安全의 保障은 반드시 精神的·思想的 對應策의 강구와 不可分離의 관계에 있음을 명심하여 國民의 忠直한 奉仕獻身의 覺悟를 中軸으로 하지 않으면 안 될 것이다.

110 君臣有義	싱각하면	111 輔國安民	이안인가
112 窈窕淑女	군자호구	113 夫婦有別	제일이라
114 二姓之合	모인것이	115 萬福之源	이안인가
116 長幼有序	重한도리	117 禮義廉恥	이안인가
118 兄友弟恭	하여보쇼	119 兄弟倫氣	더욱좃다
120 上下老少	차러더로	121 서로서로	恭敬하쇼
122 朋友有信	조혼도덕	123 서로밋고	사라보시

<애닯은 노래>

　인간에 있어서 다섯 가지의 人倫 중 임금과 신하 사이에 의리가 있어야 하는 五倫 중 君臣有義와 임금과 신하 사이에 지킬 떳떳한 도리인 三綱 중 君爲臣綱을 생각하고, 輔國崇祿大夫하면 백성이 편안하게 되면 이것이 바로 太平盛代라고 했다. 이렇게 살기 좋은 나라를 만들기 위해서는 부부가 화합하여 훌륭한 가정을 이룩하여 禮義廉恥를 알며, 兄友弟恭하고 남녀로소가 서로 공경하는 사회를

---

39) 李箕永,「佛敎와 忠孝思想」,『國民倫理 硏究』第6輯, 1970.

이룩해야 한다.

子路가 孔子에게 임금 섬기는 것을 물은 즉, 임금을 속이지 말고 直言으로 諫하는 것이라 했다.40) 臣下가 君主에게 諫하지 아니하면 忠이 아니라는41) 一念으로 直諫하는 자세는 뒤에 올 결과를 아랑곳하지 않는, 純粹한 마음의 자세인 中心爲忠이다. 여기에 忠이 용기있는 自己犧牲의 倫理가 되어야 할 當爲性이 있다. 一片丹心의 志操와 戀君의 情은 모두 君主에 대한 무조건적이고 긍정적인 찬양과 그리움을 노래하였으나, 참다운 忠은 諫하는 데 있는 것이다.

忠誠스런 마음은 夫婦間의 信義와 愛情을 원만하게 지속시키는 原動力이 될 것이다. '忠'의 마음은 '慈愛'의 마음이고, '愛敬'의 마음이며, '誠實'이요, '忠直'이라고 했다.

忠의 가장 普遍的이고 本質的인 뜻은 '盡己', 곧 '내 마음의 정성을 다하는 것'이라고 할 수 있다. 그러므로 신하가 임금을 섬기는 데 정성을 다하는 것이 忠일 뿐만 아니라, 임금이 백성을 다스리는 데 정성을 다하는 것도 忠이라고 한 것이다. 내 마음의 정성을 다하여 조금도 거짓되고 망녕됨이 없는 것이 忠의 本義가 되므로, 忠은 君王에 대한 길일 뿐만 아니라, 父母·兄弟·夫婦·朋友·老少에 대한 道인 孝나 悌나 信 등도 忠을 바탕으로 해야만 온전히 할 수 있는 것이다.

이상에서 한국불교가사작품에 나타난 忠思想을 살펴보고 그 의미를 살폈다. 韓國人의 忠孝思想은 오랜 역사를 통한 우리의 고유

---

40) 『論語』 憲問 : "子路問事君 子曰勿欺也而犯之."
41) 『三國史記』 列傳, 倉助利 : "助利曰 君不恤民 非仁也 臣不諫君 非忠也."

한 傳統思想이었으며 家庭倫理와 社會倫理의 核이 함께 묶여있는 價値와 實踐德目이었고, 佛教歌辭에 많이 表出되었으니 新羅의 鄉歌, 高麗의 別曲과 아울러 우리 國文學史上 중요한 위치에 있다.

忠孝라는 가치는 역사성과 시대성에 따라 相對的으로 變하는 價値(가치상대주의)가 아니고 超歷史的인 不變의 價値(가치절대주의)를 지니는 價値德目이다. 특히 오늘과 같은 物質至上의 拜金主義 價値觀과 個人至上의 利己主義 價値觀을 극복하고 인간을 인간답게 인식하는 人間尊嚴性을 되찾기 위해서는 더욱 忠孝思想의 현대적인 재구성의 필요성이 요청된다.

現代社會는 모름지기 산업사회로 지향한다. 産業社會는 高度의 物量的 成長과 效率性을 강조한다. 物量的 成長과 效率性은 인간의 存在價値를 포함한 모든 價値體系를 技能價値로만 평가하려 한다. 이러한 技能價値體系에로의 지향은 모든 인간과 사물에 대한 가치판단을 效率性(utility)이라는 사고를 낳게 하여 善惡을 포함한 正常과 非正常의 思考基準을 윤리적인 道德率에서가 아니고 行動主義(behaviorism)方式에 따른 기능사회의 적용 여부로 판가름하는 가치 판단을 성립시켰다. 이러한 가치판단은 급기야 人間으로 하여금 물건의 노예, 즉 財貨의 노예로 轉落시켜 인간 尊嚴性을 매몰시키고 한편으로는 物質萬能主義에 사로잡힌 개인주의를 넘어선 극단적인 利己主義思想을 형성하기에 이르렀다.

儒教道德에 있어서의 忠의 位置는, 孔子의 五達道와 三綱의 경우에 있어서는 으뜸으로 꼽히고, 孟子의 五倫에서는 孝 다음에 꼽히고 있어, 忠은 孝와 더불어 五倫 중에서 가장 으뜸가는 道로 되어 있다. 그리고 忠孝兼全은 儒教社會의 한 이상이었던 것이다.

忠의 一般的 概念을 살펴 보면, 忠에는 臣民이 君主나 國家를

위하여 誠心을 다하는 忠의 뜻 外에, ①中心·眞心·實心·誠, ②
정성을 다하다. 자기의 마음을 다하다. 中心을 다하다. 남을 위하
여 眞心으로 일하다. ③공경하다. 삼가다. 조심하다. ④正直하다.
마음을 다하여 속임이 없다. ⑤남을 생각하다. 등 여러 가지 뜻이
있다.

　오늘의 政治倫理에 '忠'의 精神이 적용되고 그것이 확장되어 이
나라 政治人·行政官吏·企業家·敎育者·言論人·藝術人·商人·
農民·勞動者 등에까지 파급된다면, 특히 指導的 人士들 사이
에는 오직 公益만을 생각하는 無私의 정신이 팽배해질 것을 믿
어 의심치 않는다.

Ⅲ. 結　言

　본고에서는 《韓國佛敎歌辭全集》에 수록되어 있는 작품에 나타
난 忠思想에 대해 살펴 보았다. 韓國의 佛敎歌辭는 高麗末期 <西往
歌>로부터 출발하여 朝鮮時代를 거쳐 최근까지 면면히 계승되어
왔는데, 주로 승려들에 의해 창작되어 불교 신도들에게 佛德을 예
찬하고 그들로 하여금 佛法修行을 권면하는 내용으로 되어 있다.

　忠의 槪念을 통털어서, 가장 普遍的이고 本質的인 뜻을 두 글자
로 나타낸다면, '내 마음의 정성을 다하는 것'을 뜻하는 '盡己'로
表示할 수 있고, 한 글자로 나타낸다면, '참되고 거짓됨이 없음'을
뜻하는 '誠'字로 나타낼 수가 있을 것이다.

　우리는 傳統倫理(忠孝)를 계승하고 이것에 뿌리박은 새로운 價

値觀에 투철한 인간상을 모색하여야 한다. 忠孝는 우리 民族固有의 傳統思想이며 이 민족의 個人倫理·家庭倫理·社會倫理 그리고 國家倫理의 規範으로 이어져 온 정신유산이기 때문이다.

忠孝는 이 민족의 사유와 행동을 비롯한 모든 生活樣式을 規制한 傳統倫理요 倫理規範인 精神文化이다. 精神文化로서의 忠孝는 이 겨레가 높이 숭상한 윤리적이고 도덕적인 가치였다.

이처럼 우리는 충효사상에 현대적인 의미를 부여하여 우리를 둘러싼 물질만능, 이기주의, 불신, 타락, 인간존엄성의 부정, 인간에 대한 기계우위 등의 가치관을 몰아내고 공동체의식과 주체의식을 가지고 국가라는 전체 속에서 자기완성을 위한 새로운 가치관을 지향해야 할 것이다.

현대에 있어서 우리가 孝와 忠의 옛 倫理的 傳統을 再强調해야 할 필요성은 崩壞狀態에 있는 인간의 共同體를 살리기 위하여 忠思想을 되살려야 한다. 忠은 人間共同體의 紐帶를 강화하는 基本的인 倫理가 되기 때문이다. 忠은 한 나라의 秩序와 平和를 보장하는 倫理이다. 그러므로 우리의 忠孝精神과 倫理는 마땅히 世界主義的으로 擴大되어야 할 것이다.

忠孝를 한마디로 말한다면 그것은 '사람됨'의 문제라고 할 수 있다. 그렇다면 忠孝教育은 곧 '人間教育'으로부터 비롯해야 하겠다. 또한 忠孝는 우리 나라의 傳統思想에서 오래 지녀온 固有의 基本德目이다.

忠孝는 인간 本性과 순수한 자유 의지에 의하여 행동하는 것을 意味한다. 따라서 忠孝의 行爲는 자발적이고 自律的이어야 하며 不變의 人間性과 狀況의 合理性이 조화를 이룰 수 있는 自己 判斷 能力과 결단력을 가짐으로써 現代의 忠孝를 실현할 수 있다고 보겠다.

佛敎에서도 儒敎와 마찬가지로 忠을 중시하고 있으며, 그 形態나 方法에 多少 差異가 있으나 상호일치되는 점이 많은데, 다만 佛敎의 忠은 儒敎에 비하여 근본적으로는 영원과 무한에 걸친 종교적 차원에서 있다 할 것이다.

본고에서 佛敎歌辭에 나타난 忠思想을 戀君・憂國・盡忠으로 分類하여 忠의 樣相을 살펴 보았는데, <回心曲>・<歸一歌>・<往生曲> 등에는 戀君思想이, <冥說因果曲>・<勸禪曲>・<勸往歌>・<四諦曲> 등에는 憂國思想이, <善心歌>・<廣濟歌>・<애닯은 노래> 등에는 盡忠思想이 뚜렷하게 잘 나타나 있었다.

현대에 와서 西歐化 傾向을 배척하자는 주장이 아니라 받아는 들이되 그것을 嚴正히 재평가하여 우리의 현실에 알맞게 受容한다는 입장에서 忠孝思想을 再吟味해야 할 것이다. 忠과 孝의 根本 精神은 바로 眞實을 土臺로 한 尊敬과 至誠・精誠이라고 볼 수 있다. 이 정신은 시공을 초월하여 변질되어서는 안 되겠다. 다만 현실에 맞게 適用되고 방법이 개선되어 최선의 행위로 실천되어질 수 있도록 계속 연구하고 추진되어져야 할 문제라고 생각한다.

參 考 文 獻

金基平, 「忠에 關한 硏究」, 公州敎育大學 敎授論文集, 1977.

金德洙, 「佛典上에 나타난 護國思想 硏究」, 東國大 大學院 碩士學位論文,

　　　1976.

金圓卿,「韓國詩歌上의 儒學思想 研究」, 東國大 大學院 博士學位論文, 1979.

金周坤,「流配歌辭에 나타난 忠節意識 樣相」,『嶺南語文學』第16輯, 1989.

―――,『韓國佛敎歌辭研究』, 集文堂, 1994.

金鎭煥,「佛敎思想이 韓國 傳統 倫理에 미친 影響」,『佛敎學報』第22輯, 東
　　　國大 佛敎文化 研究院, 1985.

朴先榮,「宗敎에서의 忠孝思想」,『梵聲』第48號, 1977.

―――,『佛敎의 敎育思想』, 同和出版社, 1981.

申容守,「忠孝思想의 史的考察과 現代的 意味」, 檀國大『論文集』 第20號,
　　　1986.

安商元,「忠孝思想과 國民敎育」,『國民倫理研究』第6輯, 1970.

嚴周井,「韓國忠孝思想의 發展過程에 關한 史的 研究」, 大韓柔道學校『論文
　　　集』第2輯, 1986.

유구병,『충효의 보편성과 현실적 향상의 문제』, 밀알, 1979.

유정동,「윤리적 측면에서 본 충효사상」,『퇴계학보』, 1977.

尹亨德,「歌辭文學에 나타난 忠孝思想」, 忠州工專大『論文集』第11輯, 1978.

李箕永,「佛敎와 忠孝思想」,『國民倫理研究』第6輯, 1970.

李能和,『佛敎通史 上・下』, 新文館, 1918.

이병수,「충효의 현대적 의미」,『국회보』, 1979.

李泰極,「古今時調를 通해 본 愛國思想」,『時調의 史的 研究』, 二友出版社,
　　　1981.

林憲道,「古時調에 나타난 忠孝思想 管見」, 公州敎大『論文集』, 1978.

鄭麟弼,「忠孝思想 研究」, 高麗大 敎育大學院 碩士學位論文, 1984.

鄭在鎬,「國文學에 나타난 忠孝思想」,『국어국문학』77호, 1978.

최창규,「충효정신과 한민족의 주체성」,『퇴계학보』, 1977.

崔惠淑,「佛敎의 輪廻思想을 通해서 본 十業說의 實踐的 受容」,『석림논총』
　　　第16輯, 1985.

二. 詩歌와 孝思想

(一) 時調에 나타난 '孝'

I. 緒 言

　東洋 諸國은 물론 우리 민족의 傳統思想으로 數千 年間 精神面과 생활면에 있어서 가장 가치있는 덕목으로 信奉하여 온 孝思想은 보편적 사회통념으로 받아들여지는 固有思想이다.

　이와 같은 孝思想은 우리 나라 고유의 倫理이자 民族精神의 特徵으로 價値觀의 근본을 이루어 왔다. 그리하여 모든 人間 行爲의 根本으로, 또는 우리 人間 道理의 으뜸인 至善의 倫理로서, 社會統治의 原理로 活用되어 왔다.

　그러므로, 孝를 實行할 수 있는 생활을 잃어버리게 할 現代 産業社會의 精神的 公害를 追放하고, 健實하고 생기있는 사회를 조성하는 것은 우리에게 當面한 急務라고 할 수 있다.

　우리는 過去의 儒敎的인 孝思想을 새롭게 發展시켜 나가기 위해서 現代的인 價値觀의 實像과 傳統的인 道德精神을 理想的으로 受容·統合시켜 나아가야 할 때가 되었다.

　　지금까지 孝思想에 대한 先行 연구로는 忠孝思想을 함께 연구한 論著는 많았는데 孝에 관한 業績만 살펴 보면 時調에 나타난 孝[1]를 위시하여 著書[2]·論文[3]이 있고 그밖에 儒敎와 佛敎의 孝思想을 비교한 논저[4]와 孝에 관한 隨筆集[5]도 있다.

　　本稿에서는 『校本 歷代時調全書』[6]에 수록된 有名氏 古時調 중 孝思想이 두드러지게 나타난 작품을 대상으로 하여 孝의 表現樣相을 世孝·出世孝·單孝·廣孝·事孝·理孝·行孝·化孝로 分類하여 논의코자 한다. 그리고 논의의 순서나 硏究方法은 먼저 孝의 槪觀부터 살펴보고 作品에 나타난 孝思想을 考察하기로 한다.

---

1)　李成九, 「古時調에 나타난 孝」, 명지실업전문대『論文集』第1輯, 1975.
　　정재호, 「國文學에 나타난 孝思想」, 『국어국문학』 17호, 1978.
　　全福奎, 「古時調에 나타난 孝思想 考察」, 仁川專門大『論文集』第16輯, 1991.
2)　尹聖範, 『孝』, 서울文化社, 1973.
　　金益洙, 『韓國의 孝思想』, 瑞文堂, 1977.
　　손석우, 『효도』, 태백문화사, 1981.
　　한태현, 『한국의 효와 효행』, 도서출판 남산, 1990.
3)　金基平, 「孝道에 關한 硏究」, 『公州敎大 論文集』第12輯, 1975.
　　金周坤, 「韓國佛敎歌辭에 나타난 孝思想 硏究」, 『嶺南語文學』第 28輯, 1995.
　　―――, 「韓國歌辭에 나타난 孝思想 硏究」, 『慶山大論文集』第 15輯, 1997.
4)　道端良秀 著, 목정배 옮김, 『불교의 효, 유교의 효』, 불교시대사, 1994.
　　辛章善, 「儒敎와 佛敎의 孝思想 比較」, 東國大 敎育大學院 碩士學位論文, 1983.
5)　피천득 외, 『효 에세이 37인집』, 범우사, 1977.
6)　沈載完 編著, 『校本 歷代時調全書』, 世宗文化社, 1972.

Ⅱ. 孝의 語源과 重要性

『說文解字』에 의하면 孝자는 老와 子의 결합으로 이루어진 合意文字로서 늙은이를 업고 있는 형상이다. 이와 같은 유가의 사상이나 효의 어원을 살펴보더라도 孝는 자식이 부모를 섬기는 것임을 알 수 있다.

孝는 그 字形의 構造로 보아 "子가 老를 繼承하는 것"[7]을 意味한다. 이러한 意味가 "父母를 섬기는 일"로 구체화되었던 것이다.

孝는 그 字義에서 子息이 어버이를 섬기고 받드는 것에서 由來하였음을 밝히고 있다. 孝는 子息이 노인을 업고 있다는 뜻의 老와 子의 結合으로 成立되고 있는 바, 이는 年下者(子女)가 年上者(父母)를 받드는 關係를 나타내고 있는 會意文字[8] 이며, 이 關係(親子間)를 規律하고 있는 秩序가 바로 孝인 것이다. 아버지와 子息이 사랑을 주고받으며 또 사랑으로 서로 협동하여 가정을 발전시키고 대를 계승한다는 원리에서 儒敎에서는 生生發展하는 의미로 효의 뜻을 파악하고 있다.

孝는 儒學思想의 바탕이요, 모든 道德을 달현하는 德目으로 倫理觀 중 最高의 價値에 해당하는 것으로 우리 나라뿐 아니라 東洋여러 나라 國民들의 일상을 律하던 生活規範이고 價値觀의 核心으로 孝는 父子 關係에 그치는 것이 아니라 百行의 근본으로 마침내는 修身 齊家 治國 平天下의 政治哲學體系를 樹立, 孝가 修己治人

---

7) "善事父母者, 從老省從子, 子承老也." (『說文』 參照).
8) 漢字의 生成 淵源은 ①象形 ②指事 ③形聲 ④會意 ⑤轉注 ⑥假借로 區分한다.

의 核心이며, 齊家의 근간이 되고 그것이 되어야만 治國 平天下가 이루어진다고 했다. 이런 政治哲學 體系를 갖춘 것은 倫理的 心然이자 동시에 그 당시 東洋社會의 家父長的 秩序維持를 위한 정치 현실적 요청이기도 했다.

孝는 원래 父母로부터 子女에게 이르는 下向的 關係가 아니라, 子女가 父母를 위하는 上向的 關係를 일컫는 用語인 것이다. 즉 父子間의 相互關係가 아니라 父母의 行爲와는 關係 없이 이루어지는 子女들의 一方的인 義務였던 것이다. 犧牲이 있을 뿐 代價를 要求하지 않는 誠意인 것이다. 父母가 子息을 돌보지 않을지라도 子息은 父母에 대하여 無條件 孝를 다해야 옳은 것이다.

『韓國大辭典』9)과 『大漢韓辭典』10), 『大漢和辭典』11), 『現代世界大百科事典』12), 『社會科學大辭典』13) 等을 參考하면 孝의 의미는 상당히 多樣함을 알 수 있다. 즉 ①父母를 잘 섬기는 일(善事父母), ②父母에 對한 衣食의 奉養을 充分히 함, ③父母에게 從順함, ④父母의 病을 근심하고 잘 돌보아 드림, ⑤父母의 죽음을 슬퍼하고 喪服을 입음, ⑥父母가 돌아가신 뒤에 祭祀 모시는 것을 게을리하지 않음, ⑦先祖를 잘 받들고 先祖의 뜻을 잘 계승함 등이다.

孝의 內容을 더 상세히 살펴 보면 세 번 간해도 듣지 않으면 울면서 따른다14)고 하여 子息이 父母의 뜻을 거슬리지 않고 服從함을 孝로 認定하였고,15) 父母에게는 항상 和氣로운 낯빛으로 대해

---

9) 李熙昇,『韓國大辭典』, 民衆書館, 1975, p. 3285.
10) 張三植,『大漢韓辭典修正初版』, 博文社, 1975, p. 371.
11) 諸稿轍次,『大漢和辭典卷四縮鳳版』, 東京 大修館書店, 1968, p. 3100.
12) 講談社編,『現代百科大辭典』, 東京 講談社, 1972, p. 933.
13) 社會科學大辭典編集委員會,『社會科學大辭典』, 東京 島出版社, 1971, pp. 339~340.
14)『禮記』曲禮下 第二 : "子之事親也 三諫而不聽則號泣而隨之."

야 하는 것이 孝라고 하였다. 또 孝란 恭敬과 奉養을 兼해야만 된
다16)고 했다. 孟武白이 孝를 물었을 때 그가 질병이 많았으므로
부모에게 걱정을 끼치지 않는 것이 孝17)라고 하였고, 禮에 어긋남
이 없도록 하는 것이 孝18)라고 하였으며, 生存時에는 父母의 뜻을
어기지 않고 死後에도 아버지의 生活樣式을 쉽게 고치지 않는 것
이 孝19)라 하였다.

　또 "부모가 생존해 계시면 먼 길을 떠나지 않을 것이며, 부득이
가는 경우에는 반드시 행방을 알려야 한다."20)하는 것을 孝라 하
였고 "부모를 섬김에 있어 간언을 올릴 때는 부드럽게 하고, 설혹
어른이 나의 뜻을 안 들어 주셔도 여전히 공경해 모시고 부모의
뜻에 위배되는 일이 없어야 할 것이며, 또한 부모에게 꾸지람을
들어도 원망하지 않는다."21)라고 하였다. 父母의 처소에 자주 나가
父母를 보살펴 드리고 좋은 옷과 맛있는 음식으로 奉養을 하는 것
이 孝라고 했다. 子息의 父母에 대한 孝道는 낳아 주시고 길러 주
신 父母의 큰 은혜를 깨닫는 데서부터 出發한다고 했다. 그래서
父母의 恩德을 항상 고맙게 생각하고 恩惠에 보답할 뜻을 가지고
있는 것이 孝라고 했다.

---

15) 『論語』 爲政篇 : "子貢問孝 子曰 色難 有事 弟子服其勞 有酒食, 先生饌 曾是
　　以爲孝乎."
16) 『論語』 爲政篇 : "子游問孝, 子曰 今之孝者 是謂能養 至於犬馬 皆能有養 不
　　敬 何以別乎."
17) 『論語』 爲政篇 : "子曰 父母唯其疾之憂."
18) 『論語』 爲政篇 : "孟懿子問孝 子曰 無違,樊遲御 子告之曰 孟孫問孝於我 我對
　　曰無違 樊遲曰 何謂也 子曰 生事之以禮 死葬之以禮 祭之以禮."
19) 『論語』 學而篇 : "子曰 父在觀其志 父沒觀其行 三年無改 於父之道 可謂孝矣."
20) 『論語』 里仁篇 : "子曰 父母在 不遠遊 遊必有方."
21) 『論語』 里仁篇 : "子曰 事父母 幾諫 見志不從 又敬不違 勞而不怨"

그 외에도 血統을 이어 나갈 남자를 낳아 바치는 것도 孝의 重要한 일이었으며, 타인에 대한 모든 行動, 自己의 一切의 行動도 孝道와 直結되는 것으로 思惟했던 것이다. 이것은 人間行爲에 있어서의 孝道의 絶對性 내지 普遍性을 의미하는 것이라 볼 수 있다. 子息의 모든 行爲는 모두 孝에 歸結되고 생명이 존재하는 限 孝行의 義務를 遂行해야만 하는 것이 東洋思想의 倫理였던 것이다.

따라서 孝는 儒敎에 있어서의 家族 秩序의 原理일 뿐 아니라 國家·社會 秩序의 原理라 한다.[22]

이 점은 孔子가 孝를 가리켜 仁을 實踐하는 根本(爲仁之本)이라 하는 것으로 봐서도 分明하다. 왜냐하면 儒敎의 道德은 孔子의 仁을 가장 根源的 原理로 하여 이루어지는 것이기 때문이다.[23] "孝는 仁에 根據를 둔 人道主義的 敬愛思想이다."[24] 仁의 實踐原理를 孝悌라 하여 仁을 實現하는 基本으로 孝를 들고 있다. "그런데 孝와 仁은 다같이 사랑을 基本으로 하고 있다. 다만 孝가 血緣的으로 愛情인 데 대하여, 仁은 普遍的 愛情"[25] 으로 보는 것만 다를 뿐이다. 그러나 血緣的 愛情도 넓은 意味에 있어서는 普遍的 愛情에 포함되는 것이므로 仁을 前提로 孝가 成立됨을 쉽게 알 수 있다. "이것은 이미 本·孝·仁의 字義에서도 이해된다. 우리가 仁義禮智를 人性之綱으로 孝弟忠信을 人之四德으로 理解된다고 할 때

---

22) 金錡坤,「忠孝의 韓國思想史的 發達과 現代敎育的 發展을 위한 探査的 硏究」
　　(全州敎大論文集 14輯, 1978), p. 74 參照.
23) 尹絲淳,『東洋思想과 韓國思想』, 乙酉文化社, 1984, p. 172.
24) 李乙浩,「孝의 倫理와 家庭敎育」, 忠孝思想을 위한 심포지움 油印物, 檀國大, 1977.
25) 金裕赫,「孝의 本質」, 忠孝思想을 위한 심포지움 油印物, 檀國大, 1977, p. 11.

仁은 人性의 基本이고, 孝는 四德의 基本이라는 점에서 仁과 孝는 다같이 根源的 要素임을 알게 된다."[26) 또 仁과 孝의 不可分性을 파악하게 된다.

유교의 중심은 효라고 하는데, 유교는 仁의 가르침이다. 『說文』에는 "仁이란 親이고 사람 둘이 따른다."라고 나와 있다. 『禮記』에서는 "仁으로써 사람을 사랑하라."고 하고, 『論語』 學而篇에서는 "孝悌는 仁의 근본이다."라고 하였으며, 『孟子』 告子에서도 "어버이를 사랑하며 아끼는 것이 仁이다."라고 하였다. 성인의 道는 仁에서 근본하였고, 仁을 하는 데는 반드시 효도에서 비롯하나니, 효도는 백 가지 행실의 근본이요, 만 가지 敎化의 根本이다.

그러나 現代的인 槪念에서 道義敎育으로 修正할 것이 있다면 그것은 子女들의 父母에 대한 一方的인 孝만을 요구해서는 아니 되겠다는 점이다. 子息의 報恩과 孝道 못지 않게 重要視되어야 할 점은 어버이의 '어버이됨'이요, 그리고 父母가 子息들을 늘 걱정하고 容恕하는 慈의 德이 항상 필요한 것이다. 다시 말하면 下向的 父慈와 上向的 子孝가 一體가 되어야 하며, 가정의 和睦을 유지하는 倫理體系는 孝와 慈의 相互性일 것이다. 따라서 孝子像 못지 않게 父母像 自體도 定立되어야 할 것으로 본다.[27) 孝란 子息이 부모를 잘 받들어 모시는 것이니 부모가 자식을 낳아서 잘 길러주신 데 對하여 그 恩功에 報答하는 子息의 도리를 말한다. 父母와 子息이라는 親子의 關係는 單純한 動物的 生理現象으로 나타나는 因果關係의 範疇를 넘어선다. 애정과 尊敬心으로 맺어져 있는 人

---

26) 上揭書, p. 12.
27) 孫仁銖, 「韓國人의 價値觀」, 『敎育價値觀의 再發見』, 文音社, 1979, p. 131.

倫關係가 形成되며 同時에 孝의 문제가 제기된다.

孝는 父母의 遺體로서의 子息이 가지는 가장 根本的이고도 모든 것에 先行해서 이루어지는 道德原理이며 倫理規範이다. 子息이라는 個體는 그 生命體를 갖고 이 세상에서 生을 營爲하게 된 데 대해서 父母의 恩惠에 報答해야 할 의무를 지니고 있다. 動物의 世界에서는 暫時的이고 本能的인 사랑이 있을 뿐이다. 소위 禽犢之愛라는 것이 그것이다. 거기에는 어떤 合目的인 것이나 價値意識的인 面이 없다. 盲目的이고도 自然發生的인 사랑이 있을 뿐이다. 이 사회에서의 倫理란 더욱 있을 수 없는 일이다. 그러나 人間社會의 親子關係에 있어서 父母는 子息을 낳아 義와 자애로움을 가지고 길러주시니 이에 報答하는 子息의 道理가 곧 孝道이다.

孝는 東洋倫理의 根幹인데, 儒學의 父義・母慈・子孝・兄友・弟恭 등의 五教와 三綱五倫에서 가장 重視하는 으뜸가는 德目이 바로 孝인 것이다. 우리 나라에서도 孝를 最高의 덕목으로 하여 倫理의 기본으로 삼았을 뿐 아니라 教育의 指針으로 삼았기 때문에 孝는 우리 민족의 전통이며 동시에 고유사상이기도 하다. 한국은 東洋 三國 중에서도 第一의 孝의 나라로 남아 있다고 생각된다. 孝는 普遍的인 社會倫理이며 人間의 근본적인 道德律이기 때문에 東西古今을 막론하고 어느 인간사회에서도 중요한 倫理思想으로 되어 있다.

孝는 個人의 自律的인 道德일 뿐 아니라 인간됨의 근본으로서 人道 그 자체를 意味하였다. 아울러서 子女와 父母의 관계를 和合하는 德으로서 家庭倫理의 根本이 될 뿐 아니라 社會倫理로 發展되었다. 나를 中心으로 위로는 부모님을 정성껏 모시고 아래로는

子女를 길러서 그 子孫들이 다시 祖上을 모시는 倫理를 계승 發展시켜야 한다는 스스로의 倫理를 지니고 있는 것이다.28) 이처럼 孝는 사회적 기대에 充足해 나가기 위한 자기완성이며 자기 便宜的 利己的 槪念이 아니며 어떤 社會에서만 존재하는 일시적 개념도 아니다. 日常生活과 더불어 존재해야 하는 人類의 永遠한 存在 槪念이다.

孝는 悌·忠·信과 더불어 先秦時代부터 중요한 덕목의 하나이었는데, 『論語』의 學而篇에 보면 "君子務本 本立而道生 孝弟也者 其爲仁之本與"라 하여 孝는 弟와 더불어 仁을 實踐하는 根本이며, 따라서 孝弟는 人間됨 그 자체라고 하였다. 孔子는 人은 孝를 바탕으로 이루어지며 그가 力說한 德도 그 근본은 道인데, 修道는 이 근본에 힘써야 하고, 孝를 하는 것은 仁이라는 큰 德을 行하는 根本으로 풀이하였다. 또한 그는 "君君. 臣臣. 父父.子子"29)의 名分論이 중심이 되는데, 이것은 '身其正心其正政者正也'의 倫理意識이 土臺가 되고, 또 爲政者는 修德과 修道를 쌓은 뒤에 가능하다고 하였다. 이런 점에서 孝는 유학적 倫理政治를 해 나가는 기본요건이 되었다.

孟懿子가 孝를 물었을 때, 孔子는 '無違'라 했으며, 樊遲가 그 뜻을 물으니, 孔子는 "살아 계실 때 섬기기를 禮로써 하고, 돌아가셨을 때 장사지내기를 禮로써 하며, 제사를 禮로써 하는 것이다.30)"라고 하여 子女가 禮로써 父母를 섬기는 것을 孝라 하였다.

『孝經』至德章에서도 "君子가 孝道로 사람을 가르치는 것은 집집

---

28) 國民倫理 硏究會, 『現代國家와 倫理』, 螢雪出版社, p. 91.
29) 張基槿, 『論語』 顔淵篇, 南山堂, 1958, p. 142.
30) 『論語』 爲政篇: "孟懿子問孝 子曰無違 樊遲御子告子之 曰孟孫問孝於我 我對曰無違 樊遲曰 何謂也 子曰 生事之以禮 死葬之以禮 祭之以禮."

마다 찾아가고, 날마다 사람을 대하여 가르치는 것이 아니다. 다만 孝道하라고 가르치는 것은 天下의 남의 아비된 자를 공경하라는 것이다.”라고 하여 孝道란 것은 남의 子息된 도리로서 당연히 父母를 섬기고 恭敬해야 된다는 根本原理와 그 당위성만을 밝혀 주는 것이지 매일 사람을 찾아다니면서 가르친 것이 아니라고 하였다.

『孝經』聖治章에서는 “天地에서 받은 성품 중에서 사람이 제일 귀하고 사람의 행실에 孝道보다 더 큰 것이 없으며, 孝道는 아비를 존경하는 것이 제일 크고, 아비를 존경하는 것은 하늘을 소중히 여기는 것이니, 이것을 모두 갖춘 이는 周公이었느니라…… 그러니 聖人의 德은 이 孝道보다 더한 것이 있으리요.”라고 하였는데 이는 周公의 孝道를 설명한 내용으로써, 周公은 아버지 섬기기를 上天을 모시듯이 하였으니, 聖人의 德은 孝보다 더 큰 것이 없다고 하였다. 그러나 이 내용을 일반 서민에게 적용시켜 본다면 孝의 본질은 天命 즉 자연법칙을 따르는 것이라는 해석이 된다.

孟子도 倫理의 基本要素를 仁에 두고, 仁의 바탕이 되는 德目을 忠孝로써 이루어진다고 하였다.

東洋思想의 根源은 현실생활과 직결된 자연현상을 통한 경험철학이기 때문에 實踐倫理인 五倫 가운데서도 가장 根源的인 德目이 된 孝思想의 本源도 자연법칙으로부터 추출하고 있다. 그러기 때문에 孔子는 “孝道란 하늘의 떳떳한 것이며 (天之經), 땅의 옳은 것이며 (地之義), 백성의 행실이다 (民之行). 天地의 떳떳함을 백성이 본받는 것이니, 하늘의 밝은 것을 본받고 땅의 옳은 것을 좇아 이것으로 天下를 순하게 한다. 그러므로 그 교육은 엄숙하지 않고도 이루어지며 그 정치는 엄중하지 않아도 다스려지는 것이다.”라고 설파하고 있다.

孝는 달리 말한다면 인간됨의 첫 출발이라 할 수 있다. 인간의 道를 요약하면 敬天愛人의 道라 이를 수 있을 것이다. 敬을 孝의 基本理念으로 삼는 것은 孔子로부터 비롯되었으며 孟子도 孔子의 精神에 立脚하여 다음과 같이 말하였다. "仁者愛人 有禮者敬人" 즉 孔子 孝親의 道로서의 愛敬思想은 人間道로 정립이 되었거니와 그 중에서도 敬思想은 宋儒들에 依하여 哲學的 개념으로까지 擴大되었다.31) 이제 孝親의 道로서의 愛親敬長의 道가 敬天愛人의 天人之道로 승화됨에 따라 孝의 倫理는 宗敎的 人間倫理로서의 터전을 굳게 다져 놓은 셈이다. 인간은 끝내 종교적 존재인 것이다. 그러므로 孔子도 "五十而知天命"(『論語』爲政篇) 이라 하여 天命의 存在를 自覺했던 것이다. 茶山은 宗敎的 인간윤리를 修身事天의 道라 하였다.

어버이는 子息을 사랑하고 子息은 어버이에게 孝한다(父慈子孝)는 것은 수직적 上下 관계이므로 父와 子의 관계는 天과 人의 관계로도 상통한다. 따라서 天父와 人子는 古代부터 숙어로 연합된다. 人智가 미개한 上古代 사회에서는 人意로 사물을 판단하는 것이 아니라 神意에 의하여 결정하고 절대 順從하는 것을 原則으로 하고 있다. 孝는 어버이에게 精誠을 드리는 것이라 할 때 남의 어버이가 아니고 나의 아버이를 섬긴다는 뜻이다. 同一한 血族集團의 血緣 共同體의 결합과 옹호를 전제로 한 祖上 崇拜思想이다. 自己의 祖上神이 아닌데 祭祀지내는 것은 아첨하는 데 불과하다고 孔子는 말한 바 있다.32)

---

31) 國民倫理敎育硏究會編, 前揭書, p. 109.
32) 『論語』 爲政篇.

孝는 國家에 봉사한다는 部面으로 轉移하게 되면 忠으로 승화되고 바깥 사회에서 어른을 섬기는 倫理의 바탕이 된다면 順(悌)으로 나타나며 집안 (夫婦之間)에서 베풀어지면 和睦으로 나타나고 地域社會에서 行하여지면 信으로 昇華되며 그것이 下向的으로 子女 등 아래 사람에게 미치면 慈로 표현되는가 하면, 孝의 本質的 性向에 立脚하여 국민을 다스리면 愛民의 倫理로 나타나는 것이다.

효는 먼저 敬天愛人하는 인간존중의 도덕적 생활을 바탕으로 '윤리의 밭인 가정의 질서'를 찾는 데서부터 시작해야 한다. 가정은 인간생활의 바탕이며 근본이고, 나의 뿌리요, 인류문화의 원생지이다. 여기에는 사랑과 애정이 있는 한편, 윤리와 질서와 道理가 있다. 道理는 인간다운 실행의 본성이며, 이는 곧 행실의 본성인 孝이다. 효는 萬古不變의 진리이며, 倫理道德의 源泉인 샘이다.

『효경』의 '聖治章'에서 증자가 말했다. "감히 여쭈옵니다. 성인의 덕에 효보다 더한 것은 없습니까?" 공자께서 "하늘과 땅이 낳은 것 중에서 사람이 가장 귀하고, 사람의 행실에 있어서는 孝보다 큰 것이 없고 아버지를 존경하는 것보다 큰 것이 없으며, 아버지를 존경하는 데 있어서는 天理를 따르는 것보다 더 큰 것이 없느니라." 라고 하였다.

인간의 善性이 행위로 나타난 것 중에 효보다 더 큰 덕은 없다. 이것은 효가 八德의 근본이기 때문이다. 栗谷도 "선비의 온갖 행위 중에 孝悌가 근본이다."고 했다.

공자께서 "효라는 것은 하늘의 법도이며 땅의 義理이고 백성의 행실이 되는 것이다. 하늘과 땅의 법도가 있는데, 백성은 그것을 본받아야 하는 것이다. 하늘의 밝음을 본뜨고 땅의 이점을 근거로

하여, 천하를 순조로이 다스려야 한다. 그러면 그의 教化는 엄격하지 않아도 완성되고, 그의 정치는 엄하지 않아도 다스려지게 되는 것이다."33)

공자께서 "五刑의 종류가 三千이나 되지만, 그 죄에 있어서는 不孝보다 더 큰 것은 없다."34) 고 하고 "백성에게 親愛를 가르치는 데 있어서는 효보다 더 좋은 것이 없고, 백성에게 예의와 공순함을 가르치는 데 있어서는 우애보다 더 좋은 것이 없으며, 사회 풍속을 醇化시키는 데 있어서는 음악보다 더 좋은 것이 없고, 임금을 편안케 하고 백성을 다스리는 데 있어서는 禮보다 더 좋은 것이 없다."35)고 하였다. 효는 예를 낳고 예는 사람들을 공경케 하여 세상을 평화로 이끈다. 효는 예뿐만이 아니라 인류의 행복을 증진시키는 데 큰 도움이 되는 친애하는 마음이나 훌륭한 음악 같은 것도 낳는다.

"공자께서 말씀하시기를, 옛날에 현명한 임금들은 아버지를 효로써 섬겼기 때문에 하늘을 섬김에 밝게 하였고, 어머니를 효로써 섬겼기 때문에 땅을 섬김에 잘 살폈었다. 어른과 아이들이 도리를 따랐기 때문에 위 아래가 잘 다스려졌고, 하늘과 땅을 잘 밝히고 살피어서 神明을 드러나게 하였다."36)

---

33) "子曰 夫孝 天之經也 地之義也 民之行也. 天地之經 而民是則之. 則天之明 因地之利 以順天下. 是以 基教不 而成 其政不嚴而治."
34) "子曰 五刑之屬三千 而罪莫大於不孝." 五刑은 墨刑 : 얼굴에 먹칠을새겨 넣기, 劓刑 : 코를 베는 형벌, 刖刑 : 다리를 자르는 형벌, 宮刑 : 남자 생식기를 제거하는 형벌, 大辟 : 사형의 다섯 가지.
35) "子曰 教民親愛 莫善於孝 教民禮順 莫善於悌 移風易俗 莫善於樂 安上治民 莫善於禮."
36) "子曰 昔者明王 事父孝 故事天明 事母孝 故事地察. 長幼順 故上下治 天地明察 神明彰矣."

지극한 효는 하늘의 도나 땅의 이치에도 통하는 것이어서, 효를 통해 사람들만이 평화롭고 행복하게 잘 살게 될 수 있을 뿐만이 아니라 하늘과 땅의 神明까지도 거기에 感應하여 효를 행하는 사람에겐 복을 내려 주게 된다는 것이다.

효 사회를 만들어 낸 사상적 근거는 바로 孔·孟의 가르침으로 다름아닌 儒教였다. 人倫의 道를 설한 것으로 五倫·五常의 도이다. 군신·부자·부부·형제·붕우가 오륜이고, 인·의·예·지·신이 오상이다. 이 오륜과 오상이 서로 배합해서 사람의 도를 성취하는 것으로 이 오상이야말로 유교의 중심문제이다.

『논어』를 중심으로 한 四書·五經, 특히 13경이라는 유교의 주요 경전은 전부 효를 설하고 있는데, 특히 曾子가 엮은 것으로 전해지는『孝經』은 어버이에 대한 효만을 설하고 있다. 효야말로 유교의 근본이며 실천윤리로서 모든 도덕의 근원을 이루는 것이다.

『효경』(1903字)에서는 또 諸侯·卿大夫·士人·庶人 등의 효도를 설하고 있다.『효경』의 제7장에 "효는 하늘의 經이며, 땅의 義이고, 백성의 行이다. 하늘의 경이란 하늘에서 행하여지는 일상의 도, 영구불변한 이법이고, 땅의 의란 땅에서 행해지는 바른 법이며, 백성의 행이란 인간이 행하는 바른 이법이다.

『논어』의 學而篇에 있듯이 "효도와 형제애는 인의 근본이 된다."를 우리의 결론으로 삼지 않으면 안 된다. 효도의 현대사회적 의의는 곧 不孝는 不仁·不根·不勇·不義임과 동의어에 해당함을 아는 데서 이룩된다.

Ⅲ. 작품에 나타난 孝思想

우리 先人들은 孝를 百行의 根源이라 하여 모든 행실의 근본으로 삼았다. 朝鮮朝는 유교사상이 지배하던 사회로 인간의 기본 덕목으로 孝를 가장 중시하여 父母에게 孝道하도록 勸勉하고 가르치는 데 힘썼다. 이제부터 고시조에 나타난 孝의 표현 양상을 世孝·出世孝·單孝·廣孝·事孝·理孝·行孝·化孝로 분류하여 논의해 보기로 한다.

1. 世孝와 出世孝

(1) 世孝

孝道란 어떤 것이며, 어떻게 하는 것이 바람직한 孝道인가를 勸勉하여 가르치려고 하는 訓孝時調가 世孝에 분류된다. 효의 勸勉이라 하면 효를 권하고 격려하여 힘쓰게 하는 것을 말한다.

어버이　　사라신제　　　　섬길 일란　　　다 ᄒᆞ여라
디나간　　휘면　　　　　　애ᄃᆞ라　　　　엇디ᄒᆞ리
평싱애　　고텨못ᄒᆞᆯ 이리　잇ᄲᅮᆫ인가　　ᄒᆞ노라

鄭澈 <1918>

松江 鄭澈의 <訓民歌> 16首 중 子孝項의 하나이다. 初章에 나와 있는 그대로 父母가 살아 계실 때에 孝道를 잘 하여 뒷날 後悔하지 않도록 하라는 시조이다. 이것은 作者가 百姓들을 가르치기 위

해 창작한 것으로 勸孝의 意圖가 유난히 잘 나타난 作品이다. 어버이가 살아계실 제 잘 섬겨야지 돌아가시고 나면 아무리 부모님을 모시고 싶어도 모시지 못하는 것이니 생전에 부모님을 잘 섬겨야 한다는 것이다. 父母死後에는 孝道할 수 없음을 恨歎하고 哀痛해 해도 소용 없으니 父母가 살아계실 때 孝道를 다 하라고 時調로 읊은 것[37]이다. 이 作品은 孝의 核心을 말했다고 할 수 있는 것으로 敎訓的이기 때문에 歷代로 愛唱되어 왔다.

이바	아희들아	내말 드러	비화스라
어버이	孝道ᄒ고	어룬을	恭敬ᄒ야
一生의	孝悌룰 닷가	어딘 일홈	어더라

金尙容 <2333>

仙源 金尙容의 <訓戒子孫歌> 9章 중의 하나로 어버이에게 孝道하고 웃사람을 공경하라고 권면하는 시조이다.

父母에게 孝道하는 사람은 誠實한 사람이며, 어른을 恭敬할 줄 알며, 他人의 人格을 尊重할 줄 알며, 社會에서 不正한 짓을 안 한다고 보아도 過言은 아닐 것이다. 反對로 생각해서 子息을 사랑하는 父母다운 父母는 社會에서도 不正한 行爲를 하지 못할 것이다. 여하튼 가정에서 正常的으로 人間成長이 이루어져야 하고, 人間關係가 이루어져야 한다. 그래야 社會의 모든 面이 改善되어 正常化되어 갈 것이다.

가정은 인간 생활의 바탕이며 근본이고 나의 뿌리요, 인류문화의 原生地이다. 여기에는 사랑과 애정이 있는 한편 윤리와 질서와

---

37) 『孟子』, "日月如流 事親不可久也 故爲子須盡誠竭力如恐不及可也."

道理가 있다. 孝는 萬古不變의 진리이며 윤리도덕의 源泉인 샘(泉)
이다.

　　　　父母 섬기기를 至誠으로 섬기리라
　　　　鷄鳴에 盥漱ㅎ고 燠寒을 뭇ㅈ오며
　　　　날마다 侍側奉養을 沒身不애 ㅎ오리라

　　　　　　　　　　　　　　　　　　　　朴仁老 <2391>

　　　　人生 百歲中에 疾病이 다 이시니
　　　　父母를 섬기다 몃 히를 섬길넌고
　　　　아마도 못다홀 誠孝를 일즉 벼펴 보렷노라

　　　　　　　　　　　　　　　　　　　　朴仁老 <1291>

　　蘆溪 朴仁老의 <五倫歌> 가운데 ‘父子有親’을 노래한 敎訓的 내
용의 시조이다.

　　첫째 작품은 닭이 울자 세수하여 父母에게 문안드리고 거처하는
곳을 살펴보라는 것이다. 이는 『禮記』38)와 『擊蒙要訣』의 事親章을
표현하였고, 『小學』의 父子有親을 引用하여 孝行할 것을 가르치고
있다.

　　『孝經』에 “謹身하여 한가지의 過誤도 범하지 않는 완전한 人格
者로서 勤儉節約을 하며 어버이를 섬기고 奉養하는 것이 바로 庶
民의 孝다”39)라고 指摘하고 있다. 여기서 孝는 無條件 父母에게
順從하는 것이라고 생각되며, 現代的 倫理觀으로 볼 때 盲從이라

---

38) 『禮記』, 曲禮上 “多溫而夏 淸昏定而晨省”.
39) 曺奎南, 「孝思想의 韓國敎育的 發展過程의 分析的 研究」, 全州大學 『論文
　　集』 第11輯, 1982, p. 531.

는 감을 주어 前近代的인 通念으로 지적할 수도 있다.

  둘째 작품은 부모 俱存時에 孝誠을 다하라고 하였다.

  위의 두 作品은 자식이 父母에게 孝할 것을 勸勉하고 있다.

      일 니러 洗手ᄒ고 父母긔 問安ᄒ고
      左右의 뫼와 이셔 恭敬ᄒ야 셤기오디
      餘暇의 글 비화 넑어 못 밋츨 듯 ᄒ여라
                                      金尙容 <2426>

  仙源 金尙容의 昏定晨省하며 父母를 섬겨 恭敬하고 그런 연후에
餘暇가 있으면 공부하되 학문이 미치지 못할까 걱정된다는 내용으
로 『論語』에 있는 내용과 類似[40]하며 또 자기를 사랑해 주지 않는
父母에 대하여 극진하게 孝道한 舜임금을 찬양하여 사람들에게 孝
道하도록 勸하고 있다. 그러므로 孝道는 子女의 道理이기에 앞서
인간의 道理인 것이다. 따라서 이와 같은 人道가 어버이에 向할
때 우리는 孝道라 하는 것이다. 事實 자기 어버이를 重히 여기고
恭敬하는 사람은 어느 누구에 대해서도 함부로 대하지 않는다.

      사람이 百歲中에 第一誠孝로다
      誠孝를 심쁠진딘 百行에 미뤄느니
      그밧케 餘事文章은 일너 무슴 ᄒ리오
                                      白景炫 <1385>

  白景炫은 인간의 모든 행동 중에 孝誠을 다 하는 것이 으뜸이라

---

40) 『論語』 : "弟子 入則孝 出則孝 謹而信 汎愛衆而親仁 行有餘力則以學文, 子
    曰 學如不及猶恐失之"

고 하였다. 父母를 섬기고 恭敬하며 至極한 孝道를 다 하는 것이
야말로 현대를 사는 우리들이 본받아야 할 敎訓이라 생각된다.

　자식이 父母에게 孝道할 것을 여러 사람에게 가르친 <訓民歌>,
<五倫歌>가 많은 것을 보았다. 마땅히 子息이 父母를 孝하는 것이
도리이거늘 한낱 미물인 까마귀도 反哺로 어미에 報恩하는데 이를
보고 깨달아 父母에게 孝할 것을 勸勉한 작품들도 적지 않았다.
孝란 父母를 정성껏 奉養하여 편안하게 모시고 마음을 즐겁게 해
드리는 것인데 자식된 자는 父母에게 孝를 다하도록 힘써야 할 것
이다.

　　　어버이 사라신제 셤길 일란 다 ᄒ여라
　　　디나간 휘면 애돌다 엇디 ᄒ리
　　　평싱애 고텨못홀 이리 잇ᄹᆞᆫ인가 ᄒ노라

鄭澈 <1918>

　松江 鄭澈의 <訓民歌> 15首 중의 하나다. 어버이 살아 계실 때
에 孝道를 다 해야지 父母 돌아가시면 할 수 없으니 父母를 잘 섬
겨야 한다고 노래하였다. 이 작품은 백성을 가르치기 위한 권효가
잘 드러난 시조로 '子欲養而親不待'란 말 그대로 父母께 평소에
孝道하여 나중에 후회하지 않도록 하라는 訓戒를 담고 있다.

　　　가마귀 검다한들 속까지 검을소냐
　　　慈鳥反哺라 하니 새中에 孝子로다.
　　　사람이 그 안가트면 가마귀엔들 比하리

池德鵬 <16>

商山 池德鵬의 시조에서는 까마귀의 孝를 칭찬하는 것은 인간의 不孝를 꾸짖고 報恩의 孝를 권유하기 위해 까마귀의 反哺之孝의 정신을 강조하고 있다. 古代 韓人의 孝는 진실한 존경심과 애정심에서 우러나오는 행동이었다.[41] 물질이든 정신이든 진실의 바탕 위에 존경과 애정이 깃들 때 진정한 孝는 이루어진다.

현실의 물질 만능의 시대적 관념에 젖어 물질적인 養口體의 孝로 봉양을 다한 것처럼 생각하는 것은 우리에게 많은 것을 생각하게 한다. 보잘 것 없는 미물인 까마귀도 反哺報恩의 孝를 다하고 있는데 어찌 사람으로 不孝를 해서 되겠는가 하면서 사람들로 하여금 父母에게 孝道할 것을 勸勉하고 있다.

이상에서 자식이 父母에게 孝道할 것을 여러 사람에게 가르친 勸勉의 내용을 지닌 시조를 보았다. 마땅히 子息이 父母에게 孝하는 것이 도리이거늘 한낱 난생인 까마귀도 反哺로 어미에 報恩하는 만큼 이를 보고 깨달아 父母에게 孝할 것을 勸勉한 작품들이다. 孝란 父母를 정성껏 奉養하여 편안하게 모시고 마음을 즐겁게 해 드리는 것으로 자식된 자는 父母에게 孝를 다하도록 힘써야 할 것이다.

(2) 出世孝

社會에 나아가서 세상 사람들을 교화하며 立身揚名하라는 時調이다.

孝의 처음은 父母를 恭敬하고 奉養하는 데서 시작하여 그 마지막은 자신이 立身揚名함으로써 父母의 이름이 빛나게 되고 아울러

---

41) 崔政洪, 『韓國倫理思想史』, 서울 : 星文社, 1975, P. 123.

父母가 다른 사람 앞에 드러나게 된다.

>   大丈夫 되야나셔 立身揚名 못헐딘더
>   찰하로 다 버리고 酒色으로 늙으리라
>   이 밧게 碌碌한 營爲야 거닐줄이 이시랴
>
> 金裕器[42]

　大哉 金裕器는 立身揚名을 못하면 차라리 酒色으로 늙던지 일 없이 늙으리라 하여 立身揚名만이 매우 소중한 것임을 말해 주고 있다. 이것은 바로 儒家思想에서 비롯된 立身揚名이 孝의 마지막 완성임을 말해 주고 있다. 大丈夫로 이 세상에 태어나 立身揚名하여 後世에 이름을 남기고자 한 내용과 大丈夫로서 立身揚名의 뜻을 펴고자 하는 의지를 가지고 있으나 현실은 그렇지 못해 이루어지기 어려울 때 酒色으로 늙을 수밖에 없다는 自嘆의 일면도 엿볼 수 있다. 아무튼 朝鮮朝 儒敎 思想은 父母 恭敬으로부터 孝가 시작되어 그 마지막은 立身揚名하여 父母 이름을 빛내는 것을 孝의 완성으로 생각하였음을 여기서 알 수 있다.

　공자는 孝의 마지막은 立身揚名해서 부모를 드러나게 하는 일[43]이라 하였다. 父母의 遺志를 받드는 것은 父母를 추모하는 것만이 아니라, 그 뜻을 실천에 옮기는 일이 곧 부모를 드러나게 하는 길이 된다고 증자는 『孝經』[44]에서 강조하였으며 『孟子』[45]에서도 강

---

42) 《校本 歷代時調全書》에 없는 작품은 歌番이 없음.
43) 『論語』, 學而篇 : 父在觀其志 父沒觀其行 三年 無改於父之道 可謂孝矣
44) 『孝經』, "立身行道 揚名於後世 以顯父母 孝之終也"
45) 『孟子』, "孝子之至 莫大孝尊親 尊親之至 莫大乎以天下養 爲天子之父 尊之至也, 以天下養 養之至也"

조되었다.

위의 時調는 武로써 立身하고자 한 뜻을 밝히고 있다. 이렇게 文武를 통한 立身은 儒敎思想에서 비롯된 것으로 孝의 마지막으로 보았다.

> 大學山 남글 베혀 明德船을 무워닉며
> 臣民江 거네 저어 至善所 히 미야 두고
> 어즙어 三綱領 八條目을 낙가 볼 ㅅ 호노라
>
> 金壽長 <838>

> 孝子의 히올 일을 曾子끽 뭇주온대
> 曾子ㅣ ㄱㄹ샤대 事親은 敬之而已矣라
> 敬之호고 餘力이 잇거든 學問호라 호시더라
>
> 金壽長 <3312>

老歌齋 金壽長의 첫 작품은 '三綱五倫을 노래한 것[46]이라고 하기도 하는데, 대학의 三綱領인 明明德, 親民, 止於至善과 8條目[47]을 통해 도를 이루고자 함이며, 이를 통해 立身揚名함으로써 父母 이름을 빛내고자 하는 內容이다. 孝의 本質的 槪念인 孝心은 生活의 源泉이어야 하며 德의 根本이라는 點과, 孝를 현대적인 感覺으로 되살려 우리의 生活倫理로 定立하여야 할 시대적 狀況에 當面한 것이다.

老歌齋 金壽長의 다음 시조는 父母 섬기는 도리는 父母를 恭敬하는 것이라고 하고 있다. 그러고도 여력이 있으면 학문을 하라는

---

46) 朴乙沫, 「古時調研究」 高麗大 大學院, 1967, p. 41.
47) 格物, 致知, 誠意, 正心, 修身, 齊家, 治國, 平天下

것이 孝라고 보고 있다. 百行의 根本이 孝라는 것을 강조하였음을 엿볼 수 있다. 이와 같이 孝라고 하는 것은 父母를 奉養하는 일 외에 自己 자신을 修養하는 문제, 立身出世하여 自己 自身의 名譽는 勿論이요 父母의 이름을 빛내는 것이 다 孝라고 하였다. 『孝經』에 "무릇 孝는 德의 根本이다. 모든 가르침이 여기에서 시작되는 것이다"48)라고 하였다. 後漢書에서도 孝를 百行之源이라 하였고 또한 '衆善之初也'라고 하여 모든 행실의 기본으로 삼았다.

> 赤兎馬 술지게 먹여 豆滿江에 싯겨세고
> 龍泉劍 드는 칼을 선뜻 쎄쳐 두러메고
> 丈夫의 立身揚名을 試驗헐ㄱ가 ᄒ노라
>
> 南怡 <2572>

　南怡 장군은 17歲에 武科에 壯元을 하였는데, 그는 武藝를 닦아 修身齊家하고 治國平天下하여 立身揚名할까 하노라고 읊고 있다. 그의 그와 같은 氣蓋를 읊은 漢詩49)도 전해지고 있다.

　孔子는 "始於事親 中於事君 終於立身"50)라 하여 훌륭한 몸으로 이 세상에 태어나 옳은 일을 행하고 마침내 이름을 드러내서 父母의 名譽을 빛내는 것을 孝의 마지막으로 보았다. 그러므로 자기 父母를 잘 奉養하고 자기 인격을 완성하여 후세에 이름을 남기는 것이 스스로도 榮光이요 父母의 光榮을 드높이는 일이 될 것이다.

---

48) 『孝經』, "子曰 夫孝 德之本也 敎之所由生"
49) 白頭山石磨刀盡 豆滿江水飮馬無 男兒二十未平國 後世誰稱大丈夫
50) 『孝經』, 開宗, 明誼章.

男兒의 立身揚名 顯父母 크다마는
士君子 出處間에 찐時字가 關中허다.
아마도 晝耕코 夜讀ㅎ여 後河之淸허리로다.

趙楔 <521>

三竹 趙楔의 시조에서는 "父母가 주신 몸을 잘 보호하는 것이 孝의 시작이요, 立身出世하여 이름을 날려 父母를 나타내게 하는 것이 孝의 마지막이라"51) 고 했듯이, 出世하여 父母의 이름을 나타내라고 하였다.

이 시조에서는 大丈夫로 세상에 태어나 立身揚名하여 後世에 이름을 남기고자 한 내용과, 大丈夫로서 立身揚名의 뜻으로 피고자 하는 의지를 가지고 있으나, 현실은 그렇지 못해 이루어지기 어려울 때 酒色으로 늙을 수밖에 없다는 自嘆의 일면도 엿볼 수 있다. 아무튼 朝鮮朝 儒敎 思想은 父母 恭敬으로부터 孝가 시작되어 그 마지막은 立身揚名하여 父母 이름을 빛내는 것을 孝의 완성으로 생각하였음을 여기서 알 수 있다.

2. 單孝와 廣孝

(1) 單孝

單孝라는 것은 저 혼자만 생각하고 남이 알지 못함을 말하는 것이다. 즉 思父母, 戀父母하는 時調이다. 어버이의 뜻을 받들어 등에 업고 다니는 일도 있으나 이는 어버이를 섬기는 것이 참으로 돈독하기는 하지만 또한 단효에 속한다.

---

51) 『孝經』, 關宗明義 : "立身行道 揚名於後世 以顯父母 孝之終."

盤中 早紅감이 고아도 보이ᄂ다
柚子 안이라도 품엄즉도 ᄒ다마는
품어가 반기리 업슬시 글노 셜워 ᄒᄂ이다.

朴仁老 <1151>

霜露 旣降ᄒ니 ᄇᆞᆯ기도 悽愴코야
이 옷시 열다ᄒ야 치위저허 그러ᄒ랴
一生에 永慕方寸의 문득 늣겨 ᄒ로라

朴仁老 <1496>

위 작품은 <조홍시가>로서 잘 알려진 작품인데 "宣祖 34년 9월에 한음 李德馨을 찾아가니 早紅柿를 대접하므로"[52] 중국의 陸績 懷橘의 古事에 비추어 亡母를 사모하는 간절한 정회가 깊이 부각되어 있다. 특히 조선조에 살아온 사람들의 세계관은 忠과 孝가 주덕목을 이루고 있었으니 자기를 키워 준 부모에 대한 공경이 인간 감정의 광대한 부분을 차지하고 있었음은 당연한 일이었다. 품어가 반길 이 없음을 설워하는 그의 心情, 돌아가신 뒤에도 一生을 두고 그 父母를 思慕하는 孝誠이 잘 나타나 있다.

蘆溪 朴仁老가 지은 이 시조는 이미 세상을 떠난 父母를 잊지 못해 그리워 부른 노래이다. 작자는 서리와 이슬이 내리면 돌아가신 父母가 생각난다고 하였으니 앞의 작품에서 본 바와 같이 父母 사후에도 변함없이 孝誠을 다 하고 있음을 나타내고 있다. 『禮記』에서 군자는 "서리와 이슬을 밟을 때 슬픈 마음이 든다고 한 것도 돌아가신 父母가 생각되기 때문[53]이다."고 하였다.

---

52) 鄭炳昱, 『時調文學事典』, 新丘文化社, p. 625.

生平에 願ᄒᆞᄂᆞ니 다먼 忠孝 뿐이로다
이 두일 말면 禽獸 ㅣ나 다라리야
ᄆᆞ옴애 ᄒᆞ고져ᄒᆞ야 十載遑遑 ᄒᆞ노라

權好文 <1532>

松巖 權好文의 이 시조는 <閑居十八曲>의 序詩에 해당하는 작품이다. 忠과 孝로 일관된 생활을 해 온 그는 유교가 지배하던 조선 사회의 전형적인 유학자였다. 그가 進士試에 합격하게 되었을 때 불행히도 부모를 여의게 되자, 그는 3년씩이나 여막을 지키고 벼슬에도 나아가지 않았다. 이것은 그의 효성이 지극하였음을 보여주는 것이다. 이 작자가 지은 <閑居十八曲>은 자연에 은밀하여 새로운 삶을 영위하고 있는 자신의 모습을 투영시켜 준다. 물론 자기만 더럽지 않으면 된다는 양심은 썩은 세상에서 자기만이라도 지켜 보려는 소극적인 자신의 방위는 될지언정 적극적인 개혁의 주체가 되는 길은 아니었다. 사회 개조에 대해서는 하늘의 뜻에만 따른다는 무기력한 맹종의 자세, 그것은 현대의 행동주의의 입장에서 본다면 너무나 소극적인 처세주의라는 비판을 벗어나기는 힘들 것이다.[54]

이몸을 許ᄒᆞ 후니 王事를 꺼릴손가
萬里山河의 조흔 다시 가거니와
北堂의 西日暮ᄒᆞ니 念慮만하 ᄒᆞ노라

---

53) 『小學』, 名論 明父子之親章 : '霜露 旣降 君子履之 必有悽愴之心 非其寒之
謂也'
54) 韓春燮, 「古時調解說」, 홍신문화사, 1990, p. 139.

孫萬雄 <2312>

　이 시조는 野村 孫萬雄의 <燕行時短歌>의 1首이다. 이 作品은
『野村文集』 卷4 <燕行日錄>에 실려 있는 것으로 작자가 나라를 위
해 몸바칠 것을 承諾하고 王事를 위해 欣快이 떠났지만 年老한 父
母를 생각하니 염려가 된다고 읊고 있다. 나라를 위해 떠나는 자
식이 고향에 계실 老父母가 걱정되어 염려하는 至極한 孝心이 드
러나 있다.

　　　　뫼흔 길고길고 믈흔 멀고 멀고
　　　　어버이 그린 뜯은 만코만코 하고하고
　　　　어듸서 외기러기는 울고울고 가느니

尹善道 <1044>

　이 시조는 孤山 尹善道가 戒境道 慶源에서 귀양살이할 때 지은
것이라고 한다.55) 流配되어 父母 곁을 떠나게 되면 父母는 자식의
安危를 걱정하게 되고, 자식은 부모를 그리워하게 된다. 초장에서
"뫼흔 길고 길고 믈흔 멀고 멀고"는 流配地에서 멀리 고향에 계신
父母를 간절히 그리워하는 孝心을 형상화시킨 것이다.56) 더욱이
반복법을 사용하여 문학적으로 잘 형상화시켰으며 종장에서 자기
자신을 "외기러기는 울고 울고 가느니"로 比喩하여 외롭고 쓸쓸함
을 한층 고조시키고 있다. 객지에서 한결같이 어버이 생각에 가슴
을 애태우는 노래이다. 父母를 그리는 마음을 참을 수 없어 몸부

<hr>

55) 鄭炳昱, 『孝道와 文學』, 尹聖範編, 서울 : 乙酉文化史, 1975, p. 182.
56) 李成九, 「古時調에 나타난 孝」, 明知實業專門大學論文集 第1輯, 1975, p. 12.

림치는 작자의 모습이 전편에 흐르고 있다. 孝道란 무엇이며 어떤 것인가는 아무 암시도 없지만 이 시조를 읊어보면 父母에게 孝誠스러워야 한다는 설득력이 있어 孝道의 切感性을 알 수 있다. 思父母의 시조는 대부분의 작품들이 客地에 있거나 流配地에서 父母를 그리워하여 지은 것들이고, 父母 생시뿐만 아니라 사후에도 변함 없이 孝를 다하고 있음을 볼 수 있다. 또한 그들은 父母를 꿈속에도 잊지 못할 만큼 간절히 그리워하였다.

> 君恩이 罔極ᄒ와 白髮의 木川 오니
> 그리던 家屬을어 大綱 만나리다
> 아마도 四百里 風雪의 慈親思念 어려왜라
>
> 黃胤錫 <323>

頤齋 黃胤錫이 白髮인 나이에 木川 지방에 벼슬살이로 와 있으면서, 눈보라 치는 날씨에 사백 리 밖에 계신 어머니를 그리워 하며 지은 노래이다. 늙은 나이에 父母를 생각하는 至極한 孝心이 잘 드러나 있다. 이 작품의 핵심어는 '慈親思念'으로 어머니에 대한 그리움이 깊음을 알 수 있다.

父母가 멀리 떠난 자식을 걱정하며 기다리는 것은 자식된 입장에서 보면 不孝로써 안타까운 일이다. 그래서 빨리 父母 곁으로 돌아가려하나 쉽게 갈 수 없는 처지일 때 자식이 父母를 더욱 그리워하게 된다. 이런 심정은 父母를 思慕하는 시조가 되었다. 나아가 父母가 세상을 떠난 후에도 父母를 그리는 孝心은 변치 않고 형상화되어 하나의 시조로 불리워졌다.

(2) 廣孝

廣孝는 老人 恭敬, 兄弟 友愛, 孝悌 忠信을 말하는 것으로써, 세세생생 모든 사람에게 두루 孝行하는 것으로, 그들 모두가 나의 부모라고 생각함을 말한다. 孝는 어버이를 모시고 奉養하는 것으로 끝나지 않는다. 가정에서 兄弟間에 서로 돕고 사랑하여 友愛있게 지내는 것도 父母 마음을 편안하게 해 드리는 일이고, 父母가 자식에게 바라는 마음일 것이다.

우리몸 잘라 난들 두몸이라 아지마소
分形連氣ᄒ니 이 이른 兄弟 니라
兄弟니 뜻을 아라 自友自恭 ᄒ즈스라

朗原君 <2181>

天理롤 알작시면 天道라타 뉘 모르리
忠孝 大義ᄂ 修身에 둘녀ᄂ니
事業을 節義로 行ᄒ면 긔 올흔가 ᄒ노라

朗原君 <2757>

最樂堂 朗原君의 <五倫歌>에 '兄弟'라는 題目이 붙어 있는 노래이다. 兄弟間에 外形은 갈라졌으나 精氣는 한 줄기로 連結된 것이다. 兄弟間에 서로 恭敬하고 사랑하자는 內容이다. 兄弟間의 兄弟愛 및 友愛가 잘 表現되어 있다.

孝는 父母에게 뿐만 아니라 어른 恭敬까지 확대하여 行함을 볼 때 韓國人의 意識構造에 있어 모든 德行의 根源으로 尊重되어 왔음을 알 수 있다. 더구나 儒敎理念을 精神的 價値 體系의 第一義

로 삼던 先人들은 孝를 그 사람의 됨됨이를 재는 尺度로 생각하였
다. 그래서 누구나 父母에게 孝道하고 어른을 恭敬하는 것은 인간
으로서 당연한 道理로 지켜지고 있었다. 그래서 孝가 오늘날까지
傳來된 美風良俗으로 남아 있을 수 있었다고 생각된다.

> 兄弟 내실적의 同氣로 삼겨시니
> 骨肉至親이 兄弟又치 重홀넌가
> 一生애 友愛之情을 흔몸又치 히리라
>
> 朴仁老 <3245>

> 同氣로 셋몸되야 흔몸가치 지니다가
> 두 아운 어디가서 도라올 줄 모르는고
> 날마다 夕陽門外에 한숨 계워 히노라
>
> 朴仁老 <874>

　蘆溪 朴仁老의 이 時調 2首는『蘆溪集』에 <兄弟友愛> 篇에 실
려서 전한다. 위 時調 內容은 同氣로 태어난 兄弟間의 情을 한몸
같이 하리라는 굳은 決意를 나타냈고, 아래 時調는 3兄弟가 同氣
로 태어나 의좋게 살다가 두 同生이 멀리 떠나가 기다리며 한숨
짓는 모습을 나타내고 있다. 이 2首의 作品은 兄弟間의 兄弟愛가
남다름을 보여 주고 있다. 형제는 형과 아우뿐만 아니라 누이까지
를 포함한 형제자매의 준말로 보고자 한다. 형제간에 사랑하고 화
목해야 한다는 것은 두말할 필요가 없겠으나, 선인들은 울안이나
울밖에서 때때로 이 덕목을 강조하였음을 본다.[57]

---

57) 최승범,『시조 에세이』, 창작과 비평사, 1995, p. 91.

형아 아이야 네 술홀 만져보아
뉘손디 타나관디 양ᄌ조차 ᄀᄐ손다
ᄒᆞᆫ졋 먹고 길러나이셔 닷ᄆᆞ음을 먹디 마라

鄭澈 <3242>

松江 鄭澈은 兄弟間에 서로 다른 마음을 먹지 말고 서로 돕고 사랑하며 같이 지내라고 하였다. 같은 젖을 먹고 자란 兄弟이니 友愛를 가지고 和睦하게 지내야 할 것을 强調하고 있다. 兄弟間에 友愛가 있어 家庭이 和睦하게 되면 父母에게는 아무런 걱정도 끼쳐 드리지 않으니 이것이 父母가 바라는 마음인 것이다. 그러므로 兄弟間에 友愛와 和睦을 이룰 때 父母에 대한 孝가 이루어질 수 있을 것이다.

늘그니는 父母ᄀᆮ고 얼우는 兄ᄀᆮ트니
ᄀᆮ튼디 不恭ᄒᆞ면 어디가 다롤고
랄로셔 ᄆᆞ디어시ᄃᆞᆫ 절ᄒᆞ고야 마로디다

周世鵬 <714>

至德要道롤 先王이 듯쪄시니
民用和睦ᄒᆞ야 上下이 無怨ᄒᆞ닝이다
眞實로 술오려니 孝悌뿐닝이다

周世鵬 <2675>

愼齋 周世鵬이 老人에게는 父母 恭敬하듯이 대하고 年長者에게는 兄 대하듯이 恭敬하라고 하였다. 여기서 孝는 父母를 넘어 老人 恭敬과 어른 恭敬에까지 擴大되고 있음을 볼 수 있다.

孝는 父母를 奉養하는 마음에서 出發하여 父母께 孝誠을 다하는

것이며 人間으로서 道理를 다 行함에 있다. 원래 孝는 自己 父母
를 섬기는 마음에서 비롯되나 이러한 마음은 자기 父母와 같은 어
른들에게도 그 마음이 옮겨가 恭敬하는 마음을 갖게 되는 것이다.
여기서 孝가 自己 父母가 아닌 다른 사람에게까지 擴大되고 있음
을 알 수 있다. 즉 五倫 가운데 '長幼有序'가 바로 孝의 發展임을
보게 된다. 作品 가운데 長幼有序는 <五倫歌>를 비롯하여 五倫을
노래한 여러 時調에 나타나 있다.

　이 時調는 孝만이 아니라 孝와 關聯된 孝·悌·忠·信·禮·
儀·廉·恥와 立身揚名, 五倫, 六行 등을 나타냈다. 이런 德目들은
다 孝를 바탕으로 하여 범위를 擴大하여 나타낸 作品이라 볼 수
있다. 孝는 人間 關係上 上下로 情을 주고 받는 것이요, 그것이 발
전한 悌는 水平으로 情을 주고 받는 것이다. 이렇게 해서 縱橫, 上
下, 水平으로 사랑을 주고 받는 人間關係가 孝와 悌요, 이것은 하
나로 묶어서 말할 때 모든 行實의 근본이 되는 孝가 되는 것이다.

　　　　父母俱存ᄒ시고 兄弟無故호몰
　　　　눔대되 닐오디 우리 지븨 ᄀᆺ다터니
　　　　어엿븐 이내 ᄒᆞ모몬 어듸 갓다가 모ᄅᆞ뇨
　　　　　　　　　　　　　　　　　　　　李叔樑 <1287>

　梅岩 李叔樑이 『孟子』에 나오는 君子三樂 가운데 첫째인 "父母
俱存 兄弟無故"[58]를 그대로 노래한 것이다. 父母가 生存해 계시고
兄弟가 無故하니 家庭이 和睦한 가운데 兄弟間에 友愛가 생겨나고
父母에 대한 孝心이 敦篤해질 수가 있는 것이다. 그래서 兄弟間에

---

58) 『孟子』, 盡心上篇 參照.

友愛있고 和睦하게 지내는 것이 父母가 바라는 마음일 것이니 父母 마음을 편안하게 해드리는 것이 眞正한 孝라고 할 수 있을 것이다. 그러므로 兄弟間에 우애있게 지내므로 가정이 화목해지는 것이 곧 父母에게 孝하는 하나가 될 것이다. 만약 兄弟間에 不和로 서로 미워하고 다툰다면 父母 마음인들 편할 리가 없다. 그래서 先人들은 兄弟間에 서로 아끼고 사랑하며 友愛있게 지내며 和睦하길 가르치고 있다. 이런 內容의 時調를 들어 본다.

> 이바 아희들아 내말 드러 비화스라
> 어버이 孝道ᄒ고 어룬을 恭敬ᄒ야
> 一生의 孝悌를 닷가 어딘 일홈 어더라
>
> 金尙容 <2333>

　仙源 金尙容의 <訓戒子孫歌> 9章 중의 하나로, 어버이에게 孝道하고 윗사람을 恭敬할 것을 勸勉한 노래이다. 父母에게 孝道를 하고 어른을 恭敬하여 좋은 이름을 남기라고 자손에게 訓戒한 作品이다. 여기서 孝는 父母에 대한 孝뿐만 아니라 어른을 恭敬하여 悌하도록 가르치고 있음을 볼 때 孝가 다른 어른들에게까지 擴大하여 行하도록 하고 있음을 알 수 있다.

　孝는 父母에게뿐만 아니라 어른 恭敬까지 擴大하여 行함을 볼 때 韓國人의 意識構造에 있어 모든 德行의 根源으로 尊重되어 왔음을 알 수 있다. 더구나 儒敎理念을 精神的 價値 體系의 第一義로 삼던 先人들은 孝를 그 사람의 됨됨이를 재는 尺度로 생각하였다. 그래서 누구나 父母에게 孝道하고 어른을 恭敬하는 것은 人間으로서 당연한 道理로 지켜지고 있었다. 그래서 孝가 오늘날까지

傳來된 美風良俗으로 남아 있을 수 있었다고 생각된다.[59]

3. 事孝와 理孝

(1) 事孝

事孝라는 것은 부모의 恩惠와 恩德을 알고 報恩하는 것이다. 살아 있는 몸에 관한 것으로 나를 낳으신 분이 부모님이고 나를 키우신 분도 부모님이라, 천하에 유위함이 살아 있는 몸 이상일 수는 없는 일이다. 그리고 부모님이 이 몸을 낳으신 근본이므로 헐벗고 굶주릴지라도 그 큰 은혜란 잊을 수 없는 일이다.

> 꿈에 曾子끠 뵈와 事親道을 뭇즈온더
> 曾子ㅣ曰 嗚呼ㅣ라 小子ㅣ야 드려스라
> 事親이 豈有他哉리오 敬之而已 ᄒ시니라
>
> 趙光祖 <338>

靜庵 趙光祖는 父母를 섬기는 道理는 다른 것이 아니라 오로지 恭敬에 있다고 하여 父母를 恭敬하는 것이 孝라고 했다.

『孝經』에서는 孝의 근본사상을 敬[60]으로 보는 동시에 敬을 悌와 忠의 根本으로 보았다. 그리고 敬·孝·禮를 같은 것으로 풀이하기도 한다.

> 아바님 날 나ᄒ시고 어마님 날 기르시니

---

59) 李成九, 앞의 책.
60) 『孝經』, "敎以孝所以敬天下之爲人父者, 敎以悌所以敬天下爲人兄者, 敎以臣所以敬天下之爲人君者."

      두 분곳 아니시면 이몸이 사라실가
      하늘ㄱ튼 은덕을 어디다혀 갑스오리

                                    鄭澈 <1817>

   松江 鄭澈이 지은 <訓民歌>61) 16首 가운데 하나이다. '父義慈母'
라는 題目이 붙어 있는 作品인데 '父生母育之恩'을 하늘같은 恩德
이라 했고 그 恩德을 어디서 갚겠느냐고 갚기 어려울 만큼 큰 恩
德임을 말하고 있다. 이 作品은 父母가 낳아 주시고 사랑하여 길
러 주신 恩惠를 생각하여 그에 報答토록 孝할 것을 强調하고 있
다. 鄭撤은 벼슬을 하면서도 그 자신 父母의 恩德을 잠시도 잊을
수 없어 至極한 孝道로서 奉養했던 것이다.
   孝는 인류의 근본으로도 물론 중시될 것이나 그 이전에는 인간
으로서 자기를 出産하고 愛育해 준 父母의 恩惠를 생각하며 그 恩
惠를 報答함은 당연지사요, 제 한 몸을 닦고 집을 잘 다스리며 나
아가서 국가와 민족을 위해서 일한다는 것은 오늘날에도 역시 그
근원이 父母에게 孝道하는데 우러난다는 것을 결코 부정할 수 없
는 사실이라 하겠다.

      아비논 나으시고 어미논 치웁시니
      昊天罔極이라 갑홀 길이 어려우니
      大舜의 終身誠孝도 못다한가 ㅎ노라

                                    朴仁老 <1823>

   蘆溪 朴仁老는 初章에서 父生母育之恩을 노래했고, 中章에서는

____

61) 一名 <警民歌>로 松江이 宣祖 13年(1586) 45歲 때 江原道 觀察使 在職時 百
   姓들을 教諭, 啓蒙하기 위하여 지은 聯時調다.

그 恩惠가 하늘같이 한이 없음을 말하며, 終章에서 그렇게 큰 恩惠는 효를 극진히 실천한 舜도 다 갚지 못할 정도라고 노래하였다. 이렇듯 다 갚기 어려운 것이 父母의 恩惠니 정성껏 孝道하라는 內容이다. 인간의 道理로써 父母의 恩德에 感謝하고, 報答하고자 하며 報答하지 못함을 恨歎한 時調이다.

> 어버히 날 나흐셔 어질고쟈 길너 니니
> 이 두分 아니시면 니몸 나셔 어질소냐
> 아마도 至極한 恩德을 못니 갑하 ㅎ노라
>
> 朗原君 <1917>

朗原君은 初章에 父生母育을 말하고, 이러한 父母의 至極한 恩德을 다 갚기 어렵다고 노래하고 있다. 특히 初章에 나오는 '어질과쟈 길너니니'의 句節을 주목할 필요가 있다. 父母가 單純히 낳아 平凡하게 기르기만 한 것이 아니라 어진 사람이 되도록 가르쳐 길렀으니 그 恩德이 더욱 至極하다는 내용이다.

子息의 父母에 대한 孝道는 나를 낳아 주시고 길러 주신 父母의 鴻恩을 깨닫는 데서부터 出發한다고 했다. 효도란 父母의 恩德을 항상 고맙게 생각하고 報答할 뜻을 갖고 있는 것을 말한다. 이에 "父兮生我 母兮麴我"이라는 것을 時調 形式에 담아 노래한 것이다. 따라서 이러한 父生母育의 恩德이 昊天罔極이라는 생각을 윗분들뿐만 아니라 朝鮮朝人에게 共通되는 普遍的인 倫理개념으로 받아들여지고 있다.

> 눕풀샤 昊天이며 둣터울샤 坤元이라
> 昊天과 坤元인들 慈恩에셰 더ㅎ시며

놉고 놉푼 華崇과 河海라흔들 慈恩과 갓틀숀가
아홉다 우리太母聖恩은 헤아리기 어려웨라
英祖 <661>

英祖의 時調로 모친의 가없는 恩惠를 노래한 作品이다. 父母의
恩惠는 하늘보다 높고 바다보다 깊지만 英祖의 太母聖恩은 한량없
이 깊다고 했다. 이처럼 父母의 恩惠를 노래한 엇시조는 위의 時
調 하나뿐이고 사설시조에는 단 한 수도 나타나 있지 않다.

父兮 生我ᄒ시고 母兮 鞠我ᄒ시니
父母 恩德을 昊天罔極이옵썬니
眞實로 白骨이 麋粉인들 此生에 어이 갑스오리
金天澤 <1310>

南坡 金天澤은 父母님의 낳고 기르신 恩德이 가이 없어 이 몸이
가루가 될 때까지 孝誠을 하더라도 어찌 다 갚겠는가 하며 父母의
恩德이 끝이 없어 갚을 길 없음을 안타까워했다. 이 時調는 父生
母育之恩에 感動하여 그 恩德을 稱頌한 노래이다. 그것은 당시 一
般에게 흔히 使用되던 『詩經』의 父母 恩德[62]을 주로 引用하여 그
시대 儒學者들의 孝에 대한 心情을 노래한 것이다. 金天澤도 父母
恩惠를 갚기 위해 孝道하라 이르고 있다. 父母님이 낳고 길러주신
恩惠는 泰山보다 높고 바다보다 깊다고들 말한다. 이와 같이 크신
父母의 恩德을 깨닫고 그 恩德을 갚을 길이 없음을 읊은 시조이
다.

---

62) 『詩經』, "父兮生我 母兮鞠我 哀哀父母 生我劬勞 欲報深恩 昊天罔極."

아바님 랄 나흐시고 어머님 랄 기르시니
父母옷 아니시면 내몸이 업실낫다
이 德을 갑흐려 하니 흐늘ᄀ이 업스샷다.

周世鵬 <1821>

愼齋 周世鵬이 지은 <五倫歌> 중의 하나로, 五倫의 '父子有親'에 해당하는 內容이다. 初章에서 父生母育之恩을 노래하였고, 終章에서는 父母의 恩惠가 끝이 없음을 노래하였다. 나를 낳아서 精誠으로 키우고 한없이 사랑해 주신 父母의 恩惠를 알고 報答하려는 마음이 잘 표현되어 있는 作品이다. 子息의 父母에 대한 孝道는 나를 낳아 주시고 길러 주신 父母의 큰 恩惠를 깨닫는 데서부터 출발한다고 했다. 父母의 恩惠를 안다는 것은 父母의 恩德을 항상 고맙게 생각하고 報答할 뜻을 갖고 있는 것을 말한다.

사람은 누구나 自己 生命이 소중한 것인데 이러한 나의 生命을 주신 父母에게 더욱 孝誠을 다해야 할 것이다. 孝誠을 다하는 마음은 人間에게 가장 순수하고 아름다운 마음인 것이다. 따라서 이러한 父生母育의 恩德이 昊天罔極이라는 생각은 朝鮮朝人에게 공통되는 普遍的인 윤리개념으로 받아들여지고 있다.

(2) 理孝

理孝라는 것은 마음을 밝혀 덕을 닦아 도에 이르는 효를 말한다. 즉 報德과 積德과 불효 후회 등을 노래한 것이다. 事孝는 드러나기 쉬우나 理孝는 드러나기 어려운 것이니, 드러나는 것은 효의 행이요, 드러나지 않는 것은 효의 이치이다. 이치에서 효가 나오는 것이며, 행이란 것은 단지 효의 모양새일 뿐이다.

我不孝親ᄒ니 子焉孝我 ᄒ랴마ᄂ
人情이 졔 글너셔 子不孝我를 셔러ᄒ네
이 後ᄂ 子不孝我를 셔러 말고 我不孝親 뉘우칠져
安玟英 <2391>

父雖父慈하나 子不可以不孝여니
父頑母嚚 舜님금은 克諧以孝 不格姦을
萬古의 通天大孝는 舜帝인가 ᄒ노라
安玟英 <1302>

　첫째 시조에서 周翁 安玟英은 父母에게 孝道해야 자식도 내게
孝道를 한다는 내용으로 내가 먼저 父母에게 孝道할 것을 가르치
고 있다. 자식이 孝道하지 않는 것을 서러워 말고 내가 먼저 孝道
해야 자식도 나를 따라 배운다고 하였다. 이것은 자손을 불효하지
않도록 하기 위하여 지은 작품이다.

　둘째 작품은 父母가 비록 子息을 사랑해 주지 않더라도 자식된
도리로써 父母께 극진히 孝道할 것을 권한 시조이다. 舜임금이 자
기를 사랑해 주지 않는 父母에 대해서도 至極한 孝誠을 다하였음
을 稱頌하여 사람들이 舜임금의 孝를 본받아 父母께 孝할 것을 말
하고 있다.

三千 罪惡中에 不孝애 더니 업다
夫子의 이 말슴 萬古애 들어 大法 삼아
아모려 下愚不移도 밋처 알게 ᄒ렷로라
朴仁老 <1490>

蘆溪 朴仁老의 父母를 奉養하지 못하는 不孝子의 심정을 노래한 作品이다. 이 세상 여러 가지 罪中 不孝가 가장 나쁘다고 말하고 있다. 그래서 아무리 어리석은 자라도 이를 깨우쳐 알게 해야 한다는 것이다. 이러한 朴仁老의 信條로 보아 그가 徹底한 孝子였음이 입증되고 眞正한 孝子였음을 알 수 있다.

> 형극의 몸을 두어 청춘을 허송ᄒ니
> 父母봉양 언제ᄒ며 싱샨작업 어니ᄒ리
> 아마도 금셰되약은 나쁜인가
>
> 李世輔 <3239>

李世輔의 父母 奉養을 하지 못하는 不孝 심정을 읊은 시조인데 流配地에서 父母 奉養과 生産作業을 하지 못하는 自身의 不孝를 罪惡으로 생각하고 있다. 이러한 점으로 보아 그도 至極한 孝子였을 것이다.

『御製百行源』은 『孟子』의 五不孝와 함께 다시 다섯 가지 불효를 지적하고 있는 바, 그것은 처자에게 미혹하여 부모를 돌보아 드리지 않으며, 門戶를 분할하여 부모에게 累를 끼쳐 드리며, 浮囂하고 躁競하여 그 부모에게 부끄러움을 끼치며, 탐재녹민하여 부모를 욕되게 하며, 때를 따라 욕심을 좇아 그 부모를 생각하지 않는 것[63] 등이다.

> 寒天古木 져 가마괴 擾亂타고 뽓지마라
> 雪中에 쥬린 어이 反哺허는 소리로다
> 두어라 내 平生 닐은 져 소릭가 붓끄러워

---

[63] 英祖 『御製百行源』 9章 參照.

趙榥 <3198>

　　三竹 趙榥은 까마귀 같은 미물도 反哺報恩하는데 萬物의 靈長인 人間이 孝道하지 못함은 까마귀만큼도 못 하다고 노래하였다. 까마귀가 反哺하는 것을 보고 인간의 不孝를 慨嘆하고 뉘우친 時調이다. 이 作品은 작자 自身의 不孝를 뉘우치고 부끄러워하는 심정이 솔직히 표현되어 있다. 父母에게 不孝한다고 하는 것은 이 세상의 罪中에서 가장 나쁜 罪惡이요, 父母에게 孝道하지 못함은 反哺鳥인 까마귀만도 못한 것이니 아무리 어리석은 자일지라도 父母에게 不孝하지 않도록 銘心해야 할 것이다.

　　　　侍下 쩍 져근 고을 專城孝養 不足더니
　　　　오늘날 一道方伯 나 혼자 노리는고
　　　　三時로 食前方丈에 목 미치여 ᄒ노라

申獻朝 <1776>

　　竹醉堂 申獻朝가 食前方丈의 호사스런 飯食을 대할 때마다 父母가 생각났다는 孝心이 담긴 時調이다. 작자는 不足함이 없는 處地이기는 하나 父母를 곁에서 奉養해 드리지 못하는 不孝子이기 때문에 목 메인다고 하였다. 작자 스스로 不孝를 慨嘆하고 있음을 알 수 있다.

　　　　뉘라셔 가마괴를 검고 凶튼 ᄒ돗던고
　　　　反哺報恩이 긔아니 아름다온가
　　　　스룸이 져시만 못ᄒ믈 못내 슬허 ᄒ노라

朴孝寬 <687>

雲崖 朴孝寬이 反哺鳥인 까마귀를 禮讚하고 사람이 不孝함을 저
까마귀만도 못하다고 恨歎한 不孝 慨嘆의 時調이다. 까마귀가 反
哺하는 것을 보고 인간의 不孝를 慨嘆하고 뉘우친 時調이다.

4. 行孝와 化孝

(1) 行孝

行孝라는 것은 장수 기원, 부모에게 기쁨을 주는 것, 걱정을 시
키지 않는 것으로 육체적으로 행하는 것을 이른다. 행효하는 사람
이 천지와 더불어 덕을 참구하면 해와 달도 함께 빛을 발하여 만
물을 化育한다. 이는 三才가 하나가 됨을 말함이니 어진 임금이
있으면 나라의 기틀이 공고하게 되어 王道의 風化가 세상에 떨쳐
크게 성하게 된다.

王祥의	鯉魚잡고	孟宗의	竹筍썩거
검던 멀리	희도록	老萊子의	오슬 입고
一生애	養志誠孝를	曾子又치	ᄒ리이다.

朴仁老 <2139>

蘆溪 朴仁老는 中國歷代의 孝子인 王祥·孟宗·曾子·老萊子의
古事를 引用하여 作者 自身도 그분들과 같이 思親하겠다는 뜻을
밝혔는데 自身의 孝誠과 修養心을 中國의 大孝를 引用하여 나타냈
다.

어머님의 病을 고치기 爲해 鯉魚을 얻고자 精誠을 다하니 鯉魚
가 얼음 속에서 뛰어나와 이를 어머님께 드렸다는 王祥의 孝나 嚴

冬에 竹筍을 얻고자 哀歎하였더니 눈 속에서 竹筍이 나왔다는 孟
宗의 孝, 나이 70에 부모를 즐겁게 해 드리기 위해 무늬옷을 입고
춤을 추었다는 老萊子의 孝와 曾參의 孝 등 中國 大孝들의 고사를
들어 孝의 方法을 제시하기도 했다.64)

萬物을 늘려내야 길게길게 노흘꼬아
九萬里 長天에 가는 히를 자바믹야
北堂의 鶴髮雙親을 더듸 늘게 ᄒ리이다

朴仁老 <968>

蘆溪 朴仁老는 兩親을 늙게 하는 해를 精誠을 다하여 엮은 끈으
로 매어 놓아 父母를 더듸 늙게 하고 싶다는 孝心을 노래하였다.
여기서 鶴髮雙親은 머리가 하얗게 센 양친을 가리키는 말로 老父
母에게서 실제로 가는 해 즉 歲月을 붙잡아 맨다고 하는 것은 不
可能한 일이다. 비록 誇張된 表現이기는 해도 노인이 된 父母가
더 이상 늙지 말고 장수하길 바라는 간절한 心情을 잘 나타낸 時
調이다.
　　인간의 염원 중에 가장 큰 것은 五福65)인데 그 중에 壽를 으뜸
으로 들 수 있다. 父母에 대한 극진한 孝誠은 萬壽無疆을 祈願하
게 된다. 이는 오래오래 父母에게 孝道하고 싶기 때문에 長壽하기
를 祈願하게 되는 것이다.

日中 金가마괴 가지 말고 내말 들어

---

64) 韓宗求, 「時調文學에 나타난 忠孝思想」, 忠州工專『論文集』제 16집, 1983, p.
　　37.
65) 五福 : 壽, 富, 康寧, 悠好德, 考終命

너는 反哺鳥라 鳥中의 曾參이니
오날은 날을 위하야 長在中天 하얏고자

許禛 <2448>

玉溪 許禛은 母夫人의 壽宴을 當하여 태양이 항상 중천에 떠
있어 歲月이 가지 않음으로써 어머니가 늙지 않고 長壽하기를
바란다고 하였다. 그런데 이 시조는 <母夫人壽宴歌>라고 기록되
어 있는 점으로 보아 어머니의 回甲을 맞아 지은 것으로 생각된
다.

부모의 長壽를 비는 시조는 만근이나 되는 쇠로 노를 꼬아 가는
해를 잡아매어 부모님이 더디 늙게 하고 싶다는 것, 태양 속에 있
다는 三足鳥에게 부모의 장수를 위하여 가지 말라고 호소하는 것,
옥황상제에게 부모를 더디 늙게 해 달라고 기원한다는 것, 삼신산
불로초를 구해다가 부모님께 드리겠다는 것 등을 내용으로 하고
있다.[66]

天地間 至樂事는 老萊子의 悅親이라
斑衣로 춤을 추며 늙도록 어린체는
百歲後 다시 못흔 일은 이 뿐인가 ᄒ노라

白景炫 <2787>

悟齋 白景炫은 天地間에 가장 즐거운 일은 父母님 마음을 기쁘
고 즐겁게 해 드리는 일로써 70세에 색동옷 입고 어린 체 춤을 추
었다는 老萊子의 故事를 인용하고 있다.

---

66) 池教憲, 「韓國의 孝思想」, 『韓國思想史』, 圓光大出版部, 1991, p. 908.

　孝를 장려하는 시조에는 죄 중에 불효보다 더 큰 것은 없다는 것, 중국의 효자로 유명한 王祥·孟宗·老萊子·曾子 등을 모방하여 실천한다는 것, 효는 평생에 다시 고쳐하지 못한다는 것, 부모를 공경하고 나서 餘力이 있으면 학문한다는 것, 자식이 나에게 불효한다는 것을 서러워하기 전에 자신의 불효를 먼저 뉘우치라는 것, 백행의 근원은 효라는 것, 舜임금은 만고의 通天大孝라는 것 등을 그 내용으로 하고 있다.

　　　父母 사라신재 愁心을 뵈지 말며
　　　樂其心 養其饌ᄒ야 百歲를 지닌 後에
　　　뭇츰니 香火不絶 긔올혼가 ᄒ노라

金壽長 <1291>

　老歌齋 金壽長은 父母에게 孝道하는 길은 父母를 항상 정신적으로 편안하게 하여 드리는 것이 효도의 방법이라고 하고 있다. 父母의 걱정을 끼쳐 드리지 않는 것이 孝라고 한 時調이다.

　우리가 병이 들어서 누워 있을 때 비로소 건강이 얼마나 소중한가를 알 수 있는 것처럼 우리가 아플 때 부모의 심정이 또한 어떠한 것인지를 알아서 "부모님에게 근심과 걱정을 끼쳐 드리지 않는 뜻으로 자신의 건강에 유의하여 몸을 잘 지키는 것이 효도하는 길이 된다"[67]고 볼 수 있다.

　　　日中 三足鳥ㅣ야 가지 말고 너말 드러
　　　너희는 反哺鳥ㅣ라 鳥中之曾參이로다

---

67) 『論語』, 子曰 父母唯其疾之憂.

> 北堂에 鶴髮雙親을 더듸 늙게 ᄒ여라
>
> 許珽 <2449>

松湖 許珽의 時調에 나오는 ‘金가마괴’는 태양 속에 있다는 三足鳥인데 金烏라 하며 해의 異稱이다. 까마귀는 어미에게 反哺하는 反哺鳥이니 ‘까마귀 너는 曾參’[68]처럼 孝誠이 至極하니까 우리 父母 늙지 않게 해 달라고 노래하였다. 여기에는 孝子의 염원을 남의 힘 곧 反哺鳥의 힘을 빌려서라도 실현하고자 하는 염원을 담고 있다.

> 歲月이 如流하니 白髮이 결노난다
> 쏩고 쏘 쏩아 졈고져 ᄒ는 뜻은
> 北堂에 有親ᄒ시니 그를 두려 ᄒ노라
>
> 金振泰 <1636>

君獻 金振泰는 英祖 때의 歌客으로 敬亭山歌壇의 한 사람이다. 위 作品에서는 자신의 白髮을 두려워하기보다 자기가 늙으면 父母님은 더욱 늙기 마련이므로, 따라서 父母님이 늙지 않기를 바라는 孝心을 나타내고 있다.

(2) 化孝

化孝라는 것은 효를 행하는 사람이 다른 사람으로 하여금 감화되도록 하는 일이다. 그러므로 옛 제왕들은 백성들을 감화시키기

---

68) 까마귀를 曾參에 비유한 것은 白樂天의 <慈烏夜啼>라는 글의 끝에 나오는 “烏中之曾參”이라는 말에서 연유했다.

위하여 효를 가르쳤다. 효를 몸소 지켜 博愛로 백성들을 깨우친
것이다.

> 父母님 겨신 제는 父母인 주룰 모르더니
> 父母님 여흰 후에 父母ㄴ 줄 아로라
> 이제사이 므슴 가지고 어듸다가 베프료
>
> 李叔樑 <1289>

　梅岩 李叔樑의 시조에서 父母를 死別했다는 것을 알 수 있다.
父母가 이미 世上을 떠나 안 계신데 어디가서 孝를 베풀란 말
인가 하고 한탄함을 볼 때 살아 계실 때에는 父母가 얼마나 소
중한 존재인지를 모르고 不孝를 저지른 것을 후회하게 됨을 볼
수 있다. 이 작품에는 子慾養而親不待의 孝心이 잘 표현되어 있
다.

> 오래다 우리 龜壽 洞中東偏 잿밥이라
> 斂正先祖 舊墓ㅎ고 烈女房親旌門마조
> 眞實노 二百年追慕ㅎ면 孝道孝孫 되오리다
>
> 黃胤錫 <2072>

　頤齋 黃胤錫의 자기 祖上을 생각한 時調로 二百年前 後四品 添
丁 벼슬을 지낸 先祖와 旌門까지 세워진 烈女를 追慕하는 孝를 읊
은 것이다. 死後 孝道는 先代 祖上과 烈女에까지 미치고 있음을
알 수 있다.

> 詩書를 뭇고 들어 義理를 일치말며

生産作業하야 蒸嘗을 긋치마라
이 밧긔 泛濫ᄒ 뜻으란 부디먹지 말와라

金壽長 <1769>

老歌齋 金壽長의 時調에서는 死後에 祖上 祭禮를 받들라고 勸하며, 孝道를 다 하라고 이르고 있다. 우리 先人들은 父母에게 孝하는 데 있어 父母 生死와는 관계없이 孝誠을 다 하는 것을 가장 큰 美德으로 생각한 것이다. 生業을 부지런히 하고, 祖上의 祭祀를 그치지 말고 잘 지내라는 내용이다. 너희들은 熱心히 배우고 의리를 잘 지키고 生業을 잘해서 父母의 祭祀를 받드는 이 외에 다른 분수에 넘치는 뜻을 품지 말고 높은 벼슬을 구하는 것 같은 일을 하지 말라고 당부하고 있다. 이 作品의 中章에 있는 '蒸'은 실제로 '烝'을 의미하는 바 겨울 제사를 뜻하고, '嘗'은 가을 祭祀를 뜻하여 祖上의 祭祀를 그치지 말고 지내라고 하였다. 祖上에 대한 孝道를 生前과 다름 없이 하고 있음을 알 수 있다. 孔子도 韓人의 死後 孝道에 대하여 언급한 바 있다고 한 것을 보면 死後 孝는 이미 古代에서 行하여졌음을 알 수 있다. 그래서 우리 祖上들이 孔子의 가르침에 影響을 받았을 것[69]은 미루어 알 수 있다.

父母 生前의 孝와 다름 없이 변함 없는 孝를 父母 死後에도 다 하는 것이 眞正한 孝라고 先人들은 생각하였다. 이와 같이 祖上을 받드는 祖上崇拜思想은 오늘날 마땅히 본받아 繼承해야 할 傳統思想이라 생각된다.

오늘날에는 이러한 侍墓까지 권장할 순 없다고 해도 어버이를

---

69) 李成九, 前揭書, p. 22

사랑하는 우리 조상들의 그 정신만은 이어받아야 한다.[70] 父母 生
前의 孝와 다름없이 변함없는 孝를 父母 死後에도 다하는 것이 眞
正한 孝라고 先人들은 생각하였다. 이와 같이 祖上을 받드는 祖上
崇拜思想은 오늘날 마땅히 본받아 繼承해야 할 傳統思想이라 생각
된다.

---

70) 최승범, 『시조 에세이』, 창작과 비평사, 1995, p. 83.

Ⅳ. 結 言

本稿에서는 『校本 歷代時調全書』를 중심으로 시조작품에 나타난 孝思想에 대해 살펴 보았다.

孝의 槪觀에서는 그 字形에서 子息이 어버이를 섬기고 받드는 것에서 由來하였음을 밝혔다. 孝의 중요성은 儒學의 바탕이요, 모든 道德을 달현하는 德目으로 論理觀 중 최고의 價値에 해당하는 것이라는 데 있다. 孝는 百行의 根本으로 修己治人의 核心이며, 齊家의 근간이 되며 마침내 治國平天下가 된다.

本稿에서는 時調에 나타난 孝思想을 8種으로 분류하여 살펴보았는데, <어버이 사라신제>·<이바 아희들아>·<父母 섬기기를>·<人生 百歲中에>·<일 니러 洗手ᄒ고>·<사람이 百歲中에>·<어버이 사라신제>·<가마귀 검다한들> 등에는 世孝, <大丈夫 되야나셔>·<大學山 남글 베혀>·<孝子의 희올 일을>·<赤兎馬 술지게 먹여>·<男兒의 立身揚名> 등에는 出世孝, <盤中 早紅감이>·<霜露旣降ᄒ니>·<生平에 願ᄒᄂ니>·<이몸을 許ᄒ 후니>·<뫼ᄒ 길고 길고>·<君恩이 罔極ᄒ와> 등에는 單孝, <우리몸 잘라 난들>·<天理롤 알작시면>·<兄弟 내실적의>·<同氣로 셋몸되야>·<형아 아이야>·<늘그니는 父母곧고>·<至德要道롤>·<父母俱存ᄒ시고>·<이바 아희들아> 등에는 廣孝, <꿈에 曾子끠 뵈와>·<아바님 날 나ᄒ시고>·<아비는 나으시고>·<어버히 날 나흐셔>·<놉풀샤 昊天이며>·<父兮 生我ᄒ시고>·<아바님 랄 나ᄒ시고> 등에는 事孝, <我不孝親ᄒ니>·<父雖父慈하나>·<三千 罪惡中에>·<형극의

몸을 두어>・<寒天古木 져 가마괴>・<侍下 쩍 져근 고을>・<뉘라
셔 가마괴를> 등에는 理孝, <王祥의 鯉魚잡고>・<萬物을 늘려내야
>・<日中 金가마괴>・<天地間 至樂事는>・<父母 사라신재>・<日
中 三足鳥ㅣ야>・<歲月이 如流하니> 등에는 行孝, <父母님 겨신
제는>・<오래다 우리 龜壽>・<詩書를 못고 들어> 등에서는 化孝
가 뚜렷하게 잘 나타나 있었다.

　孝는 인간성의 發露이기 때문에 東西人과 過去・現在・未來人
까지도 家庭이 存續하는 限 永遠히 있어야 할 倫理인 것이다. 또
한 孝는 人間生活의 核心이 되는 生活 規範이다. 孝行心은 天心(天
良心)과 같으므로 모든 宗敎信仰의 바탕이 되어 인간의 존엄성을
수호하는 孝思想이 되어야 하겠다.

參考文獻

金基平, 「孝道에 關한 研究」, 『公州教大 論文集』 第12輯, 1975.

金益洙, 『韓國의 孝思想』, 瑞文堂, 1977.

金周坤, 「韓國時調에 나타난 孝思想 研究」, 『우리말글』 第17輯, 우리말글학
　　　회, 1999.

──────, 「韓國時調에 나타난 忠思想 研究」, 『慶山大論文集』 第17輯, 1999.

道端良秀 著, 목정배 옮김, 『불교의 효, 유교의 효』, 불교시대사, 1994.

손석우, 『효도』, 태백문화사, 1981.

辛章善, 「儒敎와 佛敎의 孝思想 比較」, 東國大 敎育大學院 碩士學位論文,
　　　1983.

沈載完 編著, 『校本 歷代時調全書』, 世宗文化社, 1972.

尹聖範, 『孝』, 서울文化社, 1973.

李成九, 「古時調에 나타난 孝」, 明知實業專門大學論文集 第1輯, 1975.

李泰極, 『時調概論』, 새글사, 1956.

全福奎, 「古時調에 나타난 孝思想 考察」, 仁川專門大『論文集』 第16輯, 1991.

鄭炳昱, 『孝道와 文學』, 尹聖範 編, 서울 : 乙酉文化社, 1975.

정재호, 「國文學에 나타난 孝思想」, 『국어국문학』 17호, 1978.

崔玟洪, 『韓國倫理思想史』, 서울 : 星文社, 1975.

피천득 외, 『효 에세이 37인집』, 범우사, 1977.

한태현, 『한국의 효와 효행』, 도서출판 남산, 1990.

(二) 士大夫歌辭에 나타난 孝

I. 緒 言

孝思想은 東洋 諸國은 물론 우리 民族의 傳統思想으로 數千 年間 精神史와 生活史에 있어서 가장 價値있는 德目으로 信奉하여 온 普遍的 社會通念으로 받아들여지는 固有思想이다.

이와 같은 孝思想은 우리 나라 固有의 倫理이자 民族精神의 特徵으로 價値觀의 根本을 이루어 왔다. 그리하여 모든 人間行爲의 根本으로, 또는 우리 人間道理의 으뜸인 至善의 윤리로서, 社會統治의 原理로 活用되어 왔다.

그러므로, 孝를 실행할 수 있는 생활을 잃어버리게 할 現代 産業社會의 精神的 公害를 追放하고, 健實하고 生氣있는 社會를 造成하는 것은 우리에게 當面한 急務라고 할 수 있다.

우리는 一貫된 生活信念인 敬老孝親思想은 時代와 사람에 따라서 날로 褪色되기에 이르렀는데, 이에 오늘을 사는 韓國人은 教育·政治·經濟·社會·思想的으로 중대한 試鍊에 直面하게 되었다.

　우리는 과거의 儒教的인 孝思想을 새롭게 발전시켜 나가기 위해서 현대적인 價値觀의 實像과 傳統的인 道德精神을 이상적으로 受容·統合시켜 나아가야 할 때가 되었다.

　지금까지 孝思想에 대한 先行 研究로는 忠孝思想을 함께 연구한 論著는 많았는데 孝에 관한 業績만 살펴 보면, 古時調에 나타난 孝[1]를 위시하여 著書[2]·論文[3] 그리고 儒教와 佛教의 孝思想을 비교한 文獻[4]이나 孝에 관한 隨筆集[5]도 있다.

　본고에서는 《韓國佛教歌辭全集》을 대상으로 하여 필자가 「佛教歌辭에 나타난 孝思想」[6]을 연구한 바 있으므로 佛教歌辭 작품은 연구대상에서 제외하기로 한다. 本稿에서 臺本으로 삼고 있는 『韓國歌辭選集』[7]과 『歌辭文學全集』[8]에 수록된 167편 중 孝思想이 두드러지게 나타나는 18편을 대상으로 하여 가사에서의 孝의 表現樣相을 世孝와 出世孝·單孝와 廣孝·事孝와 理孝·行孝와 化孝로

---

1) 李成九, 「古時調에 나타난 孝」, 명지실업전문대『論文集』第1輯, 1975.
　　全福奎, 「古時調에 나타난 孝思想 考察」, 仁川專門大『論文集』第16輯, 1991.
2) 尹聖範, 『孝』, 서울文化社, 1973.
　　金益洙, 『韓國의 孝思想』, 瑞文堂, 1977.
　　손석우, 『효도』, 태백문화사, 1981.
　　한태현, 『한국의 효와 효행』, 도서출판 남산, 1990.
3) 金基平, 「孝道에 關한 研究」, 『公州教大 論文集』第12輯, 1975.
4) 道端良秀 著, 목정배 옮김, 『불교의 효 유교의 효』, 불교시대사, 1994.
　　辛章善, 「儒教와 佛教의 孝思想 比較」, 東國大 教育大學院 碩士學位論文, 1983.
　　李良求, 「孝에 關한 比較研究」, 高麗大 教育大學院 碩士學位論文, 1970.
5) 피천득 외, 『효 에세이 37인집』, 범우사, 1977.
6) 金周坤, 「韓國佛教歌辭에 나타난 孝思想 研究」, 『嶺南語文學』第 28輯, 1995.
7) 李相寶, 『韓國歌辭選集』, 集文堂, 1961.
8) 金聖培 外 三人 共編著, 『歌辭文學全集』, 集文堂, 1961.

分類하여 논의코자 한다. 그리고 논의의 순서나 研究方法은 먼저
孝의 語源과 重要性부터 살펴 보고 나서 끝으로 孝의 社會的 役割
과 生活化를 考察하기로 한다.

Ⅱ. 作品에 나타난 孝思想

孝는 모든 德(孝·悌·忠·信·禮·義·廉·恥)의 근본으로서
道도 孝에서 발생한다고 한다. 孔子도 孝가 모든 德의 根本이 된
다고 말했으며, 現代 學者들도 孝의 思想을 人間 形成의 核思想이
라9)고 보았다. 이와 같은 孝思想을 우리 先祖들은 어떻게 歌辭文
學에 投影시켰는가를 알아 보고, 그 이면에 잠재된 孝思想을 世孝
와 出世孝, 單孝와 廣孝, 事孝와 理孝, 行孝와 化孝로 분류하여 살
펴 보기로 한다.

1. 世孝와 出世孝

(1) 世孝

孝道란 어떤 것이며, 어떻게 하는 것이 바람직한 孝道인가를 가
르치려고 하는 訓孝歌辭이다.

277 柔順하기	으뜸이라	279 睏窮恤貧	하난道와
279 施惠報恩	하난일이	280 옛부터	積善之家
281 차례로	紀範있어	282 어룬의	할탓이라

---

9) 尹聖範 編, 『現代와 孝道』, 乙酉文化社, 1975, p. 87.

283 네게야	關係있나	284 奉養君子	하난道와
285 敎養子女	하난法은	286 너의듣기	羞愧하야
287 아즉이야	다못할다	288 너사람	무던하니
299 許多한	警戒之言	300 이만이만	뿐이로다

<戒女歌>

부모가 자녀들에게 積善을 해야 한다고 訓戒하고 있다.

『擊蒙要訣』에 "무릇 부모를 섬기는 사람은 한 가지 일이나 한 가지 행실도 감히 자기의 뜻대로 하지 말고, 반드시 물어서 명령을 받은 뒤에 행하여야 한다. 만약 일이 할 만한 것이라도 부모가 허락하지 않으면 반드시 자세하게 설명하여 납득을 시켜서 좋겠다고 허락받은뒤에 행하도록 하고, 만약 끝내 허락하지 않으면 역시 그 뜻을 이루려고 해서는 안 될 것이다."[10]라고 하여 양지의 도리를 가르치고 있다.

맹자는 성품이 사나워 남과 다툼을 자주하여 부모의 마음을 불편하게 함을 불효라 했다.

효도는 보신하는 효, 공경하는 효, 순종하는 효, 봉양하는 효 등 정신적인 것과 물질적인 것의 어느 한쪽에 치우친 것이 아니다. 효는 마음의 정성과 행동의 정성이 융화되고 조화될 때에만이 완전해지는 것이다.

어버이를 섬기는 자는 윗자리에 있어도 교만하지 아니하고, 아랫자리에 있어도 어지럽히지 아니하며, 많은 사람 중에 있어도 다투지 아니하는 법이라. 윗자리에 있으면서 교만하면 곧 망할 것이요, 많은 사람 중에 있으면서 다투면 상처를 입을 것이니라.

---

10) "凡事父母者 一事一行 毋敢自專 必稟命而後行 若事之可爲者 父母不許 則必 委曲陳達 領可而後行 若終不許 則亦不可直遂其情也."

이 세 가지 일을 없애지 아니하면 비록 날마다 소·양·돼지의 고기로써 봉양한다 해도 오히려 불효가 될 것이다.

孝는 自己生命의 所重함이 어디서 나왔는가라는 自己 本來의 性[11]을 追究하는 思想에서 出發하여 自己生命의 根源인 祖上을 崇拜하는 데까지 發展하였다.

『禮記』에 의하면 孝에는 세 等次가 있으니 尊親·弗辱·能養이 그것이다.[12] 이 중에서 能養은 가장 初步的인 孝行으로서, 어버이를 잘 奉養하는 것이고, 弗辱은 精神的인 면을 말하는 것이니 스스로의 言行을 謹愼함으로써 父母에게 辱이 돌아가지 않게 한다든가, 父母가 하는 일에 잘못이 있으면 자주 諫하여 옳은 길로 引導하는 것이고, 尊親은 이른바 "立身行道, 揚名於後世, 以顯父母"[13] 하는 것이다. 즉 몸을 바로 세워 眞理를 實踐한 다음, 後世에 이름을 남겨 父母를 榮光되게 하는 것이 孝道로서의 最終 目標요 孝의 終着點이므로 이를 大孝[14]라 하였다.

1 딸아딸아	연지딸아	2 고이고이	카아가주
3 남우집이	가거들랑	4 말에말슴	조심하고
5 지사영부	듣거들랑	6 미돌클	조심하고
7 꿍우달을	잡거들랑	8 잔머리를	조심하고
9 시아버지	상질노면	10 처매꼬리	조심하고
11 도리도리	수박탕깨	12 밥담기를	조심하고
13 중우벗은	시동생에	14 말에말슴	조심하라

<戒兒歌>

---

11) 『孝經』 聖治章 : "父子之道 天性也."
12) 『禮記』 祭義篇 : "曾子曰 孝有三 大孝尊親 其次弗辱 其下能養."
13) 『孝經』 開宗明義章.
14) 『中庸』 第十七章 : "子曰, 舜其大孝也與 德爲聖人 尊爲天子 富有四海之內 宗廟饗之 子孫保之."

孝가 사랑의 발현이라면, 사랑은 마음의 산물이며, 그 마음은 인성의 산물이다. 인성·人心에 있어서의 自己本位的 志向을 警戒한 것이 儒家의 一貫된 교훈이다.

오늘날 우리 세대에 주어진 역사의 召命이 孝思想을 현대적 개념의 '奉仕와 사랑의 精神'으로 이해시키려는 眞意를 잘 把握케 하고 다음 世代에 올바르게 傳承시켜 문화의 재창조자가 되도록 發해야 할 것이다.15)

揚親하는 효도는 현대적 판단으로 출세하는 것을 말한다. 우리의 전통적 양친하는 효도는 학문과 도를 닦고, 사회에 나아가서 天道와 眞理에 따라 행동하고 여기에 忠을 加味하여 立身揚名함으로써 가문과 조상을 빛나게 하는 것이다. 따라서 揚名榮親하니 揚親하는 효가 된다.

현대사회에서 부모가 바라는 자식의 효 중에 이 양친의 효가 큰 비중을 차지하고 있는 것으로 보여진다. 즉 자식이 학문에 정진하여 그것으로 높아지기를 바라는 것이다. 마땅히 자식된 자는 이 뜻에 어그러짐이 없어야 현대적 양친의 효가 이루어진 것으로 본다.

젊은이들은 들어와서는 효도를 하고 나가서는 友愛를 지키며, 근신하고 신의를 지키고, 널리 여러 사람들을 사랑하며 仁을 친근히 하여야 하고서, 이렇게 하고도 남는 힘이 있으면 곧 학문해야 하는 것이다.16) 여기서는 효를 바탕으로 한 공자의 實踐主義를 밝

---

15) 서울신문, 1979. 2.17, p. 3.
16) 『論語』 學而篇 : "子曰 弟子入則孝 出則弟 謹而信 汎愛衆 而親仁 行有餘力 則以學文."

히고 있다.

栗谷의 孝思想 解釋을 哲學的인 觀點에서 살펴 보면, 父母와 子息은 둘이지만 하나이고, 하나이지만 둘인데 떼어 놓을 수도 없고, 또 混合할 수도 없는 存在로서, 父母는 子息의 주체이고 子息은 父母로 인하여 發하는 것이다. 부모와 자식은 서로 個別性을 가졌으되 父母에게 孝道함과 자식에게 사랑함이 앞뒤가 없이 서로 주고 받게 되고, 오로지 孝나 慈는 發 즉 주는 것으로서의 사랑이어야 된다는 結論이 될 것이다.17)

退溪 李滉(1501~1570)은 敎育의 目的을 倫理에 두고, 敬의 思想을 强調하였으며, 敎育的 人間像을 作聖에 두었으니, 作聖이란 곧 聖人이 된다는 말이다.18)君子가 되고 聖人이 되는 먼 仁의 길의 첫발을 敬에서, 敬은 孝에서 찾기로 한 생각이 退溪의 孝思想이다.

(2) 出世孝

出世孝란 世俗을 버리고 佛道修行에 들어 가든지 俗世에 나아가서 세상 사람들을 교화하는 것, 즉 煩惱에 얽매인 속세의 생활을 버리고, 聖者의 생활에 들어감을 말한다. 여자는 결혼하여 出家하게 되면, 시가에서 친정 부모를 생각하게 된다.

231 吉凶上文	자시하소	232 無情歲月	이세상에
233 白髮兩親	어이할고	234 諺文배와	친정通姓
235 그도못해	절박거든	236 하인보내	문안하고
237 일년일순	제사날에	238 出家外人	責望있다
239 時時名節	놀을적에	240 동무모와	책보기

---

17) 白南喆, 『忠孝의 實相』, 宇成文化社, 1981, p. 307.
18) 韓基彦, 『韓國思想과 敎育』, 一潮閣, 1973, pp. 134~135.

241 남의귓전　　가지말고　　242 소리좋게　　읽어보소

<閨中行實歌>

일반적으로 유교는 世間道의 가르침이고, 불교는 出世間道의 가르침이라고 말한다. 즉 유교는 효를 중심으로 하는 仁·義·禮·智·信의 五倫五常의 가르침임에 반하여, 불교는 부처가 되는 가르침으로서 空·無常·無我를 설하고 세간의 모든 집착을 벗어나 깨달음에 도달하려는 가르침이다.

명나라 주굉의 『竹窓隨筆』제3필의 '출세간대효'에서는 "세간의 효는 세 가지, 출세간의 효는 한 가지이다. 세간의 세 가지 효라는 것은 공양하는 것, 관리가 되어 부모를 영광스럽게 하는 것, 덕을 쌓아 성인·현인이 되어 부모의 이름을 떨치는 것 등 세 가지이다."라고 한다.

『中庸』에 이르면, 孝는 家父長이 보이지 않을 때에라도 不服從 拒逆의 行爲를 해서는 안 된다는 規範으로 强化된다. 이 點은 "孝란 先人의 뜻을 잘 繼承하며, 先祖의 事業을 잘 祖述하는 데 있고,[19] 至孝는 죽고 없는 家父長 섬기기를 살아 있는 이에게 順從하듯 하는 것이다."[20]라고 한 것을 보면 알 수 있다.

39 우리나이	十五歲에	40 三從之義	법을따라
41 각각으로	成就코져	42 우리父母	兩堂게셔
43 東西로	仰望擇婿	44 요도숙녀	다예백형
45 顯門家에	성취한후	46 이거불민	이인사난
47 高門巨族	여강이세	48 門閥찾고	人品차자
49 양산영감	賢孫마자	50 名門에	成就하니

---

19) 『中庸』十九章 : "夫孝者 善繼人之志 善述人之事者也."
20) 『中庸』十九章 : "事死如事生 事亡如事存 孝之至也."

57 生育父母　　　멀리하고　　　58 故鄕山川　　　作別할제
<斷腸人簞瓢懷曲>

　맹자의 윤리학적 공적은 오륜설에서 찾아야 한다. 그것은 현대적 윤리와도 쾌를 같이하고 동시에 고전적 오륜사상과도 표리를 이루고 있기 때문이다.

　父子有親이란 父子가 서로 親愛의 정으로 맺어져야 하는 인륜관계임을 의미한다. 父義·母慈·子孝의 三德을 간추리면 부자자효의 二德이 된다.

　孝行의 基礎를 古代的 意味로 考察하여 볼 때, 孝行이 될 수 없는 條件의 例를 들어 보면, 孟子는

　첫째, 自己 할 일을 버려두고 게으름 부리는 일,

　둘째, 노름과 술타령에 빠져 드는 일,

　셋째, 財物만을 탐내고 妻子만을 偏愛하는 일,

　넷째, 感覺的 欲求에 빠져 들어 威信을 지키지 못하는 일,

　다섯째, 쓸데없는 冒險을 좋아하고 싸움질을 즐기는 일[21]이라고 하였다.

　경로사상은 효도의 길과 통한다. 長幼有序가 인간생활에 없다면 동물의 생활과 다를 바가 없을 것이다. 이 장유유서의 의미는 하나는 연상과 연하의 문제요, 다른 하나는 직위 고하의 문제이다. 남의 부모도 내 부모와 다름없으니 내 부모 모시듯 남의 부모에게도 공경하는 마음을 가져야 한다. 어른을 섬기는 데는 "내 어른, 남의 어른"이 구별될 수 없기 때문이다. 군자가 효를 가르치는 것

---

21) 『孟子』 離婁章句下全 33章 : "孟子曰 世俗所謂不孝子五 惰其四支 不顧父母之養 一不孝也 博 好飮酒, 不顧父母之養 二不孝也　好貨財 私妻子 不顧父母之養 三不孝也 從耳目之欲 以危父母戮 四不孝也 好勇鬪狼 以危父母 五不孝也."

은 천하 사람들이 아버지된 사람을 존경하도록 이끄는 것이며, 悌
를 가르치는 것도 천하 사람들이 형 된 사람을 존경하도록 하는
것이다.

2. 單孝와 廣孝

(1) 單孝

單孝라는 것은 저 혼자만 생각하고 남을 알지 못함을 말하는 것
이다. 만약에 현재만을 보고 장래를 살펴 행하지 못함이 삼년 동
안 고쳐지지 않으면 單孝이다. 어버이를 잃어 장사를 지낸 후 무
덤 가까이에 움막을 지어 기거함은 참으로 순수한 효자로서, 능히
금수도 감동케 하는 행이기는 하나 獨孝이다. 혹은 어버이의 뜻을
받들어 등에 업고 다니는 일도 있으나 이는 어버이를 섬기는 것이
참으로 돈독하기는 하지만 또한 單孝에 속한다.

49 入孝	出悌는	50 션비의	홀일이오
51 務本	力穡은	52 百姓의	홀일이오
53 紡績	住食은	54 婦女의	홀일이오
55 親上	死長은	56 軍士의	홀일이라
57 우리도	이방하찌허내야	58 父母供養	흐리라

<相杵歌>

父母 生時의 孝를 보면 儒敎의 孝思想은 '未來'의 문제보다는
'現在'를, '天道'의 문제보다는 '人道'의 문제를, '死'의 문제보다는
'生'의 문제를 더 重視하고 있다. 이와 같이 現在와 生時를 더 중
요시한 儒敎의 孝思想은 死後보다는 生時에다 더 比重을 두어, 어

버이 살아 계실 때의 효를 강조하고 있다고 하겠다.

侍奉하는 효도란 부모를 가까이 모시는 효도를 말한다. 부모와 멀리 떨어져 있으면서 효도한다는 말은 言行一致가 안 된 말일 수밖에 없다. 『禮記』 曲禮에 "자식된 자의 도리는 겨울에 따뜻하게 하여 드려야 하고, 여름에는 서늘하게 해 드리며, 저녁에는 잠자리를 펴 드리고 새벽에는 안부를 살펴야 한다. 밖에 나갈 때는 반드시 나간다고 여쭙고, 돌아와서는 반드시 낯을 보여 드려야 한다. 노는 곳은 일정한 곳이 있어야 하고, 익히는 것에는 반드시 일정한 일이 있어야 하고, 평상시의 말에 자신이 늙었다고 말하지 않는다."고 하였다.

효의 행위 가운데 侍奉의 효로서 부모님을 가까이 모시고 생활을 살펴 드리며 건강을 살펴 드리는 효가 매우 중요할 것이다.

참된 孝는 父母에게 衣食住生活만 잘 奉養해 드리는 것으로 끝나지 않는다. 物質的인 것만이 아니라 精神的인 面이 竝行되어야 하는 것이다. 父母에 대한 참된 孝는 배만 부르게 해 주는 것이 아니라 마음도 편하게 해 주어야 한다는 것은, 확실히 古代 韓人들의 倫理觀의 特色이라고 말할 수 있다.22)

181 萱堂	老親은	182 八旬이	거이거든
183 湯藥을	그치며	184 定省을	뷔울넌가
185 이저야	어늬스예	186 의山박긔	날오소냐
187 許由의	시슨귀예	188 老來子의	오술입고
189 압뫼예	져솔이	190 풀은쇠	되도록
191 鶴髮을	뫼시고	192 白髮애	아믠줄몰오도록

---

22) 崔政洪, 『韓國倫理思想史』, 星文社, 1975, p. 127.

193 함긔뫼셔   늘그리라

<莎堤曲>

子夏는 "賢者를 賢者로서 공경하기를 女色을 좋아하듯이 하고, 부모를 섬김에 힘을 다하고, 人君을 섬김에 몸을 바치고, 벗과 사귐에 言行에 신의가 있으면, 비록 글을 배우지 않았다 할지라도 나는 반드시 그를 배운 사람이라 하리라."고 했다.23)

父母에게 至誠으로 孝道해야 할 뿐만 아니라, 여자는 시부모에게도 지극한 孝道를 해야 하며, 형제간에 우애 있고, 일가 친척 친지간에 和睦해야 한다고 했다. 만약 부모의 가르침을 거역하고 형제간이나 동서간을 이간하며 남의 말을 일삼는 여자는 풍도옥에 간다고 했다.

공자의 말씀 가운데 "부모의 자식에 대한 사랑, 자식이 느끼는 부모에 대한 정, 이것은 하늘이 마련한 마음"이라고 한 것은 예나 지금이나 변함이 없는 것이다.

효도는 먼 데 있지 않다. 항상 가깝고 쉬운 데 있는 것이다. 말 한마디, 행동 하나하나에서 부모의 비위를 거스리지 않음도 효도의 길이요, 항상 불안한 마음을 갖지 않도록 마음 편하게 해 드리는 것도 효도의 길이다.

奉養하는 효도는 물질적인 봉양을 말한다. 즉 부모님이 잡수시는 음식을 살펴 드려서 건강을 유지하시도록 하는 것이다. 그러나 봉양은 口腹을 채우는 수단만은 아니며 반드시 도리를 다하는 봉양이어야 한다. 혹 부모님이 앓아 누운 때는 속히 회복되도록 봉

---

23) "賢賢易色 事父母能竭其力 事君能致其身 與朋友交 言而有信 雖曰未學 吾必謂之學矣."

양하여야 하며, 부모의 은혜를 잊지 않고 건강을 유지할 수 있게 하여야 한다. 保身의 효에서는 내 몸을 보존함이 효였지만, 상대적으로 봉양의 효는 부모님이 몸을 잘 보존하시도록 살펴 드리는 것이다.

637 父母님	年滿하니	638 壽衣를	留意하고
639 그나마	마르재어	640 子女의	婚需하세
641 집위에	굳은박은	642 要緊한	器皿이라
643 댑싸리	비를매어	644 마당질에	쓰오리라
649 場구경도	하려니와	650 흥정할것	잊지마소
651 북어쾌	젓조기로	652 秋夕名日	쉬어보세
807 孝悌忠臣	大網알아	808 道理를	잃지마소
809 사람의	子息되어	810 父母恩惠	모를쏘냐
814 男婚女嫁	畢하오면	815 父母奉養	잊을소냐?

<農家月令歌>

『海東小學』에는 "자식된 도리로서 어버이를 섬기는 데는 반드시 공경을 근본으로 삼고, 몸을 잘 닦고 행실을 삼가는 것을 존중할 것이다. 만약 털끝만큼이라고 교만하고 인색한 마음을 먹거나 다투고 어지럽히는 일이 있으면 그 효도하지 못하는 잘못은 실로 큰 것이다. 자식이 그 어버이를 배불리만 먹여 봉양한다면 어찌 족히 그 잘못을 속죄할 수 있겠는가." 라고 가르치고 있다.[24]

위에서 든 효행의 세 가지 길도 모두 성실이 그 바탕이 되어야 할 것임은 再言을 要하지 않을 것이다.

아들 된 사람으로서는 건강·정직·성실·학업 열중과 근검절약

---

24) "人子之事親　必以恭敬爲本　以修身愼行爲先　如有一毫驕絪之心　爭亂之事　必至
　　禦辱身危親　其不孝大矣　口服之養　奚足贖哉"

하여 남보다 출중해서 칭송을 받거나 榮轉昇進, 영예로운 賞勳을
받을 때 부모의 기쁨은 본인보다 은근히 깊고 크다. 효는 부모를
기쁘게 해 드리는 것 외에 다른 것이 있는 것이 아니다.

부모 앞에서 저지르기 쉬운 過失로 다음 세 가지가 있다고 한
다.

① 躁 : 어른이 말씀할 것을 앞질러 말하는 것(너무 조급한 것).

② 隱 : 어른이 말씀한 일에 대답하지 않는 것(무엇인가 숨겨 둔
다는 뜻).

③ 瞽 : 부모님의 얼굴 빛을 살피어 努하셨는지, 슬퍼하시는지,
무엇인가 근심하시는지를 판단하고 말씀을 드려야 하는 것인데 이
러한 얼굴 빛을 살피지 않고 말하는 것(장님처럼 덮어 놓고 하는
말).

子遊가 孝를 물었을 때, 孔子는 "지금의 孝를 奉養하는 것으로
만 아나 개와 말도 다 양육함이 있으니, 恭敬하지 않으면 무엇으
로 구별하겠는가."25)라고 하여 父母를 恭敬하는 것이 孝라 하였다.
孔子의 孝思想은 동양적 휴머니즘의 根幹을 이루었으며, 父母와
子息間의 사랑을 바탕으로 하여 修身·齊家·治國·平天下를 실현
하였던 것이다.

(2) 廣孝

廣孝는 世世生生 모든 사람에게 두루 孝行하는 것으로, 그들 모
두가 나의 부모라고 생각함을 말한다.

---

25) 『論語』 爲政篇 : "子遊問孝 子曰 今之孝者 是謂能養至於犬馬 皆能有養 不敬
何以別乎."

161 天高	地迥ㅎ고	162 興盡	悲來ㅎ니
163 이쯔히	어듸미오	164 思親	客淚는
165 절로흘러	모로미라	166 西邊을	다보고
167 반패	환영ㅎ니	168 丈夫	흉금이
169 져그논	ㅎ리로다		

<關西別曲>

　孝의 本質을 밝힌 내용은 孔子가 그의 제자인 曾子와의 문답을 기록한 『孝經』에 상세하게 설명되어 있는데, 중요한 것을 보면 다음과 같다.

　『孝經』에 "孝는 德의 根本이며 가르침도 여기서 시작되는 것이다."[26]라고 했으며, 또한 "身體髮膚는 父母로부터 받은 것이니 감히 몸을 상하지 않는 것이 孝의 시작이요, 立身行道하고 後世에 이름을 드날려서 父母를 빛나게 하는 것이 孝의 마침이다."[27] 라 했는데, 다시 이를 要約하여 "孝는 事親에서 시작되고 다음으로 事君하며 끝으로 立身하는 것이다."[28]라고 했다.

　이와 같이 孝라고 하는 것은 父母를 奉養하는 일 외에 自己 自身을 修養하는 問題, 立身 출세하여 자기 자신의 名譽는 勿論이요 父母의 이름을 빛내는 것이 다 孝라고 하였다. 孔子는 말하기를 자기 부모를 사랑하지 않고 남을 사랑하는 행위를 悖德이라 하고, 자기 부모를 공경하지 않고 남을 공경하는 행위를 悖德라[29]고 하

---

26) 『孝經』 開宗明義 : "子曰 夫孝德之本也 教之所由生也."
27) 『孝經』 開宗明義 : "身體髮膚受之父母 不敢毀傷 孝之始也 立身行道 揚名於後世 以顯父母 孝之終也."
28) 『孝經』 開宗明義 : "夫孝始於事親 中於事君 終於立身."
29) 『孝經』 "子曰 不愛其親而 愛他人者 謂之悖德 不敬其親而 敬他人者 謂之悖禮."

였다.

  효는 유교사상의 근본으로 가족의 도덕을 대표하는 것이다. 공
자는 孝라고 하는 것은 仁을 실천하는 근본이라[30] 하였고,『孝經』
에서 孝道는 德의 근본으로 효의 가르침이 인간의 모든 행위의 근
본이 된다[31]고 했다. 또 사람의 몸과 머리카락과 피부는 다 부모
로부터 받은 것이라 감히 이것을 상하지 않게 하는 것이 효도의
시작이며 몸을 세워 道를 행하고 이름을 세상에 드날려서 부모를
빛나게 하는 것이 효도의 마지막이라[32]고 했다.

1207 故鄕을	떠나온지	1208 어제로	알았더니
1209 내離別	내苦生이	1210 隔年事	되었고나
1211 어와	섭섭하다	1212 正初問安	섭섭하다
1213 北堂	双親이	1214 白髮이	더하시고
1215 空閨	花朝는	1216 얼마나	늦었는고
1217 五歲에	떠난子息	1218 六歲兒	되었고나
1219 내아녀	임이라도	1220 내설음은	설다하리

<萬言詞>

  朱子는 "親是父慈子孝"라 하여 父母는 子息을 사랑해야 하며 子
息은 父母에게 孝道해야 한다고 했다.
  孝는 上向하는 것만이 아니다. 韓基彦은 孝 思想의 본질을 '내리
사랑'으로 把握한 바도 있다.[33] 孝는 人間 關係上 上下로 情을 주
고 받는 것이요, 그것이 발전한 悌는 水平으로 情을 주고 받는 것

---

30)『論語』學而篇 : "孝弟也者 其爲仁之本與."
31)『論語』開宗明義章 : "夫孝德之本也 孝之所由生."
32)『論語』開宗明義章 : "身體髮膚受之父母 不敢毁傷孝之始也 立身行道揚名於後
    世 以顯父母孝之終也."
33) 韓基彦,『韓國思想과 敎育』, 一潮閣, 1973, p. 54.

이다. 이렇게 해서 縱과 橫, 上下 水平으로 사랑을 주고 받는 人間
關係가 孝와 悌요, 또 이것을 하나로 묶어서 말할 때, 모든 行實의
根本이 되는 것이 孝가 된다. 이렇게 해서 孝는 上下 水平으로 全
體를 包容한다고 볼 수 있다. 父母에게 上向하는 孝心은 忠과 다
른 어른을 공경하는 데로 발전하고, 아래로는 兄弟姉妹 사이에 友
愛가 있고, 벗을 공경하여 믿음이 있게 된다. 그러니 單純히 父母
의 一身만 잘 奉養하는 것은 最下位의 孝라, 그것은 반드시 天下
萬人에까지 발전시켜야만 최고의 孝가 되는 것이다.[34]

栗谷 李珥는 그의 擊夢要訣 事親章에서 "무릇 사람이란 누구나
마땅히 自己 父母에게 孝道해야 한다는 것은 모르지 않지만 眞實
로 孝道하는 者는 極히 드물다. 깊이 父母의 恩惠를 모르기 때문
이다."라고 하였다.[35] 天下 萬物 중에서 내 몸만큼 尊貴한 것이 없
는데 내 몸은 父母가 끼쳐 주신 것이다. 父母의 恩惠란 無限한 것
이며 報恩의 根據는 낳아 주심(生)과 길러 주심(育)에 있음을 알
수 있다. 이러한 感恩의 情은 사람뿐만이 아니라 짐승에게도 있으
니 '慈鳥反哺 以報親'이 바로 그것을 이야기한 說話인 것이다. 그
러므로 까마귀는 젊은 까마귀가 늙은 까마귀에게 먹이를 물어다
준다고 하여 孝鳥라 한다.

3. 事孝와 理孝

(1) 事孝

事孝라는 것은 살아 있는 몸에 관한 것으로 나를 낳으신 분이

---

34) 柳正基, 『東洋思想事典』, 大邱, 大韓公報社, 1975, p. 157.
35) 『現代國家와 倫理』, 螢雪出版社, 1978, p. 108.

부모님이고 나를 키우신 분도 부모님이라, 천하에 유위함이 살아 있는 몸 이상일 수는 없는 일이다. 그리고 부모님이 이 몸을 낳으신 근본이므로 헐벗고 굶주릴지라도 그 큰 은혜란 잊을 수 없는 일이다.

11 어버이	子息의게	12 恩情을	비케되면
13 天地와	갓튼지라	14 갑플주리	ㄱ이업다
15 엹달을	비실어서	16 세히곰	품의품고
17 오좀쏭	밧내면서	18 안고지고	키우실제
19 어르며	우이시며	20 구슬갓치	너기시샤
21 울면	비곱플가	22 치오면	버손눈가

<孝友歌>

"아버지 나를 낳으시고 어머니 나를 기르시니 아아 애닯고 슬프도다. 나를 낳아 기르시느라고 애 쓰시고 수고하셨도다. 그 깊은 은혜를 갚고자 하나 넓은 하늘과 같아서 다 갚을 수가 없도다."[36] 고 했다.

子息이라는 個體는 父母와의 관계에서 볼 때 父母의 分身이요 連續體이다. 모든 생물의 본능이 그러하듯 사람도 자기자신의 생명을 子孫에 의해서 永久히 存續시키려는 본능을 실현시키려 하는 것이다.

種族保存이라는 單純한 生物的 本能인 肉體的 存在만을 意味하는 것은 아니다. 인간은 動物의 類에 屬하는 身體的 構造物이 갖는 生理作用과 文化創造라는 精神活動을 함께 하고 있다. 一般生

---

36) 『明心寶鑑』 孝行篇 : "父兮生我 母兮鞠我 哀哀父母 生我劬勞 欲報深恩 昊天罔極."

物은 單純한 生命體의 保存으로 그 本能을 實現시킨다고 말할 수 있을지 모른다. 그러나 人間에게 있어서는 肉體的인 血肉의 保全과 함께 精神活動의 産物인 祖上의 功德을 繼承發展시켜 나가야 할 重責을 同時에 떠맡고 있다. 이러한 觀點에서 볼 때 儒家에서 말하는 孝에는 두 가지 側面이 있다고 보아야 할 것이다.

그 하나는 祖上으로부터 代代로 물려 받아 내려오는 肉體를 조금도 損傷시킴이 없이 잘 이어간다는 面과 (種族保存), 다른 하나는 人類에 貢獻하여 가문의 명예를 後世에 널리 顯揚시키는 點이다 (立身揚名). 앞의 것을 時間上의 永續性을 意味한다고 할 것 같으면, 뒤의 것은 文化價値의 廣域化라고 말할 수 있다.『中庸』에서는 孝를 父母의 뜻과 遺業을 어그러짐이 없이 잘 繼承發展시켜 나가는 것이라고 하였으니, 孝에는 永續化와 더불어 가문 또는 家系의 文化傳統이라 할 家統이 形成 維持되어야 한다는 의미가 함축되어 있음을 알 수 있다.

69 浩浩蕩蕩	뜬魂魄이	70 望鄕臺를	지나갈제
71 죽은이는	快타하나	72 산父母를	어이할고
73 喪明之痛	깊었으니	74 不孝아니	莫大한가
75 동생하나	어리다니	76 父母奉養	뉘가할고
77 生前不孝	뉘우치며	78 死後不孝	마자할가
149 父母를	잊으시니	150 不孝도	되려니와

<萬言詞答>

武王과 周公은 父王인 文王의 뜻을 잘 이어받아 周 나라를 세워 濟世安民을 잘하여 後世에 이르기까지 널리 그 家門의 名譽를 길이 빛나게 하였다고 하여 達孝라고 稱頌을 받았다.37)

후세에 그 이름을 떨치지 못함은 살아서 道를 行하여 德을 널리 펴지 못했기 때문이다. 祖上의 血統을 永續化시켜 가면서 世上에 그 이름을 널리 떨치게 하는 것이 孝라고 할 때 그 血統의 斷絶 즉 絶孫은 最大의 不孝인 것이다. 孟子는 "不孝가 셋이 있는데 그 가운데서도 子孫을 낳지 못하여 祖上으로부터 代代로 내려오는 代를 잇지 못함이 제일 큰 不孝"라 하였다.

불효 행위는 『唐律疏義』라는 당대 법률서에 규정되어 있다. 즉 조부모·부모를 고소하는 것, 조부모·부모를 욕하는 것, 조부모·부모가 살아 계실 때에 자손·형제·동기간에 따로 나가 사는 것, 조부모·부모를 충분히 공양하지 않는 것, 부모 상중에 결혼하는 것, 부모 상중에 음악을 연주하는 것, 부모 상중에 상복을 입지 않는 것, 조부모·부모상을 감추는 것, 조부모·부모의 상을 거짓 칭하는 것 등의 행위들이 있었다면 불효로서 형에 처해졌다.

孝行의 基礎가 되는 例를 들어보면 다음과 같다.

> 첫째, 父母님에게 걱정 끼치지 않고 마음을 즐겁게 해 드리는 것,
> 둘째, 어버이의 뜻을 미리 알아차려 잘 받드는 것,
> 셋째, 良順한 말과 溫和한 顔色으로 應接해 드리는 것,
> 넷째, 잠자리와 居所를 보살펴 平安하게 해 드리는 것,
> 다섯째, 좋아하시는 飮食을 精誠껏 마련해 奉養하는 것, 이것이 孝인 것이다.38)

다음의 예는 非孝의 基礎가 되는 것들이다.
첫째, 日常的 生活言動이 嚴正하지 않는 일,

---

37) 『國民倫理硏究』 第十二號, 螢雪出版社, 1981.12., p. 278.
38) 『禮記』 內則篇 : "曾子曰 孝子之養也 樂其心 不違其志 樂其耳目 安其寢處, 以其飮食忠養之."

둘째, 愛國愛族하는 일에 自己誠實을 다하지 않는 일,

셋째, 官職에 就任하여 公私善惡을 가리지 못하는 일,

넷째, 벗과 사귀는 社會生活 面에서 信義를 잃는 일,

다섯째, 兵役義務를 遂行하면서 卑屈한 짓을 하는 일은 非孝라 하
였다.[39]

(2) 理孝

理孝라는 것은 마음을 밝혀 덕을 닦아 도에 이르는 효를 말한
다. 『禮記』에 이르기를 "작은 효는 힘으로써 하고, 조금 큰 효는
노고로써 하고, 크나큰 효는 모자람이 없어야 한다."고 했다. 기르
는 것만으로는 은혜를 갚는 데 부족하다. 성현이 되어 덕으로 갚
아도 오히려 부족하다. 그래서 성현은 道로써 大孝에 이르게 된다.
덕이란 어짐과 용서로 사람을 대하는 것이고, 道는 마음을 밝혀
神의 경지에 이름을 말한다.

事孝는 드러나기 쉬우나 理孝는 드러나기 어려운 것이니, 드러
나는 것은 효의 행이요, 드러나지 않는 것은 효의 이치이다. 이치
에서 효가 나오는 것이고, 행이란 것은 단지 효의 모양새일 뿐이
다.

1 엇그제	졈엇더니	2 ᄒ마어이	다늙거니
3 少年行樂	싱각ᄒ니	4 닐너도	속절업다
5 늙거야	셜운말슴	6 ᄒ쟈ᄒ니	목이몐다
7 父生母育	辛苦ᄒ야	8 이내몸	길너낼제
9 公侯配匹	못ᄇ라도	10 君子好逑	願ᄒ더니

---

39) 『禮記』祭義篇 : "曾子日 身也者 父母之遺體也 行父母之遺體 敢不敬乎 居處
不壯 非孝也 事君不忠 非孝也 官不敬 非孝也 朋友不信 非孝也 戰陳無勇 非
孝也 五者不遂 裁及於親 敢不敬乎."

11 三生의　　　宿業이오　　　12 月下의　　　緣分으로
<閨怨歌>

　공자는 말하기를 "아버지가 살아계신 동안은 아버지의 뜻을 잘 살펴 볼 것이요, 아버지가 돌아가신 뒤에도 그 행한 바를 살펴 볼 것이니 3년 동안은 아버지의 道를 고치지 말아야 가히 효자라고 할 수 있다."

　맹자는 아버지 孟獻子가 죽은 후 4년 동안이나 아버지의 가신을 그대로 쓰고, 아버지의 정책도 변경시키지 않았다고 한다.

　어버이가 돌아가셨을 때는 상에 대한 행사를 삼갈 것은 말할 것도 없지만 추모의 정이 간절하여 진심으로 슬퍼하는 빛이 없어서는 안 된다. 어버이가 돌아가신 뒤에는 상중의 공양을 비롯하여 계절마다의 제사를 반드시 정결하고 근엄하게 행할 것이며, 사후의 섬김을 생시에 섬김같이 지성으로 해야 한다.

77 男女間	두는사람	79 婚姻하기	생각하고
79 子息두고	늙은이는	80 榮華보기	생각하고
81 父母잊고	젊은이는	82 迎親하기	생각하고
83 二八歲	未成兒는	84 衣服丹莊	생각하고
85 三四歲	어린아이	86 젖밥먹기	생각하고
87 天下萬事	許多中에	88 생각이	뿐이로다

<思弟歌>

　형제간의 우애는 가장 어버이에게 흐뭇함을 안겨다 줄 것이다. 부모는 자식을 낳는 날부터 죽을 때까지 걱정하며 일생을 살아간다고 한다.

　형제 우애야말로 이웃과 마을과 나라, 그리고 민족 전체를 위한 소위 국민 총화의 원동력이 되는 것이라고 볼수 있다.

공자의 제자 유자가 말하기를 "효성과 우애가 있는 사람으로서 웃사람에게 도리에 벗어난 행동을 하는 사람은 드물다. 효성과 우애는 바로 인을 실천하는 근본인 것이다."하며 형제간의 애정이 광범위함을 가르쳐 주고 있다.

또한 『孝經』에 五刑之屬이 3천종에 이르지만 不孝보다 더 큰죄는 없다고 하였다.[40] 不孝란 倫理的 要講에 逆行하여 사람된 本質的 要求에 誠實히 순응하기를 꺼려 하는 상태를 나타내는 것을 지적한 것이다. 그리고 "謹身하여 한 가지의 過誤도 범하지 않는 完全한 人格者로서 勤儉節約을 해 가며 어버이를 섬기고 奉養하는 것이 바로 庶民의 孝다."[41]라고 指摘하고 있다.

4. 行孝와 化孝

(1) 行孝

行孝라는 것은 행효하는 사람이 천지와 더불어 덕을 참구하면 해와 달도 함께 빛을 발하여 만물을 化育한다. 이는 三才가 하나가 됨을 말함이니 어진 임금이 있으면 나라의 기틀이 공고하게 되어 王道의 風化가 세상에 떨쳐 크게 성하게 된다.[42]

171 마음이	指向업셔	172 祠堂의	드러가니
173 아마도	우리父母	174 이곳에	계시도다
175 罔極훈	이닉마음	176 生時갓치	셤기리라

---

40) 『孝經』, "五刑之屬 三千面罪 莫大於不孝."
41) 『孝經』 開宗明義章 : "謹身節用 以養父母 庶人之孝也."
42) 釋 知性, 『지장경의 효사상』, 초롱, 1993, p. 23.

177 忌日을	당ᄒ오면	178 肝腸이	다녹는듯
179 祭需는	形勢대로	180 淨潔이	츠리리라
181 눈물을	흘리면서	182 愛戀이	思慕ᄒ니
183 生時의	뵈옵던얼골	184 儼然이	臨ᄒ신듯
185 生時의	듯던말슴	186 依然이	뵈옵는듯
187 滿盤한	水陸珍味	189 잡사오신	터업시되
190 懇切한	이닉精誠	191 一分이나	펴오시라

<尋眞曲>

古代의 孝는 살아계신 어버이에게만 효성을 드리는 것이 아니라 특히 돌아가신 어버이 祖上에게까지 孝誠의 祭를 드리는 것이다. 孔子는 禹임금을 칭송하여 말하기를 "禹임금의 德은 아무런 흠이 없도다. 평소에 음식이 간소하되 祖上의 神을 祭祝함에는 孝誠을 다하고 평소의 의복은 허술하게 하되 祭禮의 衣冠은 화려하게 하였도다."[43] 하여 祖上의 神에 祭祝하는 誠心을 孝라고 불렀다.

曾子는 "부모의 喪禮를 정중히 하고, 先祖의 祭祀를 정성껏 모시면 백성의 德性이 敦厚해질 것이다." 했다.

공자께서는 "효자가 어버이의 喪을 당하면 곡을 하되 쓸데 없는 소리를 내지 않고, 예를 차리는데 있어서는 容儀를 따지지 않으며, 말하는 데 있어서는 화려한 수식을 하지 않는다. 아름다운 옷을 입으면 불안하고, 음악을 들어도 즐겁지 않으며, 맛있는 음식을 먹어도 달지 않으니, 이것은 슬픈 정 때문이다."[44]라고 하였다. 부모 돌아가신 뒤 儀禮 곧 初終葬禮는 가정의례법에 의하여 간소하게 그렇다고 輕妄해서는 아니 되므로 근엄하게 생존해 계신 때와 같이 정중하

---

43) 『論語』, 泰伯篇.

44) "子曰 孝子之喪親也 哭不偯 禮不容 不言文 服美不安 聞樂不樂 食旨不甘 此哀戚之情也."

게 진행한다.

공자도 장사도 예로 하고 제사도 예로 한다고 하였는데, 제례도 집행자의 정성이 중요한 것이지, 재물이 많고 적음이 중요하지 않다. 그러므로 제물을 아무리 많고 값진 제수로 차려 놓았더라도 지내는 祭官의 정성이 없다면 그 제사는 허례에 불과하고, 제삿상의 음식이 간략하더라도 지내는 제관들의 정성이 극진하면 그 제사는 잘 지낸 것이라 하겠다. 제수는 정결 간소하고, 예식은 정숙 근엄하여야 한다. 祭日의 3일 전부터 정성을 드려야 하는 바, 2일 간은 散齋라 하여 남의 凶事·문병을 가지 않으며 술을 삼가한다. 祭日 1일 전 하루는 致齋라 하여 歌舞를 금지하고 근신한다.

喪 중 삼가야 할 일로는 다음과 같은 것이 있다. 喪 중에는 노래하고 춤추고 하는 일은 삼가야 하며, 그 밖에도 결혼식·회갑연 같은 잔치는 일체 중지 혹은 연기하는 것이 상례로 되어 있다. 喪 중에는 자신의 생일 행사도 하지 않는 것이 마땅하다.

103 父母를	奉養ᄒ면	104 子息의	道理로다
107 정성으로	祭祀ᄒ면	108 福祿을	바드리라
129 子息의	되야셔는	130 아비가	하늘이요
131 계집의	몸이되여	132 남편이	하늘이라
133 니하늘	니셤기면	134 天主도	感動ᄒ리
135 孔孟의	傳ᄒ道를	136 程朱子	발켜시니
137 五倫을	일치말면	138 萬歲의	無廢ᄒ리

<浪遊詞>

父母를 恭敬하는 方法에는 養口體의 孝와 精神的인 恭敬의 孝로 나누어 볼 수 있다.[45] 즉 物質的인 孝와 精神的인 孝로 볼 수 있다.

부모님에 대한 참다운 孝는 배만 부르게 해 드리는 것만 아니라 마음도 편하게 해 드리는 것이어야 한다는 것은 확실히 古代 韓人들의 倫理觀의 特色이라고 말할 수 있다.[46] 그런데 官職이나 流配生活, 기타 부득이한 일로 父母 곁을 오랫동안 떠나 있으면 父母는 자식을 기다리는 고통을 당한다. "조상을 받드는 것은 성실과 공경을 으뜸으로 하고 물질적 사회를 귀하게 여기지 말아야 한다." (奉先 主於誠敬 而不貴於物侈)라고 하였으니, 誠이란 진실과 정성이요, 마음에 거짓이 없음이라 했다. 이러할진대 자신의 부모를 욕되게 한다면 그것은 성을 모르기 때문이다. 성을 안다면 곧 바로 효의 중요성을 알게 되기 때문이다.

奉祀하는 효도는 부모가 생존하였을 때만 효도할 것이 아니라 죽은 후에도 생전과 똑같이 효도해야 한다는 것이다. 대체적으로 옛 사람들은 생전에 못지 않게 죽은 후에도 부모를 공경하였으며 또한 번거로운 절차를 禮法에 따라 지켰다.

(2) 化孝

化孝라는 것은 효를 행하는 사람이 다른 사람으로 하여금 감화 되도록 하는 일이다. 그러므로 옛 제왕들은 백성들을 감화시키기 위하여 효를 가르쳤다. 효를 몸소 지켜 博愛로 백성들을 깨우친 것이다.

11 사람마다	이흔몸이	12 父母遺體	뉘아닌가
105 爲先第一	몬져흘닐	106 至誠으로	奉親ᄒ시

---

45) 金益洙, 『韓國의 孝思想』, 瑞文文庫, 1979, p. 36.
46) 崔玟洪, 『韓國倫理思想史』, 星文社, 1975, p. 127.

115 人間孝子	되올일이	116 誠之一字	關重ᄒ다
119 郭巨가탄	至窮人은	120 萬古孝子	아니던가
135 感天至誠	王休徵은	136 닐홈잇ᄂᆞᆫ	孝子로다
137 어름속의	鯉魚뒤고	138 나난시도	房의든다
139 出天之孝	董邵南은	140 짝이업슨	孝子로다
147 뜻과마음	가치ᄒ니	148 父母오직	便ᄒ신가

<自警別曲>

儒敎思想은 朝鮮朝 五百 年을 支配해 왔었고, 아직도 우리 生活에 影響을 주고 있는데, 이 儒敎思想을 集約한 것이 五倫이다. 그러면 이 五輪 중에서 가장 核心이 되는 德目은 父子有親이다. 君臣有義·夫婦有別·長幼有序·朋友有信은 對象이 바뀔 수 있으므로 可變的이지만, 父子有親은 不變의 關係다. 孔子도 孝가 모든 德의 根本이 된다고 말했으며,[47] 現代 學者들도 孝의 思想을 人間形成의 核思想으로 보았다. 中國에서는 所謂 二十四孝, 혹은 二百四十孝라 하여 孝行에 탁월한 歷代 人物의 行實을 모델로 삼아서 이것을 널리 宣傳함으로써 孝倫理의 普遍化에 힘썼었다.[48] 우리 나라에서는 『三國史記』의 列傳에 孝子들의 傳記를 記錄했고, 『三國遺事』 卷第九에 孝善編이 記錄되어 있고, 『高麗史』의 孝友列傳, 『孝行錄』, 『三綱行實圖』, 『東國新續三綱行實圖』, 『五倫行實圖』 등을 통해 효행을 소개하여 孝思想을 강조해 왔다.

효도란 두 가지로 나눌 수 있으니 하나는 물질적 효요 하나는 정신적 효다. 공경이란 이중 정신적 효를 말한다. 효란 어떤 형태로든지 공경이 결여되었으면, 이는 진실의 효가 아니므로 효의 가

---

47) 『孝經』: "父子德之本也 教之所有生 人之行莫大於孝."
48) 李熙德, 「高麗時代 儒敎의 實踐倫理」, 『韓國史研究』 10輯, 1974, 韓國史研究會編, p. 67.

치는 낮아진다. 효의 근본은 덕에 있다 했거니와, 공경이 없는 덕은 空虛한 도리일 뿐이다.

중국은 『孝子傳』 중에서 24명의 효자를 뽑아 이것을 24효라 이름붙이고, 효 사상 교육의 교재로 삼았다. 중국의 24효 중에는 어머니를 위해 죽순을 따는 이야기, 얼음 위에 맨몸으로 누워서 고기를 잡은 이야기, 부모를 위해 자신의 몸을 모기에 물린 이야기 등이 있다.

24효의 이름을 살펴 보면 三代로 부르는 古代 堯·舜·禹 중의 순왕, 周의 剡子·仲由·老萊子·閔損·曾參, 漢의 文帝·郭巨·董永·丁蘭·江革·陸績·蔡順·黃香·姜詩, 晋의 楊香·孟宗·王祥·吳猛, 魏의 왕부, 齊의 庾黔婁, 唐의 崔山內의 조모 唐夫人, 宋의 朱壽昌·黃庭堅 등이다.

이 중 한의 郭巨는 집안이 가난하여 어머니가 손자를 위해서 덜 먹는 것을 보고, 곽거는 어머니를 위해 자식을 죽여서 묻으려고 하다가 흙 속에서 황금 항아리를 얻었다.

5 身體髮膚	四大節은	6 부모님께	타낫스니
7 태산가치	노푼덕과	8 하해같이	기픈정을
9 어이하야	이즈리오	14 슬프다	우리人生
15 樹欲靜而	風不止하고	16 子欲養而	親不在라
17 空山落木	一杯土에	18 영결종천	되겟구나
23 슬프다	우리부모	24 上元인줄	모르시나
294 王祥의	寒氷鯉魚	295 지성이	감천이오
296 孟宗의	雪上竹筍	297 신명의	도움이라
298 言念及事	생각하니	299 통곡망극	새로워라

<思親歌>

傳統的 孝에서 孝子를 낳았다면 보통 正常人으로서는 할 수 없는 超人的 일을 했을 때 그를 가리켜 孝子라고 生覺하는 잘못된 생각을 가졌었다. 例를 들면 一般的으로 孝子에게 얽힌 이야기를 살펴볼 때 호랑이에 관련시키거나 겨울철에 竹筍을 얻어 봉양했다든가 또 다리의 살을 베어 봉양하여 病을 낫게 했다든지 하는 이야기로서 특출한 사람이 아니고는 할 수 없는 것으로 理解되었다. 또 古典的 忠孝의 槪念은 大部分 불우했던 가정환경을 그 前提로 하였다. 즉 早失父母 했다든가 繼母의 학대라든가, <沈淸傳>과 같은 불우한 環境을 前提로 한 孝였다. 一般的으로 古典的 孝는 上向的 성격을 강하게 띠고 있으며 一方的 強要性 倫理처럼 認識되어 傳授되어 왔다고 볼 수 있다.

『효경』에 "신체발부는 부모로부터 물려받았으므로 훼손시키지 않는 것이 효의 시작이다. 입신하여 도를 행하여 이름을 후세에 남김으로써 부모를 널리 알리는 것은 효의 끝이다."라 했다.

『진서』의 인물전을 보면 王祥이라는 효성이 지극한 사람의 이야기가 있다. 그의 어머니는 평시에 생선을 좋아했다. 때마침 겨울철 모든 것이 꽁꽁 얼어 붙었는데 어머니는 잉어가 먹고 싶구나 했다. 얼어 붙은 못에 나가서 웃옷을 벗고 얼음을 깨고 잉어를 낚으려 하였더니 갑자기 얼음이 저절로 갈라지면서 난데없이 큰 잉어 두 마리가 튀어 나왔다. 이러한 고사를 두고 孝感이라고 불러왔다. 또한 이러한 효도를 가리켜 出天之孝라고도 한다.

진의 孟宗은 편찮으신 어머니를 위해 좋아하는 죽순을 눈 속에서 캐다 드렸다.

27 우리父母   回婚이라   28 慶祝일세   祝慶일세

29	우리父母	祝慶일세	30	其壽萬年	해로하사
39	응응명안	욱일조에	40	奠雁納采	하온후에
41	서지부가	황홀하여	42	우리嚴親	선학풍은
43	우리慈親	花月之風	44	복덕이상	완연하다
45	慶祝일세	慶祝일세	46	八十當年	우리父母
47	南極星	正氣받아	48	萬年偕老	하옵소서
49	五色斑衣	彩色버선	50	老萊子의	精誠이라

<回婚慶祝歌>

孔子께서 "부모의 나이는 반드시 알고 있어야 한다. 한편으로는 부모의 長壽하심을 기뻐해야 하고, 한편으로는 부모의 老衰하심을 두려워해야 하느니라."49)고 했다.

주의 老萊子는 늙은 양친을 즐겁게 해 드리기 위하여 70세의 노인임에도 부모 앞에서 어린이 흉내를 내어 즐겁게 해 드렸다.

대표적인 효자와 그들의 효행을 구체적으로 열거하면 다음과 같다.

① 舜王 : 歷山에서 밭을 갈 때 하늘이 순의 지극한 효성에 감동하여 코끼리와 새가 도와 주었다. 堯天子는 딸 둘을 아내로 주고 자식 9명을 이곳으로 봉사하게 하여 천하를 물려 받아 천자가 되었다.

② 剡子(周) : 부모의 눈병을 치료하려고 사슴가죽을 걸치고 산중으로 들어가 사슴을 잡으려고 할 때 잘못하여 사냥꾼에게 죽을 뻔하였다.

③ 仲由(周) : 공자의 제자로 가난하여 조로 끼니를 때우고 어머니를 위해서는 일을 하여 쌀밥을 지어 드렸다. 부모가 죽은 뒤에 출세했지만 조금도 즐거워하지 않았다.

---

49) 『論語』: "子曰 父母之年 不可不知也. 一則以喜 二則以懼."

⑤ 閔損(周) : 의붓어머니를 섬기기에 지극한 효성을 다했으나 항상
학대받았다. 어느 날 아버지를 수레에 모셨는데 추위에 떨다가 말
고삐를 떨어뜨렸다. 그때서야 아버지는 비로소 계모에게 학대받음
을 알고 계모와 헤어지려 했으나 민손은 그것을 말렸다.

⑥ 曾參(周) : 공자의 제자인 증삼은 산에 나무를 하러 갔다. 집에 손
님이 와 어머니가 난처하여 증삼을 생각하며 손가락을 깨물었다.
산속의 아들에게 이것이 통하여 서둘러 귀가했다.

⑦ 文帝(漢) : 어머니 병환으로 인해 3년 동안 허리띠를 풀지 않았다.
약은 자신이 먼저 맛보고 극진히 드렸다.

⑩ 丁蘭(漢) : 항상 부모의 초상에 공경하고 봉양했다. 아내는 이에
공경하지 않았으며, 침으로 초상화의 손가락을 찌르자 피가 흘렀
다. 정란은 아내와 이혼했다.

⑪ 江革(漢) : 어려서 아버지를 잃었다. 전란을 당하자 어머니를 업
고 피난했다. 여러 번 도둑을 만났지만 효성에 의해 위험을 면했
다.

⑫ 陸績(漢) : 여섯 살 때 九江의 袁術을 방문했을 때 내놓은 밀감 3
개를 품에 감췄는데 돌아올 인사를 할 때에 품에서 떨어져 들켰
다. 이 때 고향의 어머니가 좋아한 까닭이라고 대답하여 원술을
더욱더 감동시켰다.

⑬ 蔡順(漢) : 王莽의 난을 만나 기근으로 인해 오디를 먹기도 했다.
눈썹을 붉게 물들인 도적을 만났지만 그들은 효성에 감탄하여 백
미 서 말과 고기를 주었다.

⑭ 黃香(漢) : 9살에 어머니를 잃고 아버지를 모시고 살았다. 여름에
는 아버지 머리맡에서 부채질을 해 드리고, 겨울에는 잠자리를 체
온으로 따뜻하게 해 드렸다.

⑮ 姜詩(漢) : 어머니가 양자강 물을 좋아하여 아내는 매일 이것을
길어 왔다. 어머니가 또 생선을 좋아하였으므로 매일 이것을 구하
여 이웃 사람과 어머니와 함께 먹었다. 하늘이 감동하여 집 옆에
강물과 샘이 솟아나게 했으며 그 곳에서 매일 고기를 두 마리씩
잡을 수 있었다.

⑯ 楊香(晋) : 14살의 여자로 아버지가 호랑이에게 습격당하자 맨손으로 아버지를 구했다.

⑰ 孟宗(晋) : 편찮으신 어머니를 위해 좋아하는 죽순을 눈 속에서 캐다 드렸다.

⑱ 王祥(晋) : 한겨울에 알몸으로 어머니를 위해서 연못 얼음 위에서 자고 얼음을 깨서 연못 속에서 고기를 잡았다.

⑲ 吳猛(晋) : 8세 때 가난하여 모기장이 없자, 부모가 모기에게 물리지 않도록 하기 위해 한밤중에 알몸으로 모기에게 뜯겼다.

⑳ 왕부(魏) : 어머니가 천둥소리를 두려워하였다. 어머니가 돌아가신 이후에는 천둥이 칠 때마다 무덤에 가서 어머니를 위로해 드렸다.

㉑ 庾黔婁(齊) : 다른 곳에서 일을 보다가 가슴이 두근두근하여 집으로 돌아와 보니 아버지가 몸져 누운 지 이틀째였다. 그는 의사의 말에 따라 아버지의 대변을 맛보고는 병이 매우 깊음을 알고 북두칠성에게 기원하여 아버지 대신 아팠다.

㉒ 崔山內의 조모 唐夫人(唐) : 증조모를 위해서 자기 자신의 젖을 권했다.

㉓ 朱壽昌(宋) : 어머니를 떠나서 50년, 관직을 버리고 어머니를 찾아서 만났다.

㉔ 黃庭堅(宋) : 몸소 어머니를 위해 변기를 씻어서 시중 들었다.

이상이 효자 24인의 대표적인 예이지만, 우리에게는 납득이 가지 않는 점이 조금 있다.[50]

孝를 百行의 根源이라고 일컫는 것은 親子之間이 太初의 人間關係로 그 半徑이 확대되어 家庭社會를 形成하고 國家社會의 秩序體系로 발전되었기 때문이다.

---

50) 道端良秀 著, 모정배 옮김, 『불교의 효 유교의 효』, 불교시대사, 1994, pp. 106~109.

孝는 生活의 本質을 學習하는 敎育의 源泉51)이요, 德52)의 根本이니 孝를 行한다는 것은 德을 이룬다는 뜻이며, 德을 이루기 위해서는 敎育의 必要가 提起된다.

孝의 內容은 ① 國家에 奉仕한다는 部面으로 轉移하게 되면 忠53)으로 昇華되고, ② 바깥 社會에서 어른을 섬기는 倫理의 바탕이 된다면 順(悌)으로 나타나며, ③ 집안에서 베풀어지면 和睦으로 나타나고, ④ 地域社會에서 행하여지면 信으로 昇華되며, ⑤ 그것이 下向的으로 子女 등 아랫사람에게 미치면 慈54)로 表現되는가 하면, ⑥ 孝의 本質로서 國民을 다스리면 愛民55)의 倫理로 나타난다.

이제 韓國에 있어서 孝思想은 단순한 家庭道德規範으로서의 孝心에 머무를 것이 아니라 21세기를 살아가야 할 우리의 後孫들에게 밖으로 國際化・開放化와 안으로 民族化・自律化의 시대적 요청에 유능한 시민의 德性으로 敬老孝行精神이 한국인 정신의 核心이 되어야 할 때가 되었다.

---

51) 『孝經』: "子曰 夫孝德之本也 敎之所由生."
52) 『論語』에서 "內得於心 外得於物 得事宜也."라 하였으니 德은 事物의 當宜性을 追求함을 뜻한다.
53) 『論語』, "忠, 中心也, 盡中心之謂忠也 (盡己之謂忠也)."
54) "慈者 父母之高行也 愛幼少曰慈 上愛下曰慈."(大學), "大慈 與一切衆生樂 大慈 拔一切衆生苦(佛)."
55) 親至結心曰愛, 즉 親切함이 도타워 마음을 맺게 하는게 사랑이라는 뜻이다.

Ⅲ. 孝의 社會的 役割과 生活化

孝의 倫理는 어디까지나 家庭中心的이며 東洋的 倫理의 기반위에 서 있다. 孝의 근본내용은 家族 내에 秩序를 維持시키는 人間關係의 原理이며 同時에 家族社會의 秩序維持를 위한 원리인 것이다. 孝는 道德의 中核을 이룰 뿐 아니라 治家의 原理요 政治의 要道인 것이다. 家庭이라고 하는 것은 家族社會의 最小의 基本單位가 되며, 여기서 家庭의 基本的 倫理인 孝가 잘 되면 따라서 社會가 淨化 發展되고 동시에 社會倫理가 確立될 것이며 國家가 確固한 基盤 위에 설 수 있게 되는 것이다.

現代的 意味의 孝란 父母에게 精神的으로 기쁨을 주는 것이라 할 수 있는데, 自身의 修養이나 人格을 陶冶함으로써 人間本性과 純粹한 自由意志에 의하여 행동하는 것을 의미한다. 그러므로 孝의 行爲는 自發的이고 自律的이어야 하며, 不變의 人間性과 狀況의 合理性이 調和를 이룰 수 있는 自己判斷能力과 決斷力을 가짐으로써 現代의 孝를 實現할 수 있다고 보겠다.

孝란 人間性의 發露이기 때문에 동양 사람만이 아니라 서양 사람도, 古代人만이 아니라 現代人도, 아니 未來人까지도 家庭이란 制度가 存續되는 限, 永遠히 있어야 할 윤리인 것이다. 그리고 儒家의 孝思想은 家로부터 國으로, 國으로부터 天下(世界)로, 天下로부터 宇宙로 끝없이 擴大되고 延長되는 것에 그 思想的 特色이 있는 것이다.

모든 德行을 실천하는 첫걸음은 사람을 사랑하고 恭敬하는 데서 시작된다. 그러나 그 사랑하고 恭敬하는 대상은 父母가 첫째가 되는 것이다. 다른 사람을 恭敬하는 것은 自己 父母를 미루어 보아서 또한 그렇게 하는 것이다. 孝道라고 하는 것은 德行의 根源이 되는 것이며 이것이야말로 人間本然의 姿勢이며 또한 順理인 것이다. 결국 孝의 본질은 사랑과 恭敬에 있는 것이다.

마음으로부터 精誠을 간직하였을 때 이것을 孝心이라고 하고, 그 마음 속의 精誠을 행동으로 옮겼을 때 이를 孝行이라고 하며, 孝心과 孝行을 바탕으로 하여 바람직스럽게 자기의 品性을 나타낼 때 이를 孝德이라고 하는가 하면, 이와 같은 諸要素를 調和롭게 生活化하여 人間本質에 자기 성실을 다할 때 이를 가리켜 孝道라고 하였다.[56]

지난날에 있어서는 孝觀은 上向的 性格을 强하게 풍기고 있었다. 孝는 거의 一方的 强要性의 倫理인 양 一般的인 認識을 그르치게 하기 쉬운 내용으로 傳授되어 왔다고 하여도 과언이 아니다. 물론 孝는 父母의 施惠를 전제로 하여 그에 보답한다는 뜻으로 生成되는 倫理는 아니지만 최대한 자녀를 사람답게 자라도록 敎訓을 베풀 부모로서의 責務는 있다고 하겠다. 過去時代에 있어서의 孝와 오늘날에 있어서의 孝가 전혀 異質的인 것은 아닌 것이다. 다만 그 價値認識의 方法面에 있어서 時代社會的인 要請이 달라졌을 뿐 그 本質面에 있어서의 價値體系는 예나 지금에 있어서나 조금도 다를 바가 없는 것이다.[57]

『孝經』의 <紀孝行章>에 공자는 孝行에 있어서의 다섯 가지의

---

56) 金裕赫, 孝의 本質, 忠孝思想昂揚을 위한 심포지움 (단국대학교, 1977. 4. 28·학술세미나 發表 참조.)
57) 『忠孝思想』, 華鏡文庫, 檀國大學校 出版部, 1980, p. 24.

至誠의 發露를 들어,

계실 때는 공경을 다하고	居則致基敬
봉양에는 즐거움을 다하고	養則致基樂
병이 드시면 근심을 다하고	病則致基憂
돌아가시면 슬픔을 다하고	喪則致基哀
제상에는 엄함을 다할 지니라	祭則致基嚴

라고 하였다.

효의 가장 근본적인 것은 부모를 섬기는 일이다. 부모와 자식과의 관계는 天恩이기 때문이다. 그래서 부모와 자식간의 관계는 人倫의 根幹이 된다.

현대의 산업화·공업화는 생활양식의 급격한 변화 속에서 우리의 전통적인 가정의 생활양식을 바꾸어 놓았다. 즉 고차원적인 물질문명의 발달은 도덕적인 가치마저 금전으로 환산하려는 사고방식을 조장하였고, 孝思想의 밑바탕마저 흔들어 놓고 말았다. 따라서 물질 만능적으로 변화하는 생활속에서 자기중심적인 생각의 확산은 우리의 전통적인 윤리규범을 퇴색시키는 데에 이르렀다. 그로 인해 지금은 그 어느 때보다 효의 올바른 인식이 더욱 필요할 때이다. 효의 근본이 되는 仁은 정이요 휴머니티다.

효사상을 위협하는 현대적 요인은 문화적 전통에 대한 무관심이다. 산업화 과정에서 모든 사회구조의 변화에 따른 불가피한 현상으로 이해되나 근본적으로는 서구 윤리의 왜곡된 수용 과정에서 빚어진 현상으로 볼 수 있다. 우리는 그동안 우리의 문화적 전통에 대하여 너무나 무관심하였다고 볼 수 있다. 예컨대 우리의 말과 글 그리고 풍속과 종교 심지어는 예술·학문·사상·철학에 대

하여 너무나 무관심하였다. 그러다 보니 문화적 정체성을 갈고 다
듬고 탐구하지도 않다 보니 좋은 것을 발견할 수도 없었고 애착을
갖지도 아니하였다.

  효교육의 부재로 말미암아 새로운 세대일수록 서구 지향적인 의
식이 강렬해져서 모든 가치 판단의 기준을 자신의 속성인 한국인
의 정체성에서 찾으려 하지 아니하고, 도리어 서구인적 입장에서
척도하려는 풍조가 의식 저변에 깊이 침투되어 이른바 '생각하는
사고방식은 서구적인 한국 사람'의 인간상으로 드러나 있는 경우
가 많기 때문에 효사상은 우리의 전통적 정신문화의 가치체계로
승화되기 어려웠던 것이다.

  황금만능주의의 팽배로 인하여 모든 社會的 思想을 숫자로 척도
하려 하고, 그 척도된 수치에 따라 賃金 報酬 또는 대가 등의 사
회적 보상이 뒤따르고 있는 것도 사실이다.

  대화는 사회적 공동의식 형성의 기본이며 공통적 가치를 찾아내
는 첩경이다. 그렇기 때문에 대화의 결핍 또는 빈곤은 사회의식의
격차를 가져오게 하는가 하면 공통적인 관심사 형성을 어렵게 만
드는 집단간의 이질감마저 유발하는 원인이 된다.

  청소년 비행문제가 왜 사회문제로 제기되느냐 하면 그것은 인간
성장의 원천적인 장소이며 전통문화의 일차적 전수 장소인 가정에
서의 부자 祖孫 간의 대화가 원숙히 이루어지고 있지 않다는 데
보다 큰 원인이 있다는 것을 부인할 수 없다. 때문에 사회적 대화
라는 것은 생활문화를 정통성있게 수용한다는 뜻에서 종적인 대화
의 '채널'을 다양하게 펴나가고 또한 사회적 공감대를 함께 발견
체득한다는 일상적 교육활동을 통하여 종례의 成層的 弊害를 정화
해 나간다는 면에서 충효 윤리의 현대적 위기를 극복해 나가야 할

것이다.

스승은 항시 德을 갖추어야 하며 誠實해야 한다. 現代學校敎育에서 敎師의 바람직한 모습은 바로 德行을 통한 率先垂範일 것이다. 스승이 德行하면 學生은 스스로 德行을 섬기며 따라갈 것이다. 우리의 傳統的 德行인 孝道는 오늘날 學校敎育의 中心的 課題로서 알맞게 再照明되어야 하리라 본다.

핵가족에 대한 잘못된 인식으로 핵가족의 개념을 일반적인 경우나 자신의 부부만으로 의식하려는 경향마저 있는 듯하나, 부부가 존재하면 당연히 자녀를 가지게 되고, 자녀를 가지게 되면 친자관계가 형성되며, 父慈子孝라는 효자윤리가 성립되게 마련이다. 핵가족의 개념 범위를 자신의 부부와 자녀까지를 포함했을 때, 그것이 최소단위의 핵가족이라 할 수 있다. 그렇다면 핵가족 사회에 있어서도 효의 윤리관계는 본질적으로 존재하기 마련이기 때문에, 핵가족제로 인하여 효의 윤리가 쇠퇴되어야 할 이유는 있을 수 없는 것이다.

情에 의한 효의 실천이 이루어져야 한다. 인간에게는 정이라는 것이 있고 휴머니티가 있다. 仁은 사랑이요 휴머니티다. 인은 효의 바탕이다. 사람들이 모이면 거기에 당연히 또, 자연히 있게 되는 감정이 인이다. 그래서 仁자의 구조를 보면 人과 二가 합한 글자이다. 즉 사람이 둘이면 거기에 마땅히 인의 감정이 있어야 한다. 인간의 인간다움은 인의 마음을 갖는 데 있다. 인의 마음이 곧 인간의 마음이다. 그러므로 유교에서는 仁은 人이라고 했다. 인은 인간의 근본 원리이다.

공자는 효를 行仁의 근본이라 하였으므로 인의 실천의 길이 誠이면 인을 바탕으로 하는 효의 실천의 길도 誠이다. 한마디로 효의 실천의 길은 성실로서 집안에서 어버이를 지성껏 모시는 것이고, 어버이를 모시듯 국가라는 집을 지성껏 받드는 것이다. 誠은 곧 정성과 誠實이다. 정성은 참되어 거짓이 없는 마음이고 성실은 나를 속이지 않고 동시에 남을 속이지 않는 참되고 거짓이 없는 것을 말한다.

孝道는 이론적인 면에서 분석될 때 두 가지의 면을 지니고 있다. 즉 愛親과 敬親이다. 이리하여 敬愛者는 다른 사람에 대하여 미움을 보낼 수 없고 敬親者는 다른 사람에 대하여 오만할 수가 없다. 그런 점에서 애친과 경친을 하는 효자는 근대화의 물결과 더불어 들어오는 인간 존엄성의 타락이 가져오는 公害現象에 대하여 하나의 정신의 방파제의 역할을 하게 된다.

孝行이나 효도는 事親의 행동이요 생활태도이다. 사친이라 함은 바로 어버이를 섬김이다. "어버이를 섬기는 이는 위에 있어도 교만하지 않고, 아래가 되어도 다투지 아니하며, 가운데 있어도 싸우지 않는다."는 구절은 돈과 권력만을 소유하려고 미쳐 날뛰는 사람들에 대한 하나의 좋은 사회철학이다.

시대가 변함에 따라 사회도 변화되었고 가치관도 변화되었다. 그러므로 장구한 세월을 두고 발전되어 온 우리의 전통적 효의 윤리도 이제는 전근대적 유물임에 틀림없다. 그러므로 근대 시민사회는 전통사회를 기반으로 하고 있기 때문에 전통적 孝 윤리를 새로운 각도에서 의미를 부여하고 실천방법과 체계를 구성하는 모색 작업이 수행되어야 하겠다. 또한 현대는 근대 시민사회와는 달리 다수인의 대중사회이기 때문에 孝 윤리를 평등을 원리로 한 다수인의 생활윤리에 맞도록 체계화하는 것이 바람직하다.

仁은 곧 휴머니즘이다. 인간애란 어디에서 찾아야 하며 어떻게 형성되는 것인가. 공자는 孝悌라는 것은 인을 근본으로 한다고 『논어』에서 말했고, 맹자도 육친을 사랑하는 것이 인이라고 했다. 효는 위로 향한 사랑이고, 悌는 좌우로 뻗치는 사랑이다. 효는 위로 향한 사랑이면서 또 어버이가 자식을 사랑하는 하향성도 있다. 효는 수직, 悌는 수평으로 사랑이 교류하면서 인간관계를 연결시키고 있다. 공자는 남을 사랑하는 것도 인이라고 했다. 이것을 요즈음말로 휴머니즘이라고 해석할 수 있는 것이다.

해방후 歐美의 경제·문화·사회 등 제반 체계의 수용으로 고도의 산업화는 이루어 왔으나 그 문화를 검토하여 우리 문화에 맞게 흡수할 여유도 없이 무분별하게 받아들여 옛 고유의 전통적 신념 체계가 흔들리고 특히 사회 규범의 근본을 이루는 효친 사상이 무너져 인간 소외와 개인주의가 팽배해지고 있다. 이러한 현상은 농업 중심적 대가족 제도에서 소가족 제도로 일반화되어 가는 점과 물질 지향적인 풍조의 보편화되는 점 등으로 더욱 문제화되어 가고 있다.

孝란 결코 어떠한 神秘主義的 奇蹟이라거나 非情的 奇行에 의하여 이루어지는 것이 아니다. 眞正한 孝道는 日常生活 속에서 꾸준히 이어지는 '한 人間'과 '다른 人間'에게 바치는 行動인 것이다.

인간사회의 윤리는 근본적으로 효를 바탕으로 하여 이루어진다. 효는 인간의 생활을 규율하는 질서를 형성하는 규범적 성격을 지닌다고 할 수 있다. 따라서 효는 사회적 윤리의 뿌리로서의 역할을 수행하고 있다고 해도 결코 과언이 아니다.

효는 事親倫理로서 부모와 자식간의 수직적 관계를 말하는 종적 사회관계 윤리로서 인간사회의 질서를 유지하는 본질인 동시에 생활윤리인 것이다. 효를 바탕으로 悌·忠·信·慈·愛가 출발되어지기 때문이다. 효와 각종 생활윤리와의 관계를 살펴 보면, 孝는 事親倫理, 悌는 互惠倫理, 忠은 保國倫理, 信은 交善倫理, 慈는 交子倫理, 愛는 協和倫理가 된다.

忠·孝·慈는 사친윤리와 보국윤리 및 교자윤리로서의 수직적 사회관계 윤리인가 하면, 悌·信·愛는 호혜윤리와 교선윤리 및 협화 윤리로서의 수평적 사회관계윤리로 나타난다.

효는 개인으로부터 출발하여 가치적 범위가 孝→悌→忠→信의 순으로 확대되어지며, 我→가정→이웃→사회→국가 순으로 그 공간적 반경이 확대되어 간다고 본다.

효는 일반백성의 가정윤리를 넘어서 군주가 백성에 대한 德化를 실현할 수 있는 통치자의 윤리규범이기도 하였으니, 효의 궁극적인 목적은 인류를 박애하는 데 있다고[58] 하겠다.

현대적 孝行思想의 바람직한 방향으로의 孝心은 모든 人間關係의 誠實과 信의 바탕이며, 개개인의 自由精神과 共同體를 形成시키는 국민 道德의 기초가 된다. 孝行心은 민족적 차원의 國權을 守護하고 民族精神을 繼承 발전시켜 세계 정신문화의 理念的 지표로 삼아, 교육의 出發段階인 가정교육에서 어린 새싹에게 孝敬精神을 심어주므로 인간 최고의 도리를 실현하는 첩경이 된다. 孝行은 家庭의 平和를 가져옴으로 사회와 국가에 대해서도 항상 化合과 정의를 실현하게 된다.

현대 산업사회의 과도기에서 참된 價値觀이 되리라는 점이다. 孝야말로 가정윤리뿐만 아니라 인간행위의 百行之源이며 家族社會의 본원적 倫理의 바탕이 되고 倫理敎育의 中心이 된다는 것이다.

---

58) 李正直, 「朝鮮朝 五倫歌 硏究」, 慶山大 大學院 碩士學位論文, 1995, p. 10.

孝의 社會的 生活化를 이루기 위해서는 現代的 孝觀을 定立하여 自主的 人間性 回復이 실현되도록 개선해야 하겠다.

Ⅳ. 結 言

本稿에서는 《韓國歌辭選集》과 《歌辭文學全集》에 수록되어 있는 作品에 나타난 孝思想에 대해 살펴 보았다.

孝의 語源은 그 字形에서 子息이 어버이를 섬기고 받드는 것에서 유래하였음을 밝혔다. 孝의 重要性은 儒學의 바탕이요, 모든 道德을 달현하는 德目으로 論理觀 중 최고의 價値에 해당하는 것이라는 데 있다. 孝는 百行의 根本으로 修己治人의 核心이며, 齊家의 근간이 되며 마침내 治國平天下가 된다.

本稿에서는 歌辭에 나타난 孝思想을 8種으로 分類하여 살펴 보았는데, <戒女歌>·<戒兒歌> 등에는 世孝, <閨中行實歌>·<斷腸入簞瓢懷曲> 등에는 出世孝, <相杵歌>·<莎堤曲>·<農家月令歌> 등에는 單孝, <關西別曲>·<萬言詞> 등에는 廣孝, <孝友歌>·<萬言詞答> 등에는 事孝, <閨怨歌>·<思第歌> 등에는 理孝, <尋眞曲>·<浪遊詞> 등에는 行孝, <自警別曲>·<思親歌>·<回婚慶祝歌> 등에서는 化孝가 뚜렷하게 잘 나타나 있었다.

孝의 사회적 역할과 생활화는 孝가 人間性의 發露이기 때문에 東西人과 過去·現在·未來人까지도 家庭이 存續하는 한 영원히 있어야 할 倫理인 것이다. 또한 孝는 人間生活의 核心이 되는 生

活 規範이다. 孝行心은 天心(天良心)과 같으므로 모든 宗敎信仰의
바탕이 되어 인간의 尊嚴性을 수호하는 孝思想이 되어야 하겠다.

參考文獻

강석주, 『새로엮은 父母恩重經』, 범곰양판, 1976.

金基平, 「孝道에 關한 硏究」, 『公州敎大 論文集』 第12輯, 1975.

金民樹 譯, 『孝經』, 乙酉文化社, 1979.

金聖培 外 三人 共編著, 『歌辭文學全集』, 集文堂, 1961.

金益洙, 『韓國의 孝思想』, 瑞文堂, 1977.

金益洙 譯, 『孝經』, 洙德文化社, 1979.

金周坤, 「曺偉의 萬憤歌 硏究」, 『嶺南語文學』 第14輯, 1987.

金周坤, 「善心歌 硏究」, 『語文學』 第59輯, 1996.

金周坤, 『韓國佛敎歌辭 硏究』, 集文堂, 1994.

金周坤, 「韓國佛敎歌辭에 나타난 孝思想 硏究」, 『嶺南語文學』 第 28輯, 1995.

道端良秀 著, 목정배 옮김, 『불교의 효, 유교의 효』, 불교시대사, 1994.

박일봉 역, 『孝經』, 育文社, 1992.

성규학, 「한국인의 효행에 관한 연구」, 한국정신문화연구원, 1989.

손석우, 『효도』(상), 태백문화사, 1981.

尹聖範, 『孝』, 文化社, 1973.

尹聖範 編, 『現代와 孝道』, 乙酉文化社, 1975.

尹亨德, 「歌辭文學에 나타난 忠孝思想」, 忠州工專大 『論文集』 第11輯, 1978.

李相寶, 『韓國歌辭選集』, 集文堂, 1961.

李成九, 「古時調에 나타난 孝」, 명지실업전문대 『논문집』 第1輯, 1975.

李良求, 「孝에 關한 比較 硏究」 高麗大 敎育大學院 碩士學位論文, 1970.

李正直, 「朝鮮朝 五倫歌 硏究」, 慶山大 大學院 碩士學位論文, 1995.

全福奎, 「古時調에 나타난 孝思想 考察」, 仁川專門大 『論文集』 第16輯,

1991.

趙明烈,「孝行說話考」, 중앙승가대학『論文集』第1輯, 1992.

피천득 외,『효 에세이 37인집』, 범우사, 1977.

한태현,『한국의 효와 효행』, 도서출판 남산, 1990.

辛章善,「儒敎와 佛敎의 孝思想 比較」, 東國大 敎育大學院 碩士學位論文, 1983.

(三) 佛敎歌辭에 나타난 孝

I. 緒 言

　　우리 古典文學에는 佛敎思想이나 그 정서를 형상화한 작품이 수
없이 많다. 印度에서 발생한 佛敎가 中國을 거쳐 三國時代에 우리
나라에 전래된 이래, 佛敎는 흔히 儒·佛·仙 三敎라 하듯이 우리
古典文學에서 빼어 놓을 수 없는 思想이 되었을 뿐 아니라, 일반
민중의 사생활에도 많은 영향을 미쳤다. 新羅의 鄕歌에서 朝鮮時
代의 歌辭文學에 이르기까지 문학 작품에 나타난 佛敎的인 요소들
이 이를 잘 말해 주고 있다.

　　불교가사는 불교의 교리 전달이나 포교의 수단에 머무르긴 하였
으나, 天主歌辭·東學歌辭 등의 다른 布敎歌辭보다도 대중 교화에
기여한 공로가 지대했다고 보며, 문학사적으로는 가사문학의 원동
력이 되었고 士大夫歌辭·平民歌辭·閨房歌辭와 더불어 가사문학
의 한 갈래를 이루기도 하였다.

지금까지 불교가사에 나타난 사상 연구로는 姜學榮의 「韓國佛敎歌辭에 나타난 淨土思想硏究」와 高光榮의 「佛敎歌辭에 나타난 諸思想 硏究」등1)이 있고, 필자의 것으로 「懶翁和尙에 나타난 淨土思想 硏究」·「佛敎歌辭에 나타난 無常思想 硏究」·「佛敎歌辭에 나타난 勸佛思想 硏究」·「佛敎歌辭에 나타난 因果思想 硏究」등2)이 있다.

불교가사에는 淨土思想·因果思想·勸佛思想·無常思想·孝思想·感恩思想·彌勒思想·菩薩思想·輪廻思想·勸善懲惡思想·護國思想 등이 두루 나타나고 있는데, 人道之本이요 百行之本이라 할 수 있는 孝의 思想이 한국불교가사에 어떻게 반영되어 있는지를 체계적으로 고찰해 볼 필요성이 있다고 본다.

韓國의 역사를 통하여 볼 때 朝鮮王朝時代는 儒敎를 中心으로 孝와 忠과 禮가 基本이 되어 韓國의 思想과 倫理體系를 確立하여 왔던 것이다. 우리는 혼히 孝思想을 儒敎에서만 강조하고 있는 줄 알기가 쉽다. 하지만 佛敎에 있어서도『六方禮經』을 위시하여『阿含部經典』의 도처에서 父母에의 孝順功德을 말하고 있으며,『忽辱經』에서는 孝를 善의 극치로 보고 不孝를 惡의 극치로 規定하고 있다.3) 다시 말해서 佛敎에서도 엄연히 孝思想이 존재하고 있다.

---

1) 姜學榮,「韓國佛敎歌辭에 나타난 淨土思想 硏究」, 明知大 大學院 碩士學位論文, 1981.
  高光榮,「佛敎歌辭에 나타난 諸思想 硏究」, 國民大 敎育大學院 碩士學位論文, 1984.
2) 拙 稿,「懶翁和尙에 나타난 淨土思想 硏究」,『慶山大學論文集』第8輯, 1990.
  ———,「佛敎歌辭에 나타난 無常思想 硏究」,『大邱語文論叢』第9輯, 1991.
  ———,「佛敎歌辭에 나타난 淨土思想 考察」,『大邱語文論叢』第10輯, 1992.
  ———,「佛敎歌辭에 나타난 勸佛思想 硏究」,『嶺南語文學』第21輯, 1992.
  ———,「佛敎歌辭에 나타난 因果思想 硏究」,『韓國學論叢』, 香山 卞廷煥博士華甲紀念, 1992.

佛敎에서는 모든 男子를 아버지라 하고 모든 女性은 어머니로 하는 報恩慈愛思想의 극치를 주장하고 있어 자칫하면 佛敎에는 孝가 없는 것 같이 생각되지만 儒敎의 孝보다 汎孝的이라는 特色이 있다.

佛敎는 본래 出家를 中心으로 하여 僧伽(Sanga)를 主로 하는 것이므로 자연 佛敎가 儒家들에게 非家族的이며 非社會的이라고 비난을 받게 되었거니와, 그러나 佛敎 自體는 儒家들의 尺度대로 반드시 非家族的이며 非社會的인 것은 결코 아니다.

儒敎의 孝 倫理가 마치 天子와 百姓과의 關係처럼 絕對的이고 權威的인 父에 대한 子의 絕對的인 服從과 강한 義務 行爲를 가르치는 것에 대해서, 佛敎의 孝는 어디까지나 父母의 慈悲에 대한 報恩 感謝와 그리고 그 父母로 하여금 成佛케 하는 데 있는 것이 서로 다를 뿐이다.[4]

본고에서는 李相寶 교수가 펴낸 ≪韓國佛敎歌辭全集≫[5]에 실려 있는 한국불교가사 70편을 대상으로 하여 불교가사에 나타난 효사상을 살펴 보려 한다.

硏究 方法은 먼저 孝의 槪念과 本質부터 살펴 보고 나서, 불교가사에 나타난 孝思想을 고찰한 뒤, 佛敎의 孝思想과 衆生敎化에 대해서 그 의의를 파악하려 한다.

---

3) 朴先榮,「宗敎에서의 忠孝思想」,『梵聲』47號, 1977. 6月, pp. 36~39參照.
4) 安啓賢,『韓國佛敎思想史硏究』, 東國大學校 出版部, 1983, p. 319.
5) 李相寶, ≪韓國佛敎歌辭全集≫, 集文堂, 1980.

Ⅱ. 孝의 槪念과 本質

儒敎에서의 孝 槪念은 孔子의 中心思想인 '仁'이 五常 五德으로 이해되며, 五常 중 孝는 子息이 어버이를 恭敬히 섬기는 행위로 보았다.

佛敎에서의 수용은 三國時代에 "王權을 중심으로 한 中央集權的 貴族國家 형성의 槪念 形態的 表現"[6] 이라고 할 것이다.

또 佛敎는 원래 自覺을 그 思想的 알맹이로 하고 있는 宗敎이다.[7] 그리고 韓國의 佛敎는 그 傳來 初期부터 계속하여 佛敎를 現世에 있어서의 삶의 實用的인 應用原理와 方法으로 再創造하여 活用해 가는 또 하나의 특징을 보여 주고 있다.

따라서 佛敎는 世俗을 否定하고 超世俗을 志向하면서도 결국 世俗을 떠날 수 없으며, 國家와 家庭은 宗敎에 있어서도 중요한 관심의 영역이라 말할 수 있다.[8] 淨土敎를 大成한 唐의 善導 (613-681)는 이『觀無量壽經』에 注疏하여, 父母는 世間의 福之極至이며 佛도 또한 世間의 福田之極이라 하였고, 또한 佛이 佛母를 爲하여 成道後 忉利天에 昇天하여 說法하고 十月懷胎의 恩을 報答하였으니 一般凡夫가 孝하는 것은 더할 나위 없이 當然한 일이라 한 것은[9] 佛敎에서 思惟하는 孝의 槪念의 일단을 시사하는 것이다.

---

6) 李基白,『新羅時代의 國家佛敎와 儒敎』, 韓國硏究院, 1978, p. 54.
7) 朴先榮,『佛敎의 敎育思想』, 同和出版公社, 1981, pp. 48~53參照.
8) 朴先榮, 註3), pp. 34~36 參照.
9)『佛昇忉利天品經』, 大正17, p. 787.

佛敎에서의 孝의 문제는 家族의 원리도 宗敎에 있어서는 非本質的인 것이라고 속단하는 경우도 없지 않다. 그러나 이는 宗敎에 있어서의 世俗과 超世間의 문제를 깊이 검토해 보지 못한 데서 오는 偏見일 것이다. 高等宗敎에 있어서도 例外 없이 孝의 思想이 있다.

또 모든 衆生이 다 佛性을 가지고 있다고 보는 것이다. '佛性'은 '부처님의 성품'을 말하는데, 사람은 누구나 佛性을 가지고 있기 때문에 모두 주체적으로 成佛할 수 있다고 한다. 여기에서 佛敎의 人間 尊嚴思想과 평등관이 나타난다.10) 뿐만 아니라 모든 存在는 상호관계 속에서만 그 존재가 가능하다고 본다. 이것이 불교의 '緣起'思想이다. 따라서 인간의 현존재는 무수한 인연의 은혜로 가능하다고 본다. 여기에서 불교의 報恩思想이 나타나는데, 그 은혜 가운데 父母와 국가와 衆生의 은혜를 중시하고 있다. 불교의 孝思想은 여기서 근원하고 있다.

또 佛敎에 있어서 理想的 人間像의 人格的 屬性은 '智悲圓滿'이라는 말이 가리키듯이 '智慧롭고 慈悲로움' 즉 '밝고 따뜻함'이다. 이 지혜롭고 자비로움은 주체적인 자각을 통해서 이루어진다. 그러므로 孝思想은 窮極的 자각에서 일어나는 지혜와 자비에서만 그 정당성이 확보된다.

佛敎는 波羅蜜多(Paramita)라고 하는 人間修行의 方向을 提示했다. 진리를 알고 지혜롭게 되어 그것을 가르쳐 주고 알게 하라고 했다 [法施]. 사람들로 하여금 衣·食·住의 不足함이 없도록 하라고도 했다 [財施]. 그리고 사람들을 不安과 恐怖에 빠지지 않고 두

---

10) 朴先榮, 註3), pp. 87~90 參照.

려움이 없게 해 주어야 한다고 했다 [無畏施]. 이것이 孝요 忠의 精神의 發露이다. 또 사람은 사람으로서 지켜야 할 도리를 지켜야 한다고 했다 [攝律儀戒]. 그리고 나아가 善한 일을 찾아 行하라고 하였다 [攝善法扱]. 그리고 善의 극치는 饒益有情이므로 모든 衆生들을 참다운 生命의 主人公이 되게끔 헌신하는 것이 인간의 最高의 道理라고 하였다 [攝衆生扱]. 이러한 이상이 가정에서 실현되면 孝요, 이것이 社會에서 實現되면 忠이다. 또 波羅蜜多에는 忍이 강조되고 努力精進이 강조된다. 참을성 없고, 偏狹하며, 猜忌와 嫉妬에 빠져 잘 화내며, 싸움을 일삼고 또 나태하면 그것은 孝도 忠도 아니라고 불교에서는 강조한다.

또한 原始佛敎 성전에도 孝를 강조한 덕목이 있다.

"세상에서 어머니를 恭敬하는 것은 즐거운 일이다. 또한 아버지를 恭敬하는 것도 즐거운 일이다."라고 했으며, 또 어버이에 대해서 공순한 아들을 특히 칭찬하고 있다.

"어머니와 아버지는 梵天이라 하기도 하고 先師라고도 한다. 이는 子息들이 供養해야 할 사람이며, 또한 자손을 사랑하는 자이다.…(중략)… 또한 죽어서는 하늘 위에서 즐길 것이다."[11]

그렇다면 무엇 때문에 부모에게 孝道하고 順從해야 하느냐 하는 이유에 대해서 特히 어버이로부터 받은 恩惠가 크기 때문이라는 것을 강조하고 있다.

또한 子息이 지켜야 할 德目에서 보면 子息은 父母에 대해서 다음과 같은 마음 가짐으로써 奉仕해야 한다는 것이다.[12]

첫째, 兩親이 나를 養育했으므로 나는 그들을 奉養한다. 둘째,

---

11) 楊貞圭, 『원시불교』, 비봉출판사, 1981, pp. 211~213 參照.
12) 上揭書, pp. 211~213 參照.

그들을 위하여 해야 할 일을 한다. 셋째, 가계를 존속시킨다. 넷째, 재산을 相續한다. 다섯째, 先祖의 靈魂에 대하여 적당한 때에 貢物을 바친다. 여기서는 단순한 道德상의 命令으로서가 아니고, 子息의 '決心'으로 子息의 자연스런 기분의 발로로서 선뜻 奉仕하라고 강조하고 있다. 父母에 대한 恭敬은 일반적으로 老人에 대한 恭敬도 가르치고 있다. "윗어른에 대한 예의를 지키고 항상 尊長을 恭敬하는 사람에게는 네 가지의 사항들이 증대하니 곧 수명과 아름다움과 안락과 힘이 바로 그것이다."라고 강조되어 있다.

이상과 같이 佛敎에서도 孝思想을 강조하고 있는 덕목이 많음을 알 수 있으며, 불교의 孝思想은 자각에서 일어나는 智慧와 慈悲에서만 그 正當性이 확보된다는 것이다.

佛敎에서의 孝의 本質은 父母와 子息 間에 형성되는 인간관계로서 친자지간을 가장 원만하게 하는 秩序가 곧 孝라 할 수 있으며, 이러한 孝는 父慈子孝에서 출발하여 가정과 사회 및 국가의 질서 確立에로 擴大되는 것이다.

佛敎에 있어서의 家庭觀은 『六方禮經』·『玉耶女經』·『維摩經』 등에서 단편적으로 엿볼 수 있다. 『六方禮經』에서는 섬겨야 할 六方, 즉 東西南北 上下가 각각 父母·스승·아내·親族·沙門·從을 가리킨다. 그러기에 "家族倫理가 크게 부각되지 못하고 있다."13) 佛敎는 家庭 안에서의 인간적 애정관계도 煩惱의 원인 중의 하나이고, 깨달음을 妨害하는 要因의 하나이자, 인간의 因緣의 쇠사슬을 끊고 解脫하는 데 否定的으로 작용하는 힘으로 보고 있는 것이다. 그렇기 때문에 가정의 존립의의에 대한 적극적이고 긍정

---

13) 불교성전편찬회, 『불교성전』, 동국역경원, 1972, pp. 238~239.

적인 표현이 佛經에는 별로 강하게 나타나지 못하고 있음을 알 수 있다.14)

佛經의 『大乘本生地觀經』같은 데서 "아버님 恩惠 높기 山과 같고, 어머님 恩惠 높기 바다와 같다."고 하였다. 佛敎에서는 일체 萬有는 緣起的 存在요, 緣起的 存在라 할 때 그것은 이미 많은 恩惠를 입고 있다는 말이다. 우리 인간이 세상에 태어난 恩惠에는 父母의 恩惠, 社會의 恩惠, 國家의 恩惠, 宗敎의 恩惠가 있는데 이 네 가지 恩惠 중에서 가장 所重한 것이 父母의 은혜임은 말할 나위도 없다.15)

이와 같이 佛敎에서도 孝本思想을 강조하고 있는 것이다. 우리 祖上의 깊은 思想과 哲學이 담긴 우리의 전통문화는 한마디로 말하면 孝의 文化라고 하여도 과언이 아니다. 그것은 우리 선조들의 모든 遺訓이 孝本思想에서 나왔을 뿐만 아니라 孝子가 될 수 없는 자는 師傅가 될 수 없고, 나라의 충신이 될 수 없기 때문이다.

그리고 經典에 나타난 孝思想을 보면, 佛敎의 孝의 本質은 知恩報恩思想을 본질로 하기 때문에 먼저 知恩은 無知의 깨침을 요구한다. 그러므로 知恩은 바로 교육을 말함이요, 인격 완성의 지름길임을 强調하고 있다.

"知恩報恩이 是菩薩行이니 不斷佛種故니라."16)라고 했다. 이 말은 菩薩行도 孝요, 無知를 깨치려고 努力하는 上求菩提도 孝요, 人類共榮에 貢獻하며 奉仕하는 不化衆生도 孝다. 내 父母만을 恭敬하는 것은 孝가 아니다. 이웃과 사회인류 그리고 모든 人類에게

---

14) 金丁煥, 『全人敎育論』, 世英社, 1982, pp. 181~182.
15) 孫仁銖, 『韓國人의 價値觀』, 文音社, 1979, pp. 128~129.
16) 『高麗大藏經』 第六, 『大寶積經』 卷八七, 東國大學校, 4291, p. 691.

慈悲로 보살피는 것이 孝다. 이것은 무엇보다도 佛性이 있기 때문
인 것이다.

"小恩은 尙不忘이거나 何況大者지요."[17]라고 강조되고 있다. 이
말은 작은 恩惠도 잊어서는 안 되겠지만 하물며 네 가지 恩惠 가
운데서 父母의 恩惠를 『父母恩重經』에서는 十種大恩이라고 표현했
으며, 『大乘本生心地觀經』에서는 十種功德이라고 표현하고 있다.

또 『大乘心地觀』 '보은품'에 보면 "慈悲로운 父母님의 깊은 恩惠
로 모든 중생이 다 안락한 것이니, 인자한 아버지 은혜는 높기가
태산 같고, 고우신 어머니 은혜는 바다처럼 깊네. 또 이르되 父母
가 집에 계시면 해가 뜬 것과 같고, 父母가 안 계시면 해가 진 것
과 같네. 父母가 계시면 부자로 사는 것과 같고, 父母가 안 계시면
가난뱅이와 같네."[18]라고 하였다.

이와 같은 父母恩惠를 知恩하고 보은하는 길은 兩父母를 양 어
깨에 모시고 數千里 되는 須彌山을 구경시켜 드려도 부족한 것이
다. 『父母恩重經』에 報恩의 길을 간결하게 세 가지로 말하고 있다.
"첫째, 子息된 사람이 나가서 햇과일을 얻거든 가지고 와서 父母
에게 드려라. 둘째, 부모가 병이 나면 떠나지 말고 친히 간호하여
라. 셋째, 父母가 그릇된 길을 가거든 깨우쳐 바른 길로 가게 하
라."[19] 라고 강조하였다.

이상에서 살펴 보았듯이 佛教에 있어서 孝의 本質은 知恩報恩으
로 四種大恩에 報恩하는 것으로 思想的 基底는 輪廻傳生의 奇緣法
上에 一切衆生이 우리 祖上 父母兄弟도 아님이 없고 人間心性은

---

17) 前揭書, p. 654.
18) "慈父悲母長養恩 一切衆生皆安樂 慈父恩高如泰山 慈母恩深如大海 父母存堂
　　如日出 父母不在如日沒 父母在世是爲富 父母沒時實爲貧."
19) 강석주, 『새로 엮은 부모은중경』, 범곰양 판, 1976, pp. 3~4 參照.

空으로 自性空은 智慧이며 慈悲이기 때문에 智慧의 눈으로 人類에게 내 마음 내 몸처럼 慈悲를 베푸는 것이 最終의 孝라는 것이다.

孝의 形態를 出家時와 父母生時 그리고 父母死後의 孝로 나누어서 살펴 보기로 한다.

出家時의 孝를 보자. 儒敎에서는 人間을 尊重하는 사상이 있거니와 仁의 精神이 없으면 하루라도 살 수 없는 것이다. 그런데 이 仁을 實行하는 길은 父母에게 孝道하는 것을 근본으로 하고 있다.

佛敎는 부처님의 가르침에서 "出家한 사람이나 在家한 사람이나 간에 부처님의 도를 닦는 데 있어서는 다를 바가 없다."[20]고 했다.

그런가 하면, 儒敎에서는 "남편은 가정을 꾸리고 아내는 가사를 돌보면서 조상 대대의 가업을 잘 이어 나가고, 여러 제사를 잘 지내야만 孝道라고 하였다."

그러나 佛敎에서는 "成道를 하려고 人倫을 버리고 산 속으로 들어가서 後嗣를 품으니 이것이 不孝가 아닌가."[21]라는 의문을 제시해 준다.

이상과 같은 내용에 대해서 佛敎에서는 다음과 같은 답변을 하게 된다. 經權(經法과 權道 즉 經은 一定不變한 法則, 權은 臨機應變의 처리나 佛敎에서의 方便)은 도의 가장 중요한 요소이다. 그러므로 經이 없으면 사람으로서 지켜야 할 道理가 없어지고 權이 없으면 무슨 일을 당해서 적절히 처리할 수 없게 된다. 그러기에 經으로 人間의 道理를 지키게 하고 權으로 매사를 적절하게 한 뒤에야 도가 人間의 신조나 지배 精神으로 받아들여지게 된다. 人間의 道理를 지킬 줄 모르면 사람의 마음을 바로잡을 수가 없고 일을

---

20) 涵虛和尙, 『顯正論』, 『韓國佛敎全書』, 第七冊, p. 218 參照.
21) 上揭書, "絶婚姻去人倫 長往山林 求絶後嗣 豈可謂不孝乎."

당해서 적절하게 처리할 줄 모르면 큰 일을 이룩할 수가 없다.[22)]

經權이란 原理에 의해서, 人間은 성심 성의껏 국민이나 子息으로서 그 의무를 다하고, 結婚해서 家庭을 잘 꾸리고 제사를 잘 지내서 조상을 추모해야만 살아서는 평판이 좋고, 죽어서는 人間된 道理를 다했다는 평가를 받게 될 것이다. 그러나 그것은 "살아서 평판이 좋은데 그칠 뿐 애욕을 끊는 사람은 드물고, 또한 죽어서 人間된 道理를 다했다는 평가를 받을 뿐 輪廻를 면하기는 어렵다."[23)] 다시 말해서 애욕을 끊지 못해서 煩惱와 속박을 벗어나 자유로운 경계에 이르거나 究景의 이상세계 즉 解脫의 경지에 이를 수 없는 것이다. 이러한 "輪廻를 벗어나고 싶으면 먼저 애욕을 끊고, 애욕을 끊고 싶으면 먼저 처자를 버리고, 처자를 버리고 싶으면 속세를 떠나야 한다."[24)]라고 강조하고 있다.

또한 『維摩經』에는 出家의 功德에 대한 說明을 듣고자 하는 라훌라에게 부처가 말하기를, "出家는 勿論 좋지만 形式的인 出家보다는 在家的 出家, 즉 나에 집착하지 않으며 因緣의 影響을 받지 않는 참다운 出家를 권하는 說法이 있다."[25)] 이처럼 佛教에서는 家庭 안에서의 人間的 愛情關係도 煩惱의 원리 중의 하나이고, 깨달음을 방해하는 要因의 하나라고 보고 있는 것이다. 그리하여 成道를 하기 위해서는 人倫을 버리고 出家하여 불타가 되는 것이 최고의 보은이라고 할 것이다.

佛教에서는 父母에게 孝道해야 하는 이유에 대해서, 특히 어버

---

22) 上揭書, p. 223 參照.
23) 金東華, 『佛教倫理學』, 昌震社, 1977, pp. 330~336 參照.
24) 上揭書, pp. 338~349 參照.
25) 불교성전 편찬회, 『불교성전』, 동국역경원, 1972, pp. 330~331 參照.

이로부터 받은 恩惠가 그 무엇보다도 크기 때문에 恩惠에 보답하는 것으로, 그 恩惠는 "어머니와 아버지는 아이들을 위해 많은 일을 하며, 키우고 가르쳐 이 세상을 보게 해 주었으므로"26) 어버이에게 孝道하고 順從해야 된다는 것이다.

이러한 孝는 세속에서 父母에게 孝養하는 것도 물론 孝이지만, 그것은 父母에 대한 眞正하고 절대적이며 究竟的인 孝는 되지 못하므로 "佛法을 신봉하여 諸惡을 莫作하고 衆善을 봉양케 하며, 究竟에는 삶의 도리를 완수하여 難苦得樂・轉迷開悟해서 불타가 되게 되면"27) 진실한 보은이며, 釋迦牟尼佛처럼 成佛을 하게 되는 것으로, 모두가 父母의 恩惠이니 이 恩惠의 보답은 반드시 해야 되는 것이다. 그 보답의 究竟의 道는 역시 無苦安穩의 경지, 인간 최고의 지위인 불타가 되게 하는 것밖에 없다는 것이다.

父母生時 孝를 보자. 儒敎의 孝思想은 '未來'의 문제보다는 '現在'를, '天道'의 문제보다는 '人道'의 문제를, '死'의 문제보다는 '生'의 문제를 더 重視하고 있다. 이와 같이 現在와 生時를 더 중요시한 儒敎의 孝思想은 死後보다는 生時에다 더 比重을 두어, 어버이 살아 계실 때의 효를 강조하고 있다고 하겠다.

佛敎의 경우는 『佛說父母恩難報經』에서, "父母가 子息에게 큰 增益을 주었나니, 젖 먹여 길러 주시고 수시로 보살펴 四大가 이루어졌으니 父母를 천년이 지나도록 孝行한다 하여도 그 恩惠를 다 갚을 수 없다는 것이다.

子息은 父母에게 孝道하기 위해서 항상 주의할 것이 있는데, 그것은 처첩을 사랑하고, 어진 이를 멀리하여 성글게 하지 말며, 女

---

26) 楊貞圭, 前揭書, 1981, p. 210.
27) 金東華, 前揭書, pp. 330~352 參照.

情에 욕심이 많고 색을 좋아하면 孝道를 어기고, 어버이를 죽이며, 나라의 정치가 어지러워지고 만민이 도망가리라[28]고 하였다. 그리하여 자식은 예절 법식을 근엄히 하며, 仁을 높이고 德에 나아가 뜻을 적막한 데 두며, 학문을 밝게 통달하여 이름을 제천에 떨치며, 총명이 현인과 같으려 하였다가 스스로 처자에게 더럽히고, 여색 미혹하여 황당하게 욕심을 홀리고, 요망하게 자택을 좀먹히니, 그 변화는 만 가지나 된다.[29]

이상에서 본 바와 같이 佛敎의 경우 父母 生時의 孝思想은 死後보다 生時에 더 큰 비중을 나타내고 있으며, 父母의 恩德은 그 무엇으로도 갚을 수 없는 만큼 크고 넓기 때문에 마음과 몸을 다 바쳐 奉養해야 된다는 것이다.

그러나 그 孝道의 本質은 知恩報恩思想을 本質로 하므로, 먼저 知恩은 無知의 깨우침을 요구한다. 그러므로 세속에서 말하는 孝의 道로써 父母를 孝養하는 것도 물론 孝이겠지만, 그것은 진정하고 절대적이며 究竟的인 孝는 되지 못하므로 佛法을 신봉하게 하여 諸惡을 莫作하고 衆善을 봉행케 하고 究竟에는 삶의 도리를 완수하여 難苦 得樂·轉迷開悟해서 불타가 되게 하는 데에 있다고 하겠다.[30]

父母死後 孝를 보자. 儒敎에서는 先祖 死後의 靈魂 부르기를 魂魄이라 하여 숭배의 대상으로 하고 祭時에는 紙榜을 써 붙이고 祝文을 읽어 혼백을 불러 엄숙하게 奉祭한다.

佛敎에서도 父母死後 孝에 대하여 言及하고 있다. 『佛說報恩奉

---

28) 『佛說孝子經』, 大正16, p. 780.
29) 上揭書, p. 780.
30) 金東華, 前揭書, p. 334.

盆經』에 보면, 六神通을 얻은 목건련의 孝行 이야기가 다음과 같이 나온다.

父母를 제도하여 젖 먹여준 恩惠를 갚고자 즉시 道眼으로 세계를 觀祭하니, 그 죽은 어머니는 아귀에 태어나 음식을 보지 못하고 피골이 상접되어 있었다. 이를 본 목건련이 슬피 울며, 곧 바루에 밥을 담아 그 어머니에게 가서 먹이니 그 밥이 입에 들어가기도 전에 불덩이로 변하여 끝내 먹지 못하였으므로, 목건련이 급히 돌아와서 슬픈 얼굴로 그 일을 부처님께 자세히 말씀드렸다.

부처님께서 목건련에게 말하기를, "너희 어머니는 죄의 뿌리가 너무나 깊이 뻗어서 너 혼자의 힘으로는 어찌할 수가 없느니라."고 말을 했다.

그리고 나서, "마땅히 여러 스님네의 위신력으로써 解脫을 얻으리니, 내가 이제 구제하는 법을 말하여 일체의 어려운 이로 하여금 모두 근심과 고통을 여의게 하리라." 하고 七月 十五日은 七世의 父母가 厄難 속에 있는 이를 위하여 국수와 밥과 다섯 가지 과일과 물깃는 그릇과 香油와 촛불과 평상과 臥具를 장만하여 衆僧에게 공양을 올릴 것이다. 이 날을 당하면 모든 성스러운 성현들이 산간에서 선정을 닦거나, 或은 네 가지 道果를 얻거나, 或은 나무 밑에서 경행하거나, 或은 六通을 얻어 날아다니면서 聲聞·緣覺을 교화하거나, 或은 보살이 방편(權)으로 비구를 나타내어 대중 속에 있으면서 마음으로 공양을 받느니라고 하였다.

그리고 청정한 계와 성스러운 성현들이 道를 구족하였으므로 그 德이 넘쳐 흐르나니, 만일 어떤 이가 이러한 성현들에게 공양을 올린다면 七世의 父母와 五종의 친척이 모두 三惡道를 벗어나서 곧 解脫하고 의식이 충만할 것이다. 그리하여 마땅히 시주집의 七

世 父母를 위하여 선정에 안주하고 마음으로 안정한 연후에 이 공양을 받들지니라. 이에 목건련 비구와 모든 대중들이 환희한 마음으로 받들어 행하였다[31] 고 하였다.

또한 『孟蘭盆經』에서도 『佛說報恩奉盆經』과 같은 내용, 즉 父母死後의 孝에 대한 이야기가 강조되고 있다.

이상의 두 가지의 經典에 의해서 볼 때 父母死後의 孝가 강조되고 있음을 알 수 있다.

Ⅲ. 作品에 나타난 孝思想

孝는 모든 德(孝·悌·忠·信·禮·義·廉·恥)의 근본으로서 道가 거기에서 발생한다고 한다. 여러 종교가 모두 孝를 根本으로 삼아 존중하지만 佛敎가 더욱 그러하다.

孝는 대개 世孝·出世孝·事孝·理孝·行孝·化孝·單孝·廣孝 등 여덟 가지로 나누는데[32] 本稿에서는 相對性을 지닌 孝思想을 世孝와 出世孝, 單孝와 廣孝로 구분하여 먼저 살펴 보고, 同質性을 지닌 孝思想을 事孝와 理孝, 行孝와 化孝로 구분하여 살펴 보기로 한다.

---

31) 『佛說報恩奉盆經』, 大正16, p. 780.
32) 釋 知性, 『地藏經의 孝思想』, 초롱, 1993, p. 17

1. 相對性의 孝

(1) 世孝와 出世孝

1) 世孝

世孝라는 것은 『梵網經』에 의하면, 석가세존께서 위없는 正覺을 이루어 보살 波羅提木叉를 맺어 부모님과 스승, 三寶와 효순의 지극한 도에 효순하시어 효를 戒라 하여 해서는 안 될 것을 제정하셨다.

그러므로 계를 지키는 것이 효를 행하는 것임을 알 수 있다. 즉 효와 계는 이름은 다르나 실체는 같은 것이다. 다시 말하면 三學의 행이 모두 효인 것이다.

효가 戒學의 시초이니 효가 없으면 계 또한 없는 것이다. 스스로만 계를 지녀 남에게 행하지 않는 것은 불효이고, 남에게는 계를 지키게 하면서 스스로는 행하지 않는 것은 不順인 것이다.

그러므로 반드시 효순을 지녀 스스로가 삼보에 길들여져 배워 익혀야 할 일이다. 이것이 크나큰 功이고 도를 구하는 법이며, 우리들로 하여금 속히 위없는 보리의 도를 성취토록 하는 것이다. 즉 오직 효순함을 배움으로써만 성취하는 것이다.

6 부모동싱	善知識에	7 驕慢ᄒ고	猜嫌ᄒ면
8 黑繩獄의	써러져셔	9 불나올의	굽디지며
10 百年톱을	켜옵눈듯	11 熱炎獄의	고생이오
12 그른法을	일을삼아	13 여러因을	어즈레면
14 極烈獄의	몸살미믈	15 긋팀업시	고통ᄒ고
33 부모님과	功德人을	34 毀謗ᄒ며	背恩ᄒ면
35 無間獄의	써러져셔	36 一身皮骨	즌마ᄋ미

<勸說因果曲> (地獄道頌)

父母兄弟나 善知識 즉 男女·老少·貴賤을 가리지 않고, 모두 佛緣을 맺게 하는 이에게 교만하고 시기하고 의심하면 흑승옥에 떨어져서 고통을 당한다.

그리고 부모님과 여러 사람을 위하여 착한 일을 많이 한 사람을 훼방하며 背恩하면 無間獄에 떨어진다.

『父母恩重經』은 子息된 道理로서 父母의 恩惠와 報答을 깨닫게 하는 經典인데, 父母의 恩惠를 다음 열 가지로 나누어서 說明하고 있다.

첫째, 어머니 품에 품고 지켜주는 恩惠 (懷耽守護恩)요, 둘째, 解産날에 즈음해서 苦痛을 이기시는 어머니 恩惠 (臨産受苦恩)요, 셋째, 子息을 낳아서 근심을 잊는 恩惠 (生子忘憂恩)요, 넷째, 쓴 것은 삼키고 단 것을 뱉아 먹이는 恩惠 (咽苦吐甘恩)요, 다섯째, 진 자리 마른 자리 가려 뉘시는 恩惠 (廻乾就濕恩)요, 여섯째, 젖을 먹여 기르시는 恩惠 (乳哺養育恩)요, 일곱째, 손발이 닳도록 깨끗하게 씻어 주시는 恩惠 (洗濯不淨恩)요, 여덟째, 먼 길을 떠나갔을 때 걱정하시는 恩惠 (遠行憶念恩)요, 아홉째, 子息의 將來를 위하여 苦生을 참으시는 恩惠 (爲造惡業恩)요, 열째, 끝까지 불쌍히 여기시는 恩惠 (究竟憐愍恩)다.

이렇듯 父母의 恩惠를 기리는 內容의 『父母恩重經』은 儒教에서의 父母의 孝道를 强調한 『孝經』과 비슷하나 여기에는 몇 가지 特徵이 있다.

첫째, 父母의 恩惠가 具體的이고, 둘째, 科學的으로 列擧되어 있으며, 셋째, 『孝經』이 父母 가운데서 아버지를 두드러지게 表出한 것에 반해 『父母恩重經』은 아버지보다 어머니의 恩惠를 더 강조했으며, 넷째,『孝經』이 孝道를 강조하는 데 반해서『父母恩重經』은 어떤 것이 恩惠인가를 具體的으로 더 많이 설명한 뒤, 그러니까 恩惠를 갚기 위해서는 어떻게 해야 한다는 방법을 提示하는 동시에 그렇게 實踐하지 않은 不道德하고 不孝한 子息은 죽어서 地獄에 떨어져 무서운 刑罰을 받게 된다는 보다 積極的 報恩을 強調하고 있다.[33]

　『觀無量壽經』4권 '孝養父母'에 "만약 아버지가 안 계시면 能生의 因이 부족한 것이다. 만약 어머니가 안 계시면 所生의 緣을 거역하는 것이다. 만약 두 사람이 함께 안 계시면 맡겨 태어날 곳을 잃어 몸을 이어받을 도리가 없다. 이미 몸을 받고자 할 때는 자신의 業識을 內因으로 삼고 부모의 精血을 外緣으로 한다. 인연이 화합하므로 몸이 되고 이런 이유로 부모의 은혜는 중하다."고 하며 자기를 생기게 한 부모의 은혜에 감사하고 있다.

　더욱이 선도는 "부모는 세간 복전의 최고이고, 부처님은 출세간 복전의 최상이다."라고 말하며, 부모의 은혜는 부처님의 은혜보다도 중하다고 서술한다.

　父母의 은혜를 背恩하면 無間獄에 떨어지는 원인이 되는 五逆의 罪는 小乘의 五逆과 大乘의 五逆으로 나눈다. 小乘의 五逆은 殺父·殺母·殺阿羅漢·破和合僧·出佛身血이요, 大乘의 五逆은 塔寺破壞, 經像燒却, 三寶竊盜·三乘法 誹訪, 聖敎를 輕賤하게 여김·僧侶를 辱하고 부림·小乘의 五逆罪를 犯함·因果의 道理를 不信하고 惡口, 邪淫 등의 十不善業[34]을 짓는 것을 말한다.

---

33) 李民樹 譯,『父母恩重經』, 乙酉文化社, 1977, pp. 4~6.
34) 身三 : 殺生·偸盜·邪淫, 口四 : 妄語·綺語·兩舌·惡口, 意三 : 貪欲·瞋恚·邪見

남염부제의 罪報 중 첫째가 부모에게 불효하면 무간지옥에 떨어
져 천만억 겁을 나올 기약이 없다고 했다.

44 부모事長　尊親前의　　　45 브라는일　어긔오면
46 藥叉鬼中　써러져서　　　47 毒亨行實　더욱亨야
48 깁픈苦楚　難當이라　　　50 智慧丈夫　슬피시소
<奠說因果曲>　(餓鬼道頌)

父母事長이 바라는 일을 어기면 藥叉[35] 餓鬼道에 떨어져서 苦痛
을 받게 된다. 불교에서는 자기의 부모만이 부모가 아니고, 모든
사람들이 전부 자신의 부모였던 사람이라고 설한다. 이것은 삼세
에 걸친 六道輪廻思想에서 온 것이다. 『梵網經』에 나와 있는 "모
든 남자는 모두 우리 아버지, 모든 여자는 모두 우리 어머니"란
말은 육도윤회사상에서 나온 사고인데, 모든 사람들을 부모와 같
이 경애해야만 한다는 것이다.

　孝는 善에서 나온다고 한다. 사람에게는 모두 善心이 있다. 불도
를 가지고 이것을 넓히지 않으면 선행도 커지지 않고 효도 또한
적다. 불교의 도는 남의 부모 보기를 자기의 부모와 같게 한다. 남
의 생명을 지키는 것도 자기의 생명과 같게 한다. 때문에 불교의
선을 행하면 선이 곤충에 이르기까지 모두에게 미치고, 효를 행하
면 귀신에 이르기까지 모두에게 효가 미친다.

35 修善作福　忠孝君子　　　36 스후텬당　落相이오
37 不忠不孝　作惡者는　　　38 스후삼도　苦相이라

---

35) Yaksa 8部衆의 하나로 夜叉·閲叉라 음역. 威德·暴惡·勇健·貴人·捷疾
　鬼·祠祭鬼라 번역. 나찰과 함께 비사문천왕의 권속으로 북방을 수호한다.

<pre>
39 苦와樂이 분명흔더   40 불신인과 頑惡人은
41 我慢貪心 밤이되야   42 忠孝信行 바히업고
                            <冀說因果曲> (序曲)
</pre>

삼라만상 만물 중에 오직 사람만이 으뜸이니, 중생은 착한 일 즉 十善을 행하면서 자연적으로 福을 짓는 忠孝君子는 죽으면 반드시 極樂으로 틀림없이 간다고 했다. 만약 不忠不孝하고 十惡[36]을 행하는 衆生은 죽은 후에는 三途[37]인 地獄·餓鬼·畜生에 떨어져서 무수한 苦痛을 받게 된다. 그래서 나를 믿으며 스스로 높은 양하는 我慢과 자기의 뜻에 맞는 사물에 대하여 마음으로 애착케 하는 정신 작용인 貪心을 버리고 忠孝를 十信[38]으로 해야 한다.

『孝經』제11 五刑章에 "五刑에 해당하는 삼천 가지의 어떠한 죄도 불효보다 크지 않다."고 하고 있다. 이것은 형벌 중에 불효보다 큰 죄는 없다는 것이다.

불효 행위는 『唐律疏義』라는 당대 법률서에 규정되어 있다. 즉 조부모·부모를 고소하는 것, 조부모·부모를 욕하는 것, 조부모·부모가 살아 계실 때에 자손·형제·동기간에 따로 나가 사는 것, 조부모·부모를 충분히 공양하지 않는 것, 부모 상중에 결혼하는 것, 부모 상중에 음악을 연주하는 것, 부모 상중에 상복을 입지 않는 것, 조부모·부모상을 감추는 것, 조부모·부모의 상을 거짓 칭하는 것 등의 행위들이 있었다면 불효로서 형에 처해졌다.

---

36) ①殺生 ②偸盜 ③邪淫 ④妄語 ⑤兩舌 ⑥惡口 ⑦綺語 ⑧貪慾 ⑨瞋恚 ⑩邪見.
37) ①火塗 ②刀塗 ③血塗.
38) ①信心 ②念心 ③精進心 ④慧心 ⑤定心 ⑥不退心 ⑦護法心 ⑧廻向心 ⑨戒心 ⑩願心.

『雜寶藏經』에 보면 며느리가 시어머니를 죽이려다 自身이 죽는 것이 있다. 게송을 보면, 대개 사람은 높은 이에게 부디 나쁜 생각 내지 말지니 며느리가 시어머니 해치려다가 도리어 제 몸 태워 죽는 것 같으리라 하였다. 또 『雜寶藏經』을 보면 역시 불효한 며느리가 시어머니를 죽이려 하다 도리어 男便을 죽인 因緣[39] 이 나온다.

만일에 父母가 믿음이 없으면 믿어 安穩處를 얻게 하고, 戒가 없으면 계를 주고 교수하여 安穩處를 얻게 하며, 들은 것이 없으면 듣게 하고, 간탐이 있으면 보시를 좋아하도록 가르쳐서 즐거움을 권하고, 智慧가 없으면 智慧를 밝히게 하고 권하고, 이 모두 교수하여 安穩處를 얻게 하여야[40] 이 또한 孝行이라 할 것이다.

공자가 말하기를 "다섯 가지 형벌에 삼천 가지가 있는데, 그중 죄로서는 不孝보다 큰 것이 없다. 하물며 항차 사후의 죄고를 말해 무엇하겠느냐."고 했다.

2) 出世孝

出世孝란 世俗을 버리고 佛道修行에 들어 가든지 俗世에 나아가서 세상 사람들을 교화하는 것, 즉 煩惱에 얽메인 속세의 생활을 버리고, 聖者의 생활에 들어감을 말한다.

출세간의 효는 "그 부모에게 권하여 齋戒하고, 도를 받들고, 일심으로 염불하여 왕생을 빌고, 육도의 미계를 벗어나게 하여 미타의 정토에 왕생하게 하는 것이다. 사람의 자식으로서 부모에게 보답하는 것으로 이보다 더 큰 효는 없다."고 하는 것이다. 이것이

---

39) 『雜寶藏經』, 大正4 : "不孝婦欲害其姑反殺其夫緣."
40) 上揭書.

불교의 효이고 출가의 효이며, 세간의 효에 대해 대효라 일컬어지
는 까닭이다. 이것이 명대의 출가 대효론이다.

1 勸ᄒ노니	권ᄒ노니	2 修道선즁	勸ᄒ노니
3 十三十五	이십셰에	4 出家入山	위승ᄒ야
5 무ᄉᆞᆷ므ᄋᆞᆷ	셰우신고	6 忠臣孝行	ᄒ쟈ᄒᆞᆫ가
7 修身成道	ᄒ쟈ᄒᆞᆫ가	8 名利立身	ᄒ쟈ᄒᆞᆫ가
9 身勢貧富	고로쟈녀	10 依托ᄒᆞ려	출가ᄒᆞᆫ가
30 出家中의	다시츌가	31 眞實노	거룩ᄒᆞ니
32 忠孝코져	아니ᄒ되	33 自然이	忠孝되며

<勸禪曲> (序曲)

　入山爲僧하여 世事貪着은 그만 두고 무슨 誓願을 세웠는가? 忠
臣孝行·修心成道·名利立身·身勢貧富 중 무엇을 依托하려고 出家했
는가. 진실한 마음으로 출가하면 忠孝코자 아니해도 자연히 忠孝
되고, 修心코자 아니해도 자연히 修心되고, 立身코자 아니해도 자
연히 立身하니 忠孝하여 修心하고 修心가져 成道하고 成道가져 利
他하라고 권하였다.

　명나라 주굉의 『竹窓隨筆』제3필의 '출세간 대효'에서는 "세간의
효는 세 가지, 출세간의 효는 한 가지이다. 세간의 세 가지 효라는
것은 공양하는 것, 관리가 되어 부모를 영광스럽게 하는 것, 덕을
쌓아 성인·현인이 되어 부모의 이름을 떨치는 것 등 세 가지이다."
라고 한다.

　불교의 효는 둘러싸고 덮는 것이 원대한 바, 생각건대 理는 마
음에 달려 있을 뿐 머리카락과는 아무 상관이 없으니 만일 머리카
락을 사랑하여 마음을 버린다면 어찌 효를 취하리."라 하여 효는

마음의 문제이고 머리카락 따위에는 관계치 않는다.

『孝經』에는 "신체발부는 부모로부터 물려받았으므로 훼손시키지 않는 것이 효의 시작이다. 입신하여 도를 행하여 이름을 후세에 남김으로써 부모를 널리 알리는 것은 효의 끝이다."라 했다. 출가의 효는 효의 마지막이라고 주장했다. 출가의 효는 도를 쌓아 법에 의한 자비심으로써 모든 것을 구한다. 게다가 눈앞의 효가 아니라 미래까지 미치는 효로 일시적으로 집을 버리는 것은 불효에 가깝지만 마지막에는 부모를 구하고 모든 사람들을 구하는 것이다.

송대에는 출가는 부모의 은혜에 보답하기 위함이고, 부모를 육도의 윤회에서 구제하기 위한 최고의 방법이며 대효라고 주장했다.

(2) 單孝와 廣孝

1) 單孝

單孝라는 것은 저 혼자만 생각하고 남을 알지 못함을 말하는 것이다. 만약에 현재만을 보고 장래를 살펴 행하지 못함이 삼년 동안 고쳐지지 않으면 단효이다. 어버이를 잃어 장사를 지낸 후 무덤 가까이에 움막을 지어 기거함은 참으로 순수한 효자로서, 능히 금수도 감동케 하는 행이기는 하나 獨孝이다. 혹은 어버이의 뜻을 받들어 등에 업고 다니는 일도 있으나 이는 어버이를 섬기는 것이 참으로 돈독하기는 하지만 또한 단효에 속한다.

207 시부시모 친부모의   208 지성효도 하얏난야

209 형제간인   우이하며   210 친척화목   ㅎ여는야
211 怪惡하고   간특한년   212 부모말삼   拒逆하고
213 同壻間이   離間ㅎ고   214 형제불화   하게하며
215 世上奸惡   다부리며   216 世上奸惡   다부리며
217 열두시로   마음변화   218 안듯는더   욕을하고
219 마조안자   우슴樂談   220 남의말을   일삼는년
221 猜忌하기   조와한년   222 풍도옥에   가두리라

<善心歌>

父母에게 至誠으로 孝道해야 할 뿐만 아니라, 여자는 시부모에게도 지극한 孝道를 해야 하며, 형제간에 우애 있고, 일가 친척 친지간에 和睦해야 한다고 했다. 만약 부모의 가르침을 거역하고 형제간이나 동서간을 이간하며 남의 말을 일삼는 여자는 풍도옥에 간다고 했다.

옛날 楚國의 老萊子는 늙은 양친을 즐겁게 해 드리기 위하여 칠십의 나이에도 색동옷 같은 아이 옷을 입고 그 슬하에 누워 어린 애처럼 어리광을 부렸다고 한다.

부처님은 "범인 백 사람을 공양하는 것은 한 명의 착한 사람을 공양하는 것보다 못하고, 착한 사람 천명을 공양하는 것은 한 명의 五戒를 지닌 사람을 공양하는 것보다 못하며 만명의 五戒를 지닌 사람을 공양하는 것은 한 명의 스로오타아판나를 공양하는 것보다 못하고 백만명의 스로오타아판을 공양하는 것은 한 명의 사크리다아가민을 공양하는 것보다 못하고, 천만명의 사크리다아가민을 공양하는 것은 한 명의 아나아가아민을 공양하는 것보다 못하고, 일억의 아나아가아만을 공양하는 것은 한명의 阿羅漢을 공양하는 것보다 못하며, 十억의 阿羅漢을 공양하는 것은 한 명의

벽지불을 공양하는 것보다 못하고, 백억의 벽지불을 공양하는 것
은 한 명의 三존의 가르침으로써 그 한 세상의 두 어버이를 제도
하는 것보다 못하고, 천억 명을 가르치는 것은 부처님의 교학으로
부처가 되기를 바라며 중생을 제도하려는 이 한 명을 공양하는 것
보다 못하나니, 착한 사람을 공양하는 복이 가장 깊고 소중하며,
무릇 인간이 천지의 귀신을 섬기는 것은 그 어버이에게 孝道하는
것보다 못한 것이니 두 어버이가 가장 신령하느니라."라고 말씀하
셨다.

92 忠信孝行	모로거든	93 착흔사롬	혜아릴까
94 나도겨만	겨도겨만	95 누구여든	제죵일가
96 놉픈놈도	업서뵈고	97 무셔온놈	可笑롭다
98 수믄辱의	비켠말로	99 口業惡談	놀나올샤
100 이몸을	일흔後에	101 다시人身	難得이라

＜奠說因果曲＞　(序曲)

　　忠孝를 實行하지 못하는 사람을 착한 사람이라고 말할 수 없다.
나라에는 忠信이요 父母에게는 孝行을 至極精誠으로 해야 한다.
父母가 끼치신 몸을 삼가고 조심하여 保全해야 한다. 口業惡談으
로 地獄道에 떨어지면 人道還生하기가 어렵다. 日常生活에 있어
父母의 恩惠를 잊지 말고 늘 言行을 조심하여, 自己 自身과 父母
를 욕되게 하지 말아야 한다. 즉 父母로부터 받은 肉體를 소중하
게 여길 뿐만 아니라, 남을 헐뜯거나 비웃으며, 분함을 참지 못하
고 남과 싸우며, 酒色雜技에 빠져 自身과 父母를 욕되게 하고 父
母에게 근심을 끼치지 않도록 해야 孝道이다. 衆生은 행위・언
어・情意로 범하는 惡行業인 三惡行[41]으로 三惡道[42]에 떨어지지

말아야 한다.

부처님은 "대개 사람이 세 가지 나쁜 길을 떠나 사람으로 태어나기가 어렵고, 이미 사람이 되었어도 여자가 아니고 남자 되기가 어려우며, 이미 남자가 되었어도 六根을 완전히 갖추기가 어렵고, 六根을 이미 갖추었어도 中國에 태어나기가 어려우며, 이미 중국에 살아도 불도를 만나서 받들기가 어려우며, 이미 불도를 받들어도 올바른 도가 있는 임금을 만나기가 어려우니라."[43]라고 말씀하셨다.

2) 廣孝

廣孝는 世世生生 일체 중생에게 두루 효행하는 것으로, 그들 모두가 나의 부모라고 생각함을 말한다. 부처님께서 말씀하시기를 "일체 중생이 모두 과거에 서로 부모였다."고 하셨다.

유교에서는 효를 백 가지 행의 근본이라 하나, 불교에서는 우주 시공 삼라만상이 불법 아님이 없음과 우리들 인간을 포함한 중생들이 다생부모와 자손·형제·자매라고 하는 인연법을 말한다. 따라서 불교에서의 孝도 부모와 자식간의 因緣에 의한 행위의 크나큰 가치로 인정한다.

모든 남자가 나의 아버지고, 모든 여인이 나의 어머니인지라, 나의 生生이 거기 따라 생을 받지 않음이 없기에 육도 중생이 모두 나의 부모인 것이다. 능히 살생치 않고 방생을 하는 것이 더할 나위 없는 광효이다.

---

41) ①身惡行 ②口惡行 ③意惡行.
42) ①地獄 ②餓鬼 ③畜生.
43) 『四十二章經』, 大正17, p. 722.

<table>
<tr><td>37 져무삼</td><td>모양일고</td><td>38 寒心ᄒ고</td><td>섧사올샤</td></tr>
<tr><td>39 나라忠臣</td><td>되다ᄒᆞᆯ가</td><td>40 父母孝養</td><td>되다ᄒᆞᆯ가</td></tr>
<tr><td>41 친척권쇽</td><td>生光톨가</td><td>42 貧病乞人</td><td>구제롤가</td></tr>
<tr><td>43 貧病乞客</td><td>보치오면</td><td>44 勢不得已</td><td>주엇ᄂ니</td></tr>
<tr><td>45 善心노라</td><td>주오시며</td><td>46 慈悲布施</td><td>주오신가</td></tr>
</table>

<勸禪曲> (名利勸曲)

출가한 屬親에게 하직하고 입산하여, 불제자에게 의탁하여 上報四恩과 下濟三道를 다짐하는 것이라 말하고, 출가승으로서 용심할 일들을 열거하였는데, 첫째 나라에 忠臣, 父母에게 孝養을 말하고 그 뒤에 貧病乞人을 구제하고 善心으로 慈悲布施하라고 권하였다. 즉 중생에게 낙을 주고 고를 없애 주는 慈悲心으로 다른 이에게 조건 없이 물건을 주는 布施[44]를 하라고 권하였다.

원나라 普度의 『蓮宗寶鑑』권1 『觀無量壽經』의 '효양부모'에서 염불은 제법의 요체이고 효양은 백행의 우선이다. 효심은 즉 불심이고 효행은 佛行이 아닌 것이 없다. 득도하여 제불과 동등하고자 한다면 우선 양친에게 효양하지 않으면 안 된다. 그러므로 종색선사는 "효, 이 한 자는 衆妙의 문"이 된다고 말했다. 佛語는 효를 宗으로 삼고 불경은 효를 戒로 삼는다.

"효심은 불심이고 孝行은 佛行"이라는 것이다. 이것은 『觀無量壽經』의 왕생의 업인으로 효를 설명하는 것이다.

효심은 불심이고 孝行은 佛行이었기 때문이다. 물론 『梵網經』에서는 효순심과 자비심을 하나로 하여 효순심은 자비심이고 그것은 즉 불심이라고 시사했을 것이다.

---

44) 財施·法施·無畏施.

31 歲月노	漸漸ᄒ고	32 어린ᄌ식	자란ᄌ식
33 비곱파라	우지진들	34 옷달닐것	젼혀업고
35 나의心臟	말으는듯	36 이럿트시	셟스올츠
37 나라忠臣	되야시며	38 父母孝養	ᄒ야실가
39 父母祖上	졔스날이	40 오고간들	싱각할가
41 싱각ᄂ니	셜운心思	42 바라ᄂ니	언졔살고

<勸禪曲>　(貧人勸曲)

이것은 빈궁한 이들에게 말하기를, 전생에는 財物衣食이 넉넉했으나 교만하고 선심이 부족하여 三惡道에서 고생하다가 다행히 人道還生 되었으나 빈천하게 태어난 것이라고 하였다. 그리고 금생에는 비록 빈천하여 조상 제사를 잘 지내지 못하더라도 나라에 忠臣되고 父母에게 孝行하면 내세에 가서 존귀하게 된다고 권면한 노래이다.

법림은 산야에 매장하는 것은 많은 새에게 시신을 보시하고 괴로웠던 과거세의 빚을 갚기 위함이기도 하고, 유교 같은 훌륭한 棺을 쓰지 않는 것은 천지로써 대신하고 있기 때문이라고 답한다. 또 화장도 풍장도 혹은 탑묘의 예도 모두 그 마음은 똑같은 것으로 부모를 공경하고 일체를 공경하는 일이라고 했다.

父母의 恩惠에 보답하는 方法에서 구체적으로 報恩에 대한 여덟 가지 가르침을,

①父母를 업고 먼 길을 걸어 가죽이 터져 뼈가 드러나고 骨髓까지 나오는 苦痛,
②酷毒한 餞饉을 만나 自己 몸의 살을 저며 이것을 가루로 만들어

　　父母에게 바치는 苦痛,

③잘 드는 날카로운 칼로 眼晴을 도려 내어 여래에게 바치는 苦痛,

④自己 心臟과 肝臟을 쪼개 내어 피가 흘러 땅에 가득한 苦痛,

⑤無數한 칼날로 自己 몸을 左右로 꿰뚫는 苦痛,

⑥自己 몸에 못을 박고 거기에 燈盞을 걸어 如來에게 供養드리는 苦
　痛,

⑦뼈를 쑤셔 骨髓까지 나오고 또 수 많은 창 끝으로 一時에 自己 몸
　을 찌르는 苦痛,

⑧불에 달군 무쇠 彈丸을 삼켜 自己 몸이 불타 오르는 苦痛

을 받을지라도 어느 것이나 父母의 크고 깊은 恩惠를 다 갚게 되
는 일은 되지 못한다고 比喩하였다.[45]

2. 同質性의 孝

(1) 事孝와 理孝

1) 事孝

　사효라는 것은 살아 있는 몸에 관한 것으로 나를 낳으신 분이
부모님이고 나를 키우신 분도 부모님이라, 천하에 有爲함이 살아
있는 몸 이상일 수는 없는 일이다. 그리고 부모님이 이 몸을 낳으
신 근본이므로 헐벗고 굶주릴지라도 그 큰 은혜란 잊을 수 없는
일이다.

　　　　(가) 1 세상천지　만물중의　　2 사람밧기　쏘잇난가
　　　　　　　5 이世上의　나온사람　　6 뉘德으로　나완는가

---

45) 李民樹 譯, 前揭書, pp. 124~158.

    8 아부님전　쎼를빌고　　　9 어무님前　살을빌어
    10 七星님전　命을빌고　　11 帝釋님전　福을빌어
    12 이세상의　誕生호나　　13 한두살에　철을몰나
    14 父母恩德　어이알가　　15 이삼십을　당호여도
    16 父母恩功　못다갑하　　17 어이업고　이달고나
<善心歌>

(나) 8 阿父님전　뼈를빌고　　　9 於母님전　살을빌며
    10 七星님전　命을빌고　　11 帝釋님전　福을빌어
    12 이내一身　誕生하니　　13 한두살에　철을몰라
    14 父母恩德　아올소가　　15 二·三十을　당하여도
    16 父母恩功　못다갚아　　17 어이업고　애달고나
<別回心曲>

(가) <善心歌>는 세상천지 만물 중에 四生(胎生·卵生·濕生·化生)으로 태어나지 않고 사람으로 還生한 것은 무엇보다 기쁜 일이 아닐 수 없다. 父母님의 恩德으로 人道에 왔으니 어버이의 恩惠는 하늘보다 높고 바다보다 깊으니 昊天罔極이라고 했다.

(나) <別回心曲>은 樹欲靜이 風不止하니, 子息이 철이 들어 孝를 할 만하면 이미 父母는 떠나가게 된다. 父母가 늙으면 妄靈이 들어 애닯게 됨을 어찌할 수 없으니 人生의 無常함과 死後의 因果應報의 法에 따라 審判받게 됨을 믿고 착실히 심신을 닦으라고 勸勉하고 있다.

안세고가 번역한 『六方禮經』에서 자식의 효를 살펴 보면, 우선 동쪽을 향해 예배하는 것은 자식된 자가 부모를 섬기는 것으로, 다음의 다섯 가지 일을 지니지 않으면 안 된다. 첫째, 생업을 잘 다스리는 일에 열심히 하지 않으면 안 된다. 둘째, 아침 일찍 일어나서 식사를 맡는 이에게 식사 준비를 시키지 않으면 안 된다. 셋째, 부모에게 심려를 끼치지 않게끔 해야 한다. 넷째, 언제나 부모의 은혜를 잊어서는 안 된다. 다섯째, 부모가 만약 병이 났을 때에는 즉각 의사를 부르고 이를 간호해야 한다는 것이다.

그러면서도 불교의 효는 부모도 또한 자식에 대해서 다섯 가지 일을 실행하지 않으면 안 된다고 서술하고 있다. 첫째, 아이에게 악을 멀리하고 선을 지니게 한다. 둘째, 아이에게 학문을 익히도록 해야 한다. 셋째, 자주 세간의 도덕을 지키도록 가르쳐야 한다. 넷째, 어릴 때 결혼시켜야 한다. 다섯째, 적당할 때 집안을 잇게 해야 한다는 것이다. 더욱이 선도는 "부모는 세간 복전의 최고이고, 부처님은 출세간 복전의 최상이다."라고 말하며, 부모의 은혜는 부처님의 은혜보다도 중하다고 서술한다.

불교의 백과사전이라고도 불리는 『法苑珠林』에서는 많은 경론을 들어 부모양육의 은혜와 보답하기 어려운 광대하고 깊은 은혜를 설명하고 있다. 그 경론들은 『末羅王經』·『증일아함경』·『지옥경』·『살바다론』·『敬師經』·『육도집경』·『사십이장경』·『잡보장경』·『보은경』·『섬자경』 등이다. 그 중에서도 항상 나오는, "아버지를 왼쪽 어깨 위에 업고, 어머니를 오른쪽 어깨 위에 업고 천만년 동안 부모에게 의복·음식·상좌·와구·의약을 공양해도 부모의 은혜에 보답할 수 없다."고 한 것은 『증일아함경』에 있다. 『사십이장경』에서는 "천지의 귀신을 섬기기보다 그 양친에게 효하는 쪽이 공덕이 크다. 양친이야말로 최고의 신이다."라고 하고 있다.

『부모은중경』에 "사람이 세상에 태어나는 것은 부모가 혼인한 까닭이며 아버지가 아니면 태어날 수 없고 어머니가 아니면 양육될 수 없다. 부모의 은혜에 보답하는 것은 끝없는 하늘과 같이 크

고 한이 없는 것이다. 은혜(恩)란 글자를 생각해 보면, 恩惠·恩
令·恩威·恩澤·恩典·恩賜·恩給·恩賞·恩顧·君恩·國恩 등을
의미하고 위에서 아래로의 신분적 관계의 恩을 나타내는 것이 많
다. 자식이 효를 다하는 것은 하늘의 이치이며 인륜의 근본이다.”
라고 했다.

2) 理孝

理孝라는 것은 마음을 밝혀 덕을 닦아 도에 이르는 효를 말한
다. 『禮記』에 이르기를 “작은 효는 힘으로써 하고, 조금 큰 효는
노고로써 하고, 크나큰 효는 모자람이 없어야 한다.”고 했다. 기르
는 것만으로는 은혜를 갚는 데 부족하다. 성현이 되어 덕으로 갚
아도 오히려 부족하다. 그래서 성현은 道로써 大孝에 이르게 된다.
덕이란 어짐과 용서로 사람을 대하는 것이니, 道는 마음을 밝혀
神의 경지에 이름을 말한다.

事孝는 드러나기 쉬우나 理孝는 드러나기 어려운 것이니, 드러
나는 것은 효의 행이요, 드러나지 않는 것은 효의 이치이다. 이치
에서 효가 나오는 것이니, 행이란 것은 단지 효의 모양새일 뿐이
다.

183 父母님께	孝道하여	184 家範을	세웟시며
185 배곱흔이	밥을주어	186 餓死救濟	ᄒ여시며
187 헐벗은이	옷을주어	188 求難功德	하엿는가
189 조헌곳익	집을지어	190 行人功德	하엿는가
191 깁흔물에	다리노아	192 越川功德	하엿는가
193 목마른이	물을주어	194 汲水功德	하엿는가
195 병든사람	약을주어	196 活人功德	하엿는가

199 조혼밧에　원두심어　　200 行人解渴　하엿는가
204 어진사람　謀害하야　　205 不義行事　만이하며
206 貪財함이　극심ᄒ니　　209 너이죄를　엇지하리
208 罪惡이　　甚重하니　　209 풍도옥에　가두어라

<別回心曲>

　　이것은 인간이 죽어서 저승에 가 閻羅大王[46]에게 재판을 받는 모습을 말하고, 惡人은 地獄으로 가며 善人은 極樂으로 가는 과정을 상술한 다음, 자선사업을 많이 하여 來生 길을 잘 닦으라고 권유한 노래이다.

　　부모님께 孝道하여 家範을 세운 후에 '餓死救濟'·'救難功德'·'行人功德'·'越川功德'·'汲水功德'·'活人功德'·'行人解渴'을　하라고 하였다. 만약 不義行事와 貪財하면 풍도옥에 간다고 했다.

　　자비의 마음은 공덕의 근본이며 안으로는 자비심을 일으켜서 다른 사람의 고통을 가엾이 여겨서 다른 사람과 즐거움을 같이하는 것이며, 밖으로는 좋은 얼굴이 나타나는데 조금도 인색할 뜻이 없어야 한다.

　　남의 고통을 아는 것이 자비의 복전인데, 첫째는 가벼이 욕하지 않아야 복을 얻고, 둘째는 베풀려고 하므로 복을 얻게 되고, 셋째는 자비심을 일으켜 애닳아 하고 다시 위로를 더하게 되면 얻는 복은 말할 수 없는 것이다.

45 一邊으로　念佛ᄒ고　　46 일변으로　忠孝ᄒ소
47 九天이　　感應ᄒ면　　48 堯舜太平　아니볼가

---

46) 閻羅國의 王으로 地獄에 살며 十八將軍과 八萬獄卒을 거느리고, 죽어서 지옥에 떨어지는 인간의 생전의 善惡을 다스려 악을 방지하는 대왕.

49 佛法어디 一定ᄒ며   50 堯舜어디 시이실고
51 念佛ᄒ면 佛法이요   52 忠孝ᄒ면 堯舜이니
53 忠孝가져 立身ᄒ고   54 念佛가져 安養가세
<回心曲>

이것은 말세적인 풍속에 물들어 忠孝信行을 다 버리고, 愛慾網에 걸려 골육상쟁으로 멸망하지 말고, 자기의 本心을 바로 가져 항상 不離眞性으로 修行得道하여 極樂蓮花臺에 올라 태평곡을 부르자는 것이다.

마음에 邪淫이 일어나면 念佛을 하여 八邪[47]를 항복시키고 나라에 忠誠하고 부모님께 孝誠하면 九天[48]이 감홍하여 太平歲月이 온다고 했다. 衆生들은 부디 忠孝하여 사회에 나아가서 지위를 확고하게 세워 출세하고 염불하여 極樂 가자고 노래했다.

元曉大師는 忠孝의 마음을 "一心無二 則 淸淨無垢"라 하였고 一心의 根源으로 되돌아가는 것 즉 歸一心源이 人生의 窮極目標라고 하였다. 人間은 本質的으로 永遠한 生命을 나눠 가진 同根同體이므로 '一心眞心'의 根源에 있어서 남이 아니다. 그러나 人間은 그 根本을 모르고 그 個體의 獨立完結性을 믿기 때문에 갈등과 角逐・對立과 鬪爭을 正當한 것으로 錯覺하고 있다. 인간은 다만 因과 緣을 따라 남의 子女가 되고 父母가 되고 師長이 되고 一國의 指導者가 된다[49]고 하였다.

74 慈悲하심 布施ᄒ고   75 져런 報應 면ᄒ시소
76 勸ᄒ노니 富貴君子   77 忠君孝父 ᄒ오시며

---

47) 邪見・邪思惟・邪語・邪業・邪命・邪精進・邪念・邪定.
48) 日天・月天・水星天・金星天・火星天・木星天・土星天・恒星天・宗動天의 총칭.
49) 大韓敎育文化硏究所 編, 『現代人의 忠孝思想』, 1977, pp. 69~72.

78 布施積德 션심ᄒ고   79 가ᄂᆞᆫ身命 붉게하며
80 잇ᄂᆞᆫ子孫 복을주고   81 텬당佛刹 任意왕리
                                <勸禪曲> (在家勸曲)

이것은 在家君子들에게 권하기를 前生福德을 심은 대로 今生報
應을 받는 것임을 말하고, 세상의 부귀영화를 누리고 있는 중에도
阿彌陀佛에 발원하여 來生極樂할 것을 권하면서, 예로부터 있었던
因果應報50)의 사례를 열거하여, 모름지기 五欲51)에 집착하지 말고
忠臣孝父하고 布施積德하라고 노래하였다.

布施(Dana)는 六道의 우두머리이고 모든 덕행에서 제일 처음이
다. 모든 중생을 도탈하게 하는데 근본이며 성불을 도와 주는 것
이다. 마음과 생각에는 대소가 있고 행동에는 頓漸이 있다. 보시에
는 재시와 법시와 무외시가 있는데 설명하면 다음과 같다. 財施는
남에게 財物을 베푸는 것으로 천복을 얻게 되며, 法施는 법을 설
하여 남을 도탈하게 하는 것인데 깊고 얕음이 있으며, 無畏施는
무외한 것을 사람에게 베풀어 사람들의 재난을 구해 주는 것이다.

(2) 行孝와 化孝

1) 行孝

行孝라는 것은 행효하는 사람이 천지와 더불어 덕을 참구하면
해와 달도 함께 빛을 발하여 만물을 化育한다. 이는 三才가 하나
가 됨을 말함이니 어진 임금이 있으면 나라의 기틀이 공고하게 되

---

50) 착한 因에는 착한 果, 악한 인에 악한 과가 상응하게 나타나 착오가 없음을
    말한다.
51) ①財欲 ②色欲 ③食欲 ④名譽欲 ⑤睡眠欲.

어 王道의 風化가 세상에 떨쳐 크게 성하게 된다.[52]

孟宗이 哭하니 죽순이 솟아나고, 王祥이 얼음 위에서 잉어를 얻는 등, 한결 같이 효행으로 봉양하니 그 성심에 하늘이 감동하여 그렇게 된 것이다.

24 忠孝信心	지극ㅎ면	25 富貴端正	거룩ㅎ고
26 禽獸畜生	스랑ㅎ면	27 佛乘善人	공경ㅎ야
28 갓초갓초	善行ㅎ면	29 즐거운몸	되야나셔
30 出入去來	威儀보소	31 鳳輦花蓋	목마승거
32 가디가디	樂境이오	33 우물파며	나무심거

<冪說因果曲> (人道頌)

忠孝하는 信心이 지극하면 富貴도 누릴 수 있고, 금수축생들도 사랑하고 十善道 또는 十善戒라고도 하는 몸(動作)·입(言語)·뜻(意念)으로 十惡을 범치 않는 十善[53]을 행하는 사람을 공경하면 煩惱와 病患 그리고 慢心이 없는 樂境에서 人道에서 살 수 있다.

사람의 자식이 된 자는 마땅히 다섯 가지 방법으로 부모에게 敬順해야 한다. 첫째는 부모를 받들어 모자람이 없게 하는 것이다. 둘째는 무릇 할 일이 있으면 먼저 부모에게 사뢰는 것이다. 셋째는 부모의 하는 일에 순종하여 거스러르지 않는 것이다. 넷째는 부모의 바른 명령을 감히 어기지 않는 것이다. 다섯째는 부모가 하는 바른 직업을 끊이지 않게 하는 것이다.[54]

『原教』에서는 먼저 五戒十善을 자세히 설명하고, 유교와의 일치

---

52) 釋 知性, 前揭書, p. 23.

53) ①不殺生 ②不偸盜 ③不邪淫 ④不忘語 ⑤不兩舌 ⑥不惡口 ⑦不綺語 ⑧不貪慾 ⑨不瞋恚 ⑩不邪見.

54) 『長阿含經』, 大正1, p. 71. 下, 卷 第十一. "一者供奉能使無乏 二者凡有所先白父母 三者父母所爲恭順不逆 四者父母正令不敢違背 五者不斷父母所爲正業."

를 서술하여 "오계를 유학에 비교하면 그 말하는 바는 五常仁義와 이름을 달리하나 그 본체는 하나이다."라고 말하고 나아가 十善에 대해서는 다음과 같이 설명하였다.

"不殺生은 반드시 仁이고, 不偸盜는 반드시 청렴함(廉)이다. 不邪淫은 반드시 正이고, 不妄語는 반드시 信이며, 不飮酒는 반드시 不亂이다. 不綺語는 곧 誠이며, 不兩舌은 비방하지 않음이다. 不惡口는 욕하지 않음이고 不瞋恚에는 해를 주지 않음이며, 不嫉은 다투지 않음이다. 不癡는 어둡지 않음이다."

『孝經』 제7장 계효장에 다음의 구절이 있다.

"不殺生은 仁, 不偸盜는 義, 不邪淫은 禮, 不飮酒는 智, 不妄語는 信이다. 이 다섯을 행하면 즉 그 사람됨을 이루고, 그 부모의 이름을 드날리니 이 또한 효가 아닌가. 이 다섯은 그 하나라도 행하지 않았다면 그 몸을 버리고 그 부모를 욕되게 한다. 이는 또한 불효가 아니겠는가."

313 국왕부모	충효ᄒ며	314 빈병걸인	보시ᄒ고
315 이극낙의	수셩ᄒ라	316 나는과거	본힝시의
317 욕된일을	능히참고	318 지혜를	수습ᄒ며
319 공경하심	ᄒ엿다가	320 일체사룸	권화ᄒ여
321 넘불시긴	공덕으로	322 이극낙의	슈셩ᄒ라

<往生曲>

이 내용은 이 세상의 富貴榮華가 다 티끌과 같으며, 사람 또한 無常한 존재임을 깨달아 열심히 도를 닦아 아미타불의 공덕에 힘입어 西方淨土에 가라고 하면서, 이승에서 쌓을 덕목을 여러 가지로 노래하였다. 이 덕목 중 제일 먼저 國王에게 忠하고 父母에게

孝道한 후에 六波羅蜜[55]의 실천으로 貧病乞人에게 布施하라고 모
든 侮辱과 번뇌를 참고 원한을 일으키지 말고 安往하는 忍辱, 삿
된 지혜와 나쁜 소견을 버리고 참 지혜를 수습하여 극락왕생하라
고 노래했다.

2) 化孝

化孝라는 것은 효를 행하는 사람이 다른 사람으로 하여금 감화
되도록 하는 일이다. 그러므로 옛 제왕들은 백성들을 감화시키기
위하여 효를 가르쳤다. 효를 몸소 지켜 博愛로 백성들을 깨우친
것이다.

군자의 근본 도리는 孝悌에 있어 모든 백성을 교화하여 서로를
친애하게 하는 효보다 나은 것이 없다.

불경에 나오는 化孝는 부처님의 가르침에 수순하여 행하는 것이
다.

186 어린모음	驕慢ㅎ야	187 짜의누어	誦經듯고
188 地獄道의	들엇다가	189 多幸이	세상나나
190 人頭蛇身	되야나고	191 죄맛츤후	사롬되나
192 곳치옵기	어려온病	193 恒常몸의	얽미이니
194 孝養업슨	慢心으로	195 父母事長	업쉬녁여
196 제子息도	업히이며	197 惡性으로	佛供하면

<奠說因果曲> (天道頌)

天道에 태어나도 마음이 驕慢하여 누워서 佛經을 들으면 地獄에

---

55) 涅槃의 彼岸에 이르기 위한 菩薩의 여섯 가지 수행.
　①布施 ②持戒 ③忍辱 ④精進 ⑤禪定 ⑥智慧

떨어졌다가 人道에 온다 할지라도 불구자가 된다. 만약 부모를 孝行으로써 奉養하지 않고 자신을 지나치게 믿고 자랑하며 남을 업신여기는 마음으로 父母를 恭養하지 않으면 제 자식도 그렇게 한다는 것이다.

오대의 고승인 智覺禪師 延壽는 『萬善同歸集』권5에 "부모를 공양하는 것은 제일의 복전이다. 이는 生天의 淨路를 여는 것이다."라 하고, 『賢愚經』을 인용하여 "출가자와 재가자는 자비로운 마음을 가지고 효순하라. 부모를 공양하는 것은 그 공덕을 꾀하는 가장 뛰어난 것으로 헤아리기 어렵다."라 했다.

明나라 屠隆의 『不法金湯錄』에도 "一人成道하면 九族이 하늘에 태어난다."는 문구를 들어 유교의 물질 봉양과 불교의 효양을 대비하고 있다.

불교는 그 효가 모든 중생에게 미치는 것이다. "一子出家九族生天"이라 하는 것은 유교적 불교의 표현법이다.

204 父母事長	▽르치믈	205 高聲ᄒ야	對答ᄒ고
206 聳動獄의	써러져서	207 쇠녹인물	沐浴ᄒ니
208 녹ᄂ눈苦生	難當이오	209 罪畢後에	ᄉ롬되나
210 連語聲이	分明챤고	211 손ᄲᅵ닷코	經冊보면

<冥說因果曲>　(天道頌)

父母의 가르침에 순종하지 않고 不敬하면 지옥 중에서도 용동옥에 떨어져서 쇠녹인 물로 목욕하게 되고 다시 人道還生하더라도 언어가 분명하지 못하게 된다고 하였다.

『增一阿含經』에도 다음과 같은 내용이 나온다.

"부모에게 孝順하고 공양하는 공덕 과보는 일생보처의 보살에게 공양함과 같다. 또 아버지를 왼쪽 어깨 위에 업고, 어머니를 오른쪽 어깨 위에 업어 천만년 동안 부모에게 의복·음식·상좌·와구·의약을 공양한다. 만약 부모가 어깨 위에서 똥 오줌을 싸도 불평 없이 효도를 다해도 역시 부모의 은혜에 보답할 수 없다.

또한 어머니와 아버지를 일곱 가지 보화가 풍부한 대지의 지배권(왕권)에 오르게 해도 아직도 어머니와 아버지를 모셔 은혜에 다 보답한 것이 아니다. 왜 그러냐 하면 어머니와 아버지는 수 많은 방법으로 자식들을 보호하고 길러 이 세상을 보게 해주었기 때문이다."

Ⅳ. 佛教의 孝思想과 衆生教化

儒教思想의 개념 또는 덕목이 五倫으로 표현되는 것은 儒教思想이 지닌 특성이라고 할 수 있으며, 이러한 儒教에서는 人間의 社會生活, 즉 두 사람 이상이 살아가는 데 가장 핵심이 되는 思想을 '仁'이라 표현하고, 그 '仁'의 실천 원리를 孝悌라고 하여, 孝道를 核心的인 實踐 原理로 보고 있다.

佛教에서도 孝思想이 강조되고 있는 바, 人間의 현 존재는 무수한 인연의 恩惠로 가능하다고 본다. 여기에 佛教의 보은사상이 나타나며, 그 恩惠 가운데 父母와 중생의 恩惠를 중시하고 있다. 그런데 佛教의 이상적 인간상의 인격적 속성은 '지혜롭고 자비로움' 즉 '밝고 따뜻함'이다. 이 智慧롭고 慈悲로움은 주체적인 자각을 통해서 이루어진다. 그러므로 孝思想은 궁극적 자각에서 일어나는

智慧와 慈悲에서만 그 정당성이 確保되며,56) 무엇보다도 佛敎에서 말하는 孝思想은 깨우침이 진정한 孝道로 나타나는 것이다.

佛敎의 孝精神은 人間을 중시하고 사랑하는 愛人思想이며, 이것은 佛敎思想에서 만민이 一切 평등한 佛性을 갖고 있기 때문에 오는 人間을 尊敬하는 사상이므로, 이와 같은 사상은 現代社會의 황금 만능주의·이기주의·기능주의와 인간 경시사상 및 인간의 閉鎖性 등에 대한 방파제가 되고 인간이 황금경제의 노예가 되는 것을 방지함으로써, 이질화되고 병든 現代 社會를 건강하게 회복시킬 수 있는 理念이 될 수 있다. 이러한 孝思想에 기초한 敎育은 사람을 사람답게 교도하고 養育하는 것이 될 것이다.

儒敎에 있어서 생명을 영원히 지속시키고, 공간적으로 擴充시켜 나갈 수 있게 한 도덕의 根本的 自覺은 다름아닌 孝이었던 것이다.

佛敎에서는 "原始와 大·小乘을 莫論하고 人生의 現實을 '괴로움'이라고 하여 일단 否定的인 入場을 취하고 있는 것이다."57) 이러한 現實苦觀을 各 經典에서 例證해 보면, "어떤 것들이 賢者의 苦諦인가. 生으로 괴롭고, 늙어서 괴로우며, 병들어 괴롭고, 죽게 되어 괴로우며, 슬프게도 서로 만나지 못해 괴롭고, 이별의 슬픔으로 괴로우며, 구하는 것을 얻지 못하니 이 또한 괴로움이다."58) 이러한 佛敎의 現實苦觀은 단순한 현실의 부정이나 悲觀만을 말하는 것은 아닌 것이다. 현실에 대한 無批判的 受容은 인간을 惰性에 머물게 할 것이다. 오히려 佛敎의 現實苦觀은 우리에게 삶의 새로

---

56) 朴先榮, 註3), pp. 55~62.
57) 朴先榮, 註7), p. 81.
58) 『佛說四諦經』, 大正1, p. 814. "何等爲賢者苦諦 從生苦 從老苦 爲病苦 爲死苦 不哀相逢苦離哀苦 所求不得 是亦苦."

운 방향을 전개시켜 주는 契機로 이해되어야 한다. 그 곳에는 새로운 삶을 창조토록 촉구하는 意義가 內在해 있는 것이다.

　佛教에서의 理想은 常·樂·我·淨에로의 涅槃이요 解脫이다.[59] 이러한 涅槃解脫을 證得한 자가 佛陀, 즉 '깨달은 사람'이다. 다시 말해 佛教의 이상세계는 깨달음을 통해서 성취된다. 물론 이 깨달음에 이르기 위해서는 四禪觀을 위시하여 많은 修練을 겪어야 되겠지만 깨달음 그 자체는 漸進的인 것이 아니고 인간의 정신 세계에서 刹那的인 飛躍으로 이루어진다. 그러므로 이 깨달음은 知識의 累積에서 얻어지는 것이 아니다. 따라서 佛教的 敎育의 목적은 자각을 통한 涅槃·解脫인 바, 이에 도달한 佛教의 이상적 인간으로서의 佛陀는 知識의 累積者나 持能의 소유자로서의 인간이기보다는 본질적으로 完成人의 경지에서의 자아 발견자요, 그 자아의 실현자인 것이다.[60] 따라서 이러한 精神啓發은 자기의 本心과 본질을 찾아내어 정신의 자유를 얻는 내면적인 '人格完成'을 의미한다.[61]

　佛教에서는 孝를 因果的·報恩的 行爲라고 思惟하여 大乘佛教가 主唱하는 一切衆生 悉有佛性의 觀點에서 孝는 父子라는 從屬關係를 超越하여 一如平等의 境地에서 追求되는 것이다.[62] 孝는 儒教에서만이 아니라 佛教에서도 萬行의 根本戒로서 父母에 對한 奉養뿐만 아니라 父母를 成佛케 하는 데 있다고 하겠다. 그러기에 佛教에서는 孝를 父母로 하여금 三寶를 믿게 하여 成佛시키는 大孝

---

59)『大般涅槃經』, 大正 12, pp. 371~397.

60) 孫仁銖,『韓國佛敎思想史』, 載東文化社, 1964, p. 49.

61) 上揭書.

62) 道端良秀,「佛敎와 實踐倫理」(唐代 佛敎史硏究).

와 肉體的, 세속적인 小孝 등 二孝로 區分하였다. 더 나아가서 佛敎는 "山川草木一切 是我父母"라는 觀念아래 山川草木에서 微物에 이르기까지 父母를 恭敬하듯 사랑하라는 博愛慈悲心을 人間에게 注入시키려 했던 것이다.

大乘佛敎에서는 "煩惱가 바로 智慧이다", "娑婆世界가 곧 淨土이다", "生死가 바로 涅槃이다"라는 말 등은 다 이를 말하는 것이다. 그러므로 현실과 이상은 "現實卽理想이요 理想卽現實이다. 깨닫지 못하면 現實苦요, 깨달으면 現實苦가 그대로 理想樂이다."63)

위에서 말한 바, 自覺을 통한 常·樂·我·淨의 涅槃解脫은 佛敎敎育의 個人的 目的으로서 '人格完成'의 성격을 뜻하는 것이다.

佛敎의 慈悲思想은 無我思想에 입각해 있는 것이다. 또 佛敎에서는 이 "자비에 대해서 慈는 '與樂'으로 표현되고 있고, 悲는 '拔苦' 또는 '受苦' 등으로 解說되고 있다."64) 佛敎의 慈悲는 상대방에게 행복을 주고 괴로움을 없애 주거나 함께 하는 삶을 말한다. 또한 이러한 "慈悲는 '智慧' 즉 無常·無我·緣起 등을 깨달음으로써 나타나는 정신적 불빛인 동시에 그것을 체험적으로 실현하는 實踐知로서의 '智慧'에 밑받침될 때에만 진정한 의미에 있어서의 참다운 慈悲"65)가 되는 것이다. 이것은 佛敎의 慈悲가 본질적으로 敎導性을 지니는 敎育的 사랑임을 의미하는 것이라 하겠다. 그러므로 '智慧롭고 자비로운 自由人' 즉 '밝고 따뜻한 主體的 人間'을 형성시키기 위한 佛敎的 敎育에는 '밝고 바른 깨달음'에 의해 발휘되는 智慧를 바탕으로 한 자비가 요청되는 것이다.

---

63) 車錫基, 「韓國傳來敎育思想의 硏究課題」, 『高大文化』第 13輯, 1971, p. 86.
64) 楊貞圭, 『原始佛敎, 그 思想과 生活倫理』, 比峰出版社, 1981, pp. 133~140.
65) 朴先榮, 註7), p. 60.

우리는 효사상의 새로운 발견을 통하여 그 본질은 무엇이며 한 민족의 역사 속에 어떻게 자리잡고 있으며 그 형태적 유형은 어떠한 것인지, 그리고 현대적 의의는 어떻게 부여할 것인지를 모두 함께 고뇌하는 가운데, 한국의 가정과 사회와 국가는 새로운 디딤돌 위에 올라서게 될 것이다.

홍수처럼 밀려오는 서구의 문물을 자주적 생활 체계 하에서 소화할 수 있는 조건을 갖추고 있지 못한 상황아래, 孝敎育의 부재현상은 자라나는 세대에게 정신문화적인 서식처를 스스로 마련해 나갈 수 있는 능력을 길러줄 수 없었다.

현대의 산업화·공업화는 생활양식의 급격한 변화 속에서 우리의 전통적인 가정의 생활양식을 바꾸어 놓았다. 즉 고차원적인 물질문명의 발달은 도덕적인 가치마저 금전으로 환산하려는 사고방식을 조장하였고, 효사상의 밑바탕마저 흔들어 놓고 말았다. 따라서 물질 만능적으로 변화하는 생활 속에서 자기중심적인 생각의 확산은 우리의 전통적인 윤리규범을 퇴색시키는 데에 이르렀다. 그로 인해 지금은 그 어느 때보다 효의 올바른 인식이 더욱 필요할 때이다.

V. 結 言

高麗末期 〈西往歌〉로부터 출발하여 朝鮮時代를 거쳐 최근까지 면면히 계승되어 온 佛敎歌辭는 주로 승려들에 의해 창작되어 불교 신도들에게 佛德을 예찬하고 그들로 하여금 佛法修行을 권면하

는 내용으로 되어 있다.

이러한 불교가사에는 淨土思想·因果思想·勸佛思想·無常思想과 孝思想 등이 현저하게 나타나 있는데, 본고에서는 ≪韓國佛敎歌辭全集≫에 수록되어 있는 70편을 대상으로 하여 불교가사에 나타난 불교적 孝思想에 대해 살펴 보았다.

佛敎에서도 孝思想이 강조되어 있는 바, 인간의 現 존재는 무수한 인연의 恩惠로 가능하다고 본다. 여기에 불교의 보은사상이 나타나며, 그 은혜 가운데 父母와 衆生의 은혜를 중시하고 있다.

불교에서는 知恩報恩으로 四種大恩에 보은하는 것으로 理想的 基底는 輪廻轉生의 緣起法上에 一切衆生이 우리 祖上 父母 兄弟 아님이 없고, 인간심성은 空으로 自性空은 智慧이며 慈悲이기 때문에 智慧의 눈으로 인간애에 내마음 내 몸처럼 慈悲를 베푸는 것이 孝의 本質이라는 것이다.

세속에서의 孝도 물론 孝이지만, 그것은 眞情하고 究竟的인 孝는 되지 못하므로 佛法을 信奉하여 諸惡을 莫作하고 衆善을 奉行케 하며, 究竟에는 삶의 도리를 완수하여 불타가 되게 하면 진실한 보은이며, 이것이 곧 父母에 대한 보은이므로 그 은혜의 보답은 역시 無苦安穩의 경지, 인간 최고의 지위인 불타가 되게 하는 것이라 했다.

佛敎에서도 孝에 대해서 儒敎와 同一한 견해, 즉 父母 死後의 孝보다 父母 生時의 孝를 더욱 강조하고 있다. 그리고 父母의 恩德은 그 무엇으로도 갚을 수 없을 만큼 크고 넓기 때문에 마음과 몸을 다 바쳐 奉養해야 된다는 것이다.

佛敎에서는 儒敎와 마찬가지로 孝를 중시하고 있으며, 그 형태나 방법에 多少 差異가 있으나 相互一致되는 점이 많은데, 다만

佛敎의 孝는 儒敎에 비하여 근본적으로는 영원과 무한에 걸친 종교적 차원에서 있다 할 것이다.

佛敎歌辭에 나타난 孝思想을 크게 相對性의 孝와 同質性의 孝로 구분하여 考察해 보았다. 相對性의 孝는 世孝와 出世孝, 그리고 單孝와 廣孝로 분류하였고, 孝思想의 동질성의 孝는 事孝와 理孝, 그리고 行孝와 化孝로 분류하였다.

佛敎歌辭 속에 孝恩이 골고루 나타나 있으나 아주 강하게 나타나는 작품은 <奠說因果曲>인데 여기에는 世孝·行孝·化孝가 현저하게 나타나 있고, <勸禪曲>에는 出世孝·廣孝, <善心歌>에는 單孝, <回心曲>에는 理孝, <別回心曲>에는 事孝가 각각 뚜렷하게 잘 나타나 있었다.

현대의 고차원적인 물질문명의 발달은 도덕적인 가치마저 금전으로 환산하려는 사고방식을 조장하였고, 孝思想의 밑바탕마저 흔들어 놓고 말았다. 따라서 물질 만능적으로 변화하는 생활 속에서 자기중심적인 생각의 확산은 우리의 전통적인 윤리규범을 퇴색시키기에 이르렀다. 그로 인해 지금은 그 어느 때보다 孝의 올바른 認識과 實踐이 더욱 필요할 때이다.

參 考 文 獻

金基平, 「孝道에 關한 硏究」, 『公州敎大 論文集』 第12輯, 1975.

金大隱, 「忠과 孝에 對하여」, 『梵聲』 47號, 1977.

金圓卿, 「韓國詩歌上의 儒學思想硏究」, 東國大 大學院 博士學位論文, 1979.

金益洙, 『韓國의 孝思想』, 瑞文堂, 1977.

金周坤,『韓國佛教歌辭研究』, 集文堂, 1994.

大韓教育文化研究所 編,『現代人의 忠孝思想』, 1977.

道端良秀 著 목정배 옮김,『불교의 효 유교의 효』, 불교시대사, 1994.

東國大 韓國文化研究所 編,『韓國文學의 思想的 研究』(上), 1981.

朴光榮,「宗教에서의 忠孝思想」,『梵聲』48號, 1977.

釋知性 著, 凡然 譯,『地藏經의 孝思想』, 초롱, 1993.

성규학,「한국인의 효행에 관한 연구」, 한국정신문화연구원, 1989.

손석우,『효도』(상), 태백문화사, 1981.

辛章善,「儒教와 佛教의 孝思想 比較」, 東國大 教育大學院 碩士學位論文,
　　　1983.

尹聖範,『孝』, 서울文化社, 1973.

尹亨德,「歌辭文學에 나타난 忠孝思想」, 忠州工專大『論文集』第11輯, 1978.

李能和,『佛教通史』, 新文館, 1918.

李良求,「孝에 關한 比較研究」高麗大 教育大學院 碩士學位論文, 1970.

李成九,「古時調에 나타난 孝」, 명지실업전문대『논문집』第1輯, 1975.

全福奎,「古時調에 나타난 孝思想 考察」, 仁川專門大『論文集』第16輯, 1991.

피천득 외,『효 에세이 37인집』, 범우사, 1977.

한태현,『한국의 효와 효행』, 도서출판 남산, 1990.

索 引

（ㅇ）

●著者 略歷

· 慶北 淸道 出生, 金海人, 號 江祜
· 嶺南大學校 國語國文學科 同 敎育大學院 卒業
· 大邱大 大學院 博士課程修了
· 文學博士
· 慶山大學校, 敎務處長, 建築造型大學長, 大學院長 歷任
· 現在 : 慶山大學校 國學大學 國語國文學科 敎授 歷任

· 〔著書〕
　韓國佛敎歌辭硏究(1994, 集文堂)
　世間과 出世間의 만남(共)(1993, 弘法院)
　韓國歌辭와 思想硏究(1998, 國學資料院)
　歌辭硏究(共)(1998, 太學社)
　民族精神의 源流와 展開 (共)(1999, 慶山大學校 出版部)
　佛敎와 學問의 만남(共)(2000, 尼師今)
　〔詩集〕 시들지 않는 또 하나의 時間 (著)(2000, 새미)
　韓國歌辭硏究(1998, 國學資料院)

· 〔學會活動〕
　國語國文學會, 會員
　嶺南語文學會, 理事(現)
　韓國語文學會, 理事, 監事
　大邱語文學會, 會長
　國際 比較韓國學會, 理事, 監事
　韓國 詩歌學會, 會員

한국시가와 충효사상

인쇄일 초판 1쇄　2000년 02월 20일
　　　　　2쇄　2015년 01월 10일
발행일 초판 1쇄　2000년 02월 25일
　　　　　2쇄　2015년 01월 20일

지은이 김 주 곤
발행인 정 찬 용
발행처　국학자료원
등록일 1987.12.21, 제17-270호

서울시 강동구 성내동 447-11 현영빌딩 2층
Tel : 442-4623~4 Fax : 6499-3082
www. kookhak.co.kr
E- mail : kookhak2001@hanmail.net
ISBN 978-89-8206-471-5
가 격 13,000원

*저자와의 협의 하에 인지는 생략합니다.